角落里的青春

浅末年华卷

南瓜、公主、高跟鞋

回味青涩往事，
解密成长密码

主编/刘　勇

中国财富出版社

图书在版编目（CIP）数据

南瓜、公主、高跟鞋/刘勇主编．—北京：中国财富出版社，2014.3
（角落里的青春·浅末年华卷）
ISBN 978－7－5047－5060－0

Ⅰ．①南…　Ⅱ．①刘…　Ⅲ．①短篇小说—小说集—中国—当代
Ⅳ．①I247.7

中国版本图书馆 CIP 数据核字（2013）第 280873 号

策划编辑　王秋萍　　**责任印制**　方朋远
责任编辑　白　昕　白　柠　　**责任校对**　梁　凡

出版发行　中国财富出版社
社　　址　北京市丰台区南四环西路 188 号 5 区 20 楼　　**邮政编码**　100070
电　　话　010－52227568（发行部）　010－52227588 转 307（总编室）
　　　　　　010－68589540（读者服务部）　010－52227588 转 305（质检部）
网　　址　http：//www. cfpress. com. cn
经　　销　新华书店
印　　刷　北京兴星伟业印刷有限公司
书　　号　ISBN 978－7－5047－5060－0/I·0113
开　　本　710mm×1000mm　1/16　　**版　　次**　2014 年 3 月第 1 版
印　　张　14　　**印　　次**　2014 年 3 月第 1 次印刷
字　　数　259 千字　　**定　　价**　27.80 元

目 录

Contents

又捡流年

对影如初

夏末流声

经秋青丝

朱颜相忆

又捡流年

Hello 雪先生，再见雪先生

■ 星火焰

一

沉闷的气氛让人压抑，在黑夜中穿梭的春风，此刻显得如此刺骨，仿佛一切都被包裹在了黑暗之中，包括当初那颗最纯美、最亲近的心。

“说吧，是从什么时候开始的？”

凌诗意先开的口。她知道，如果她不先开口的话，她们可能会在学校宿舍的阳台上站到天亮，都不会有一句对白。令她没有想到的是，此刻的自己竟然如此平静。

“在你出去学习的时候，那时候我们……”

“别说了！我只想知道，为什么，为什么你要选择他？”

没等苏宁说完，凌诗意就打断了她。他们竟然瞒了自己这么长时间，自己竟然还傻乎乎地把她当做好朋友，向她讲述自己的心事。那时候她一定在笑话自己是天底下最笨的笨蛋吧。

苏宁没有说话。

“你是我从小到大最好、最亲的朋友，而他是我的男朋友，是我最爱的人。现在你们俩却成了一对，而我成了大家眼中的笑料、傻瓜！”

诗意紧紧地握住拳头，指甲几乎嵌入到皮肤里，一阵阵疼痛感刺激着神经，好像手上痛了心里就不那么痛了。

“可是感情这事没法说啊，爱了就是爱了。我……”

“别跟我提感情！”

“我知道我对不起你，我也不奢求你会原谅我，但我真心希望你会过得很好。”

那么多年的姐妹情，终究还是没有抵挡住那颗自私、物质的心。

这个世界到底怎么了呢？

诗意想不明白。她望向远方，却发现周围一片漆黑。她极力想让眼中的液体倒流，可是，那滴滚烫的液体如同钻石般闪耀，划破夜空，一纵即逝。

“再见。还有，想想凌风吧，他对你的付出，你自已也知道。”

说完诗意转身走了。再待一刻，她都不知道自己会不会崩溃。

她想冲着黑夜大喊：“凌诗意，你是个傻瓜啊，傻瓜！你最好最好的朋友竟然抢了你的男朋友！”

她想不通，“被人卖了还帮人数钱”这种泡沫肥皂剧的情节竟然会发生在自已身上。真是应了自己学艺术时常背的一句话：艺术来源于生活而又高于生活。

二

尚空和诗意开始谈恋爱时谁对谁都没有多少感觉。

或许是寂寞，或许是生活太过无聊，或许是两个人都需要安慰，反正就这样不疼不痒地在一起了。

渐渐地，这个城市的每个地方都有了他们的气息，大到广场公园，小到胡同小街，时间长了，那种感情也就在彼此的心里生根发芽了。以至于在后来的很长一段日子里，他就像她抹不掉的梦魇，到处都有他们在一起时的影像，到处都能听到他嘘寒问暖的声音。这一切在她的脑海里转来转去，驱之不走，挥之不散。

尚空带给她的，并不是最初计划时的幸福生活，而是一剂深入骨髓的毒药。她已无药可救，只能那么一直疼着，直到麻木。

就像后来她自己说的，疼着疼着就不知道疼了。

诗意最喜欢的是冬天。她觉得雪就是落入凡间的天使，带给人幸福、美好的祝愿。

每次下雪的时候，诗意都会跑到雪中，仰望天空，尽情享受雪花落到脸上时那冰凉的触觉。她没有感到一丝丝的凉意，反倒觉得舒服。

那时候的尚空会撑着一把彩虹伞挡在她面前，挡住她所有的视线。此刻，他就是她全部的世界。她的世界就如那把彩虹伞，是五彩缤纷的。

尚空会轻轻弹掉她身上的雪花，用那双温暖的大手捧着诗意冻得通红的脸，温柔地说：“我就是你的雪先生，以后的每个雪天我都陪你一起踏雪，直到我们老得都走不动了，好不好?”

“好。”她眯着眼答应了。

当初最美的雪天、最美的誓言、最美的人儿，都已不在了，只剩回忆折磨着诗意那颗破碎不堪的心。

到底是人心变了呢，还是时间走得太快，忘了带走我们那群可爱的孩子？

诗意没有课的时候就躲在宿舍里。在这个不大不小的学校里，满满地都是触目惊心的回忆，现在的她还没有勇气面对。

“诗意！不好了，尚空和武林在操场上打起来了。”室友慌慌张张地冲进来对她说。

原本还病怏怏地望着窗口吟着《葬花词》的诗意，瞬间从床上跳下，随手抓了一件衣服就往外冲。室友看着她远去的背影无奈地摇摇头：“连鞋都没穿，值得吗？”

她用自己最快的速度奔向操场，这个他们曾经散步散到吐的地方。

以前在学校总是跑百米的她今天却浑身瘫软，她这才想起来，自从那晚以后，她就没好好吃过饭。

好不容易到达操场，她努力拨开围观的人群，看到两个人依然纠缠在一起，衣服已破烂不堪，脸上也都光荣地挂了彩，但好像谁都没有占到上风。

诗意努力控制住眼泪，拼命喊道：“别打了，都给我住手！”

诗意没想到自己这副病躯竟还能发出这样大的响声。操场上霎时间一片安静，原来安静有时候也挺可怕的。

尚空艰难地从地上站起来，整理了一下自己的衣服，抬手抹掉嘴角的血迹。他瞥了一眼诗意裸露的双脚，一言不发地转身走了，留给诗意的是一个决绝的背影。

她在尚空面前始终是没出息的，就如同后来她说的一样，他，是她人生的一个劫。

跌倒在地上的武林晃晃悠悠地站起来，对着尚空的背影大声喊道：“从现在开始我不会再退让了，她由我来守护，你就做你的懦夫去吧！”

武林的眼神是肃杀的，充满着对尚空的鄙视。

但当武林转身面相诗意的时候脸上却是笑着的，额头上细密的汗珠混着泥土一滴一滴地往下落，武林傻傻地说：“没事，我不疼。”

武林和诗意是发小，从小到大，诗意没少欺负他，可是武林每次都让着她，有什么好吃的都给她留一份，有什么好玩的都叫上她，有什么错也替她扛，他们就是这样一起长大的。

直到初四的时候，武林突然对她说：“诗意，我觉得咱俩挺合适的，我也缺个女朋友，要不我给你当男朋友，咱俩凑合凑合？”

虽然是一句类似反问的玩笑话，可诗意不是笨蛋，她了解武林的意思。

人总在慢慢地长大，慢慢地，也就什么都懂了。

“切，谁要跟你凑合啊，我还有白马王子呢。对了，今天晚上我要去奶奶家，先走了，拜。”

诗意蹬着自行车，一下子就骑出老远，只留给武林一阵风。

虽然只是一句玩笑话似的拒绝，但武林也不是笨蛋，他懂诗意的意思，但是他不后悔，依然在以后的日子里视她为生命中最重要的人。

第二天，两个人在学校里再次见面，一如最初的那样有说有笑，两人都绝口不提前一天的事。

哦对了，忘了说了，苏宁作为诗意从小到大的“死党”，也是他们其中的一员，曾经所有开心的、不开心的、调皮捣蛋的事也都有她的份儿。

“笨蛋啊你，从小打的架还少吗？身体各个机能退化了吗？怎么还会受伤啊。”

诗意走到武林的面前很爷们儿地伸手捶了一下他的胸口，说道：“还说自己是什么武林高手呢，我看是武林草包。”

“高手也有打盹的时候嘛，再说，这是男人的象征。”武林指着自己脸上的伤很男人地说，“还有，还有我刚刚说的话，我是……”

“武林、诗意，你们没事吧。”慌慌张张朝他们跑过来的是凌风，也就是被苏宁甩掉的前男友。

“真是的，也不挑个时候，非得这时候来。”武林不满地说道。说话时嘴巴动作有点大，不小心扯到了嘴角的伤口，疼得他下意识地撇了撇嘴。

“这还来得不是时候啊，非得等你被别人打死了我才来啊。上点药吧。”凌风是他们这堆好朋友当中最贴心的一个，什么事情都想得很周到。

可还是被人给甩了……

“给，'诗意，路上碰到你室友，就一块儿给你带过来了。”

凌风说着递给诗意一双鞋，她这才发现自己出来的时候忘了穿鞋，不禁在心里嘲讽自己没出息。

武林看到诗意的脚已经磨破了，想要帮她处理一下，可刚弯下腰就听到诗意说：“你别动，我自己来，不然我再也不理你了。”

武林一向视诗意的话为圣旨，也只能由着她去了。

诗意自己在一旁穿好鞋，抬头便看到正给武林上药的凌风。说他是21世纪的新好男人绝对不夸张，细心、体贴、温柔，视苏宁的话为圣旨。只不过苏宁美丽、张扬，什么都要最好的，于是诗意的男朋友变成了她的男朋友。

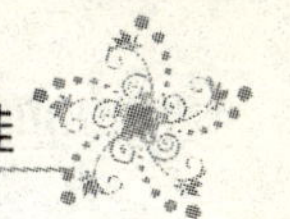

在苏宁和凌风之间，苏宁永远都是领导者，凌风永远都只在默默地付出，他们之间的爱不是对等的。

苏宁不知道凌风为她做过多少她瞧不上眼的琐事：为了给她买她最爱吃的莲子粥，凌风在冷风中等待了一个多小时；攒了两个月的钱，只为给她买一块看中的挂坠；为了讨她开心，每天都变着法地讲一堆冷笑话；在她生日的时候，学着偶像剧里那一堆俗套的方法给她庆生——在地上摆满心形的蜡烛，写上“我爱你”三个大字——方法虽然老掉牙，但是，不得不承认这招非常管用，极大地满足了苏宁作为一个女孩的虚荣心。

这个世界怎么了呢？一点儿都不公平。又或许，在情感的世界里根本没有什么公平可言。

诗意正出神间，凌风已经给武林处理好了伤口。

“这小子就是一浑蛋，就该灭了他。”武林即使满身是伤地坐在那，也没有一点安分的样子。眼瞅着他那怒火，足以灼伤任何一个生灵。

“怪只怪我自己没本事吧，连自己的女朋友都留不住。”

凌风早就知道会有这么一天，只是这一天来得有点快。

“凌风，接下来你打算怎么办?”

诗意担心地看着凌风。这个一直以哥哥自居的人，生性安静、做事周到，可现在这种情况难免会让人担忧他。

可是诗意忘了，她也刚刚被人甩了，自己都不知道该怎样走以后的路，却开始关心起另一个同路人来了。

“诗意，咱俩算不算同病相怜啊，咱这对兄妹有点悲惨哦。”

诗意也不知该说什么了，自己的心情还没有收拾好，哪能安慰得了别人呢？自己受伤了才发现，以前同学受情伤时自己搬出的那一堆一堆的大道理，用在自己身上就全都失效了。

武林没给诗意继续伤心的机会，大声说道：“有什么好伤心的，什么玩意儿啊，诗意，还有我呢，不怕。”

诗意非常感激地看着武林，心想：在这个时候还有这么一个哥们儿就够了，什么爱情、什么誓言，通通狗屁，不过他仅仅只能当哥们儿。

“谢谢你。”

诗意一本正经地对武林说，这三个字让武林心里“咯噔”一下。从前的诗意从来都不会对武林说谢谢，在他面前一直都是那么横行霸道，这样的她反倒让武林放心不下了。

三个人就这样各怀心事地坐在操场边上的观赏台上，直到夜幕降临。

诗意看着他们三个所在的位置，不禁笑了起来。如果现在有一台摄像机在他们三人头顶上空照一张大大俯拍的话，那照片肯定特有感觉。名字她都想好了，就叫《失意》。

仅仅一个月的时间什么都变了，任何事都抵挡不了时间的侵蚀，一点一点地由表皮逐渐深入到骨髓。一开始让你疼痛难忍，但慢慢就习惯了，也麻木了。

三

体育馆里只有尚空一个人在打篮球。他热爱篮球，既有天分，技巧又好。他又高又帅，在学校里也算人尽皆知，尤其是在他和苏宁在一起之后，那就真正成了学校里的风云人物了。

在完美地投进了一个三分球后，尚空坐到篮球架下，拿起一瓶矿泉水从头上浇了下去，任那透明的液体肆意地流趟。

“擦擦吧，这样会感冒的。”苏宁递过一条毛巾。尚空不屑地瞥了她一眼，没有接，自己拿起另一条自顾自地擦头发。

以前都是诗意在他打完球后，拿着毛巾凑到他面前胡乱地给他擦头发的。那时候两个人会有说有笑、打打闹闹，在别人眼里就是天作之合的一对。可是，现在两人却成了最熟悉的陌生人。

“你别这样对我好不好？我求你了。”

“那是你自愿的，我可没说过要跟你在一起。”没等她说完，尚空就打断了她，整个过程始终都没有看她一眼。

苏宁觉得此刻的自己就如同小丑般滑稽可笑。

是啊，他从没说过要跟她在一起，任别人误会也不解释，或许他只是利用她帮忙演一场戏而已。

可怜的苏宁却连这场戏的主题是什么都不知道，就义无反顾地投入了角色，结果无疑是一场悲剧。

她现在只想跟尚空在一起，想有一个人人都羡慕的男朋友。尽管面前的这个男人不爱她，她还是祈祷有一天可以实至名归地住进他的心里。

人类是一种心口不一的动物，表面上说着亲情、友情第一，可是做出来的事永远都是爱情至上。

“至少告诉我你要离开诗意的原因吧。”苏宁哽咽地问他。

尚空一动不动地坐在篮球架下，一下一下地拍打着那个在他十八岁生日

时诗意送给他的篮球，并没有回答苏宁的意思。篮球上还有当时用记号笔写上的名字“尚空”和“诗意”，那是爱的见证。

如今，名还在，人已旧。

那天晚上，心情极其糟糕的尚空找到苏宁——他眼中诗意最最最要好的闺蜜。两人在空荡荡的操场上喝啤酒。那晚的尚空很憔悴，脸上看不出任何表情，眼神暗淡无光，仿佛只是一具没有灵魂的躯壳，毫无生命力。

苏宁从没见过这样的他，与篮球场上的他判若两人。看见他一瓶接一瓶地灌着啤酒，苏宁忍不住夺过酒瓶担心地说道：“别喝了，尚空，发生什么事了？”

尚空转头看着她，轻轻地说：“我，要，和，诗，意，分，手。”说完拿起另外一瓶一饮而尽。声音不高，可足以耗尽他所有的力气。

苏宁整个人都傻掉了，此刻的她心里想的竟然是：她是不是有机会、有资格跟尚空站在一起？

瞬间她就被自己的这个想法给吓到了，他可是自己最最最好的朋友的男朋友，自己怎么可以有这样龌龊的想法？虽然龌龊，可是她还是忍不住这样想。

在那以后，尚空对诗意的态度一天天的冷淡。诗意不明白为什么，心里极其难受，只能向最好的朋友诉苦，可是苏宁所有的话都是劝她俩分手。

那时候的诗意没有丝毫的戒备心，甚至所有的心事都跟她讲，可是就从那晚起她们的心不再同步了。这点从苏宁闪烁的目光中，诗意已经察觉到了。那闪烁的目光是她这辈子都不想知道的原因。

女人是一种极其敏感的动物，强大的第六感让她们有着超强的洞察力。

在诗意和尚空吃最后一顿饭的时候，这种感觉得到了证实。

“和我分手的原因不会是因为她吧？”

尚空一直都没有正眼看诗意，他望着桌上的食物，有他爱吃的风味茄子，也有她爱喝的皮蛋瘦肉粥，可一切却失去了往日的欢乐与温情。

“还不准备说吗？你们也真沉得住气。”诗意一直盯着尚空，希望他说出“不是”两个字。

可是尚空依然没有抬头，只是低着头漫不经心地说：“你不是都知道了吗，干吗还要问？”

诗意只觉得胸口闷得透不过气，随手拿起桌上的一杯白开水大口大口地灌了进去。她现在一句话都说不出来，只是想快点逃离这个令人窒息的地方，再待下去，她不敢保证自己的情绪不会失控。

"好，我知道了。"她抓起自己的包就冲了出去。三月的风一点春天的味道都没有，吹到皮肤上，让诗意觉得有点刺骨。

那天的诗意一路跑回到了教室，随后哭得像个小孩子一样。

那几天的她一点也不"阳光灿烂、春暖花开"，她以前是一直这么形容自己的。

这件事之后，同学就没见她怎么笑过。这就是爱情，能让你开心快乐，也能让你伤心欲绝，更让你懂得，相信誓言是需要多大的勇气。

更可怕的是，那些甩不掉的回忆就像影子一样不死不灭，疯狂地肆虐着诗意那颗破碎的心。

庆幸的是，诗意在学校一般看不到尚空。尚空是篮球队的主力，每天都有高强度的训练。尚空的篮球教练一直很看好他，说如果一直这样练下去的话，干出点成绩是不成问题的。

篮球是他的梦想，她曾经对他说过，她会一直支持他的梦想，直到他成功的那一刻。

那时候她还跟他开玩笑说："如果以后你成了大球星，会不会忘了我?现在你每天练球的时间与陪我的时间都是不对等的。我看呐，那颗球快成了你女朋友了。"

她说完还把头转到另外一边假装生气地嘟嘟嘴。这时候，尚空就会将一只手放在诗意的头顶，接着手腕轻轻一转，诗意的脑袋就被正了过来。紧接着尚空又用食指轻轻刮一下诗意的鼻子，笑着说道："好啊，到时候我就找一堆白富美，然后你嘛，就当打扫的阿姨好了。"

"你敢！我非拔光你的腿毛。哼!"

"哇，你这样以后谁娶你啊，这不没事找抽呢。"

"找死啊你!"

可是那时的时光，再也回不去了。

四

火车站的旅人，有欢笑的，有流泪的，有满怀期待的，也有伤心别离的。在人群之中就有凌风、武林、诗意，而他们是属于离别的。

凌风要去南方了。家里人知道他考学无望，就让他跟着表哥去深圳闯荡。

武林和诗意虽然不舍，但是他们知道在人生的道路上就是会有人不断地

离开，然后又不断地有新人加入到彼此的生命旅程之中，一切只不过是时间问题。

说到底，时间才是我们永远打不败的对手。

“你们俩好好学习啊，再有两个月就高考了，到时候考不好别见我啊。”凌风开玩笑地说。

“好小子，要走了也不提前打声招呼，找打是不是?”

武林一只手揽着凌风的脖子，另一只手在他的肚子上看似很重，实则很轻地打了一拳，凌风假装吃痛捂着肚子，表情夸张地说：“你……你，竟然对自己的兄弟下毒手，你……你好狠啊!”

诗意看不下去了，在他的胸口重重地给了一拳，说道：“还有心情闹啊，今天就要走，却昨天才告诉我们俩，什么意思嘛。”

“这不是不想看你俩哭哭啼啼的样子吗？再说，都要走了，有什么好说的。”

“走都走了，是没有什么好说的，只不过太突然了。”

“好妹妹，好好学习，别忘了实现当一名记者的梦想啊。哥等你好消息。”凌风很认真地对诗意说。他们俩一个姓，所以凌风在诗意面前就一直以哥哥自居了。

“知道啦，还倚老卖老。你也是啊，好好照顾自己，别总傻乎乎地付出，却被人骗得团团转啦。”

“是啊，照顾好自己，哥们儿会想你的。”

武林说着走上前，两人来了个很男人的拥抱。

“我也要。”

诗意也凑过去，三个人的友谊岂能是这一个拥抱能表达的。

“走了。”

凌风说完，转身上了火车，只留下武林和诗意在茫茫人海之中，不知道自己该何去何从。

在回去的路上，两个人都没有说话，一前一后地走着，想着各自的心事。他们都知道凌风之所以离开，一多半的原因都是因为尚空和苏宁，可是他们都绝口不提，那是他们心里的伤疤，谁都不愿意再将它翻出来。

诗意也不断地说服自己要放下，就像有部电影中说的那样：“人生也许就是不断地放下，然而遗憾的是，我都没有好好地跟他们告别。”

之后的两个月，诗意几乎是三点一线——教室，食堂，宿舍。她把所有的精力都放在了学习上。为了自己，也为了不让爸妈失望。

以前的那些记忆暂时被她封闭了，现在她只有一个想法：考上一所好的大学。

唯一不变的就是武林一直都陪着她，还说要努力跟她考同一个大学，理由，有他在，诗意就无法祸害其他有为青年了。

每当他这么说时，诗意都会很“轻蔑”地瞥他一眼，再吐一个“切”字送给他。

诗意其实一直很感谢有武林的陪伴，有他在，她就不孤单了。

五

武林是这么对诗意说的，也是这么做的。

可是他们还是分开了：诗意如愿考上了南方的一所名牌学校，学了自己喜欢的新闻专业，而武林却只上了本地的专科院校。

在诗意走的那天，武林对她说：“还说跟你考同一个大学，可是现在黄了。你去了要好好学习，千万别总想着看帅哥，这样不好，听到没?”

“切，你以为我是你啊，整天看美女。”诗意不以为然地说道，“说真的，好好照顾自己。”

“是你照顾好自己才对吧，切。”

“我要走了，拜拜，会想你的。”

“嗯，拜拜。”

挂掉电话，诗意就上了火车，去一个冬天没有雪的城市。

武林看着诗意上了火车，看着火车启动，直到最后变成一个小黑点。他知道，诗意始终不属于他。

诗意去广州上学没有让父母送，也没有让任何一个人送她，包括武林。武林是偷偷去的，他躲在大柱子后面给诗意打的电话，看着诗意上的火车。

每个人都得学着长大，都得学会一个人生活。

一个人不孤单，想一个人才孤单。她始终是放不下的。她带走的不只有家人朋友的关心，还有那段关于他的回忆。

所以她去了南方，因为那里不会下雪。

诗意提着行李箱独自走在这个陌生的城市。她看着来来往往的人，全是陌生的气息，这就是她即将生活四年的地方，一个全新的开始。

诗意没有加入学生会，也没有当任何班委，她只想安安静静地学习、交朋友，做一切想做的事。等到上完了大学就真的没有资格谈青春了，她不想

浪费了这四年美好的时光。

时间久了，诗意会给武林、凌风打电话，说说学校里的新鲜事，也打听一下其他朋友的近况，唯独没有尚空的消息。

高考前的一段时间尚空就没有去学校，再到后来，诗意就完全失去了他的消息。虽然诗意嘴里说着不在意，可是眼睛却还是会不经意地在学校里搜寻他的身影。

每次打电话，武林总是一副有话又不好说的样子。诗意开玩笑地问他是不是交女朋友了不好意思说。武林立即回了她一句“神经病”。

直到有一天，诗意打电话跟他说她恋爱了，武林稍稍一怔马上回复说：“以后一定要见见他的照片，到底是何许人也，让诗意大动芳心。”

“你应该也找个女朋友好治治你那顽劣的性子。”

“我早有女朋友了，有空就让你见见。”

武林说话的声音不高不低，诗意不知道武林是骗她的，还是真的有了女朋友。但是诗意知道，自己的心微微地抽搐了一下。

以前总是看到一句话：人都是犯贱的，自己爱的偏偏不爱自己，自己不爱的却又在那傻傻地等待。看起来这句话是挺对的。

诗意的男朋友叫徐克，体育系，爱打篮球，有着明媚的笑容，看着他让人觉得每一天都是晴天。

他之所以能击败其他的竞争者，是因为他说的一句话：“我能给你的只是一场单纯的恋爱，现在的我许不了你未来，可是我们可以试着共同创造未来。”

就是这一句没有承诺的话，只谈恋爱，不谈未来是他们之间共同的约定。

时间一天天地过去，他们的爱情竟然走到了开花结果的一步。

六

毕业后，徐克陪着诗意来到她的家乡，那个冬天会下雪的小镇，说要陪着诗意一起踏雪，一起感受冬天。

陪她一直到老，这句话诗意是相信的。

“阳光的味道，街道的味道，还有空气的味道都没有变，现在就差一杯皮蛋瘦肉粥了。如果现在有的话，那日子可真是赛过活神仙啊。”诗意心想。

“给，热腾腾、香喷喷的粥来了，请凌大小姐慢用。”

不经意间，徐克不知从哪变出一杯皮蛋瘦肉粥，诗意一把抓过就开始喝："哇，你从哪变出来的啊，嗯嗯，真好喝。"

"你慢点别烫着，又没人跟你抢，就在那边啊，有一个粥店，还是夫妻搭档呢，主打皮蛋瘦肉粥。"

诗意顺着徐克指的方向看过去，眼神却瞬间凝固在那。

卖粥的人是……尚空？怎么会？这个身体臃肿，满脸胡须，穿着土里土气的30多岁的男人，哪里是以前那个在球场上叱咤风云的尚空？

可是，那双深邃的眼睛，她是不会忘记的。

看着诗意的表情，徐克疑惑地问："怎么了，哪里不舒服吗？"

诗意回过神来，慌忙掩饰说："没事，就是有点冷。"

徐克解开大衣的扣子，把诗意揽到自己怀里，用自己的身体为她挡风，用自己的体温温暖她："走，咱回家，出发喽。"

两个人快速地走开了，诗意还是忍不住回头，她始终不明白，为什么尚空会那么落魄，这几年到底发生了什么？还有他居然结婚了。

虽然是冬天的晚上，可是迷你小吃街的人并不少。

当年的他们总是在每个周五的下午下课后一起来这Happy一下。用他们的话说，就是放松一下被老师虐待的小心脏。每回这都有三五成群的小队伍，闲聊着学校的那点事儿。

"看到青春活力的他们就觉得咱们都老了，唉！"

"哎哟喂，大名鼎鼎的'武林草包'竟然也会发出这样的感叹。看来，你长大了哦。"

诗意看着这个三年没见面的发小，心情十分愉快。有多久他们没有这样边吃东西边聊天了啊，那时候的他们真的很快乐。

"长江后浪推前浪啊，我已经被人拍在沙滩上了，这'青春'二字，早就不属于我了。"

"行了，还嘚瑟呢。别跟我在这咬文嚼字的，装什么文艺青年啊，真是的。"诗意随手抓起几颗花生米朝他丢过去。

武林开了一瓶啤酒喝下一口说道："怎么还是这么凶啊，真不知道你家那位看上你什么了。唉，别又糟蹋了一个青年才俊啊。我说，啊啊啊……"

没等武林说完，诗意隔着桌子就将她的魔爪伸了过去，狠狠地掐了他一下，喝道："还说不说了你？"

"得得得，不跟你一小丫头计较。"武林揉了揉自己可怜的胳膊，说道，"你这掐人的毛病怎么还没改掉啊。"

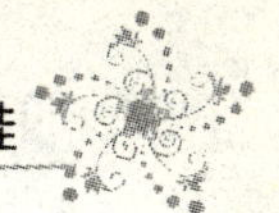

“怎么！不行呀！对了，你这次回来还走吗？”

“看天意！”

“哦，对了，给，到时一定得到哦。还有，你不来也行，到时候把份子钱给我寄过来就行。嘿嘿。”

说着，诗意拿出一张结婚请帖递给他。此时的诗意眼里满满的都是幸福感。

武林接过请帖，打开看到里面写着这样一句话：你的过去我来不及参与，你的未来我奉陪到底。武林看到这句话真心地笑了。

“行啊，都赶我前边了。放心，到时我一定去。钱可不能白掏，我怎么也得凑顿饭吃啊，不然我多亏啊。”

“切，就知道占我便宜。我说你也快点吧？不然就成大龄剩男了，哈哈哈！”诗意调侃道，可心里也是希望他真的幸福。

“行了，你就别操我的心了，来，为你干杯！”

“好，为我干杯，不醉不归。”

两人碰杯继而一饮而尽，她的未来已是命中注定。

“那个，尚空他……”

诗意一直都想问当时意气风发的尚空怎么落魄到那种地步，这是她难以想象的。不管怎样，尚空都曾陪伴自己走过生命中最美好的时光。虽然发生过一些不愉快，可是时间久了，也就慢慢放下了，也会希望他过得好。

“就知道你个小丫头找我动机不纯，露出本色了吧？”

武林假装鄙视地说道，可眼神却变得闪烁不定，他真的不知道该怎么向诗意说，尚空也不想让诗意知道。

“他，他……”

“他什么啊，倒是说啊你！”诗意紧紧地盯着武林。她只是单纯地想知道原因，并不想改变什么。现在的他们都有各自的生活，并且都幸福着，这样就够了。

“哎，败给你的好奇心了！当时他跟你分手是因为他要出国，为了打篮球。据说如果打得好的话，还可以进国家队。你知道的，他爸爸以前也是篮球国家队的，可是却因为车祸导致腿受伤而不得不退出了国家队，所以尚空是他全部的希望。为了不让爸爸失望，圆爸爸的梦，他选择了篮球。因为不知道以后的路究竟会怎样走，他承诺不了你什么，也没资格让你等他，所以他想出的唯一的方法就是伤害你……”

武林顿了顿又接着说：“可是谁也想不到就在出国的前几天，尚空也出了车祸，非常严重，他以后都不能再打篮球了……”

听到这儿，诗意的心不由地一紧。篮球是尚空的全部，没了篮球，这么多年他是怎么走过来的？

“由于伤势非常严重，治疗花光了家里所有的积蓄，亲戚朋友也都借了，还欠了一大笔债，尚爸爸为此也一蹶不振。再后来为了维持生计，尚空就开了个小店，卖早餐什么的，日子过得也还可以。”

“我听说他……结婚了？”

“两年前就结了，粥店也是文静帮着打理的。尚空颓废的那段时间，一直是文静陪他度过的。后来，他们就结婚了。”

“文静，好优雅的名字，肯定是个温柔贤惠的女子。”诗意这样想。

“那，苏宁呢？”

一听到这个名字，武林就满眼的厌恶。

“哼，她现在还不知道在哪儿傍大款呢。尚空从来就没有喜欢过她，是她自己主动贴上去的，不知道她是怎么得知尚空要离开你的，就想取而代之。当时尚空之所以不解释，是他觉得苏宁这样的人在你身边不安全，她太工于心计，又有城府，强烈的嫉妒心足以让她伤害最亲的人，离开了你倒也是好事。那时的他还是为你好的，只不过让他在亲情与爱情面前挣扎，真是难为他了。”

武林一口气讲完，诗意的心里却好像落尽了无数颗小石子，阵阵作响。

“诗意！”

“怎么了？”

诗意疑惑地盯着武林。他不停地摆弄桌子上的酒杯，一副有话没说完，可是又不知道该怎么开口的样子。

“我知道你想说什么。我早就释怀了，放心，我们现在都有各自的生活，也都会各自继续幸福下去。”

诗意是这样理解的。武林笑了笑，这样也不错，那就继续各自幸福下去吧。

现在他们之间，无关爱情。

七

“亲爱的，起床了，吃完早餐我们该走了。”

每个清晨徐克都会这样温柔地叫醒诗意，然后在她额头上浅浅一吻。他还会捋顺她凌乱的头发，将干净的衣服放在床头。一切都被他打理得井井

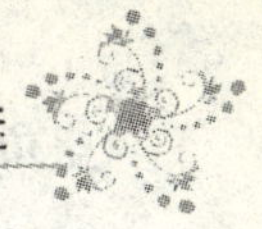

有条。

“嗯，我想喝粥，待会我们一块去买吧。那是我同学开的，我们可以顺便送张请帖。”诗意懒洋洋地说道。

“嗯，下来多穿点，外面下雪了。”

徐克真的可以当温柔的代言人。诗意的脸上洋溢着幸福的笑容。现在的她很满足。

诗意转头看向窗外，隔着玻璃上的雾气，依然可以清晰地看见大片的雪花洋洋洒洒地落下，天空是阴沉沉的，可是却并不悲伤。

“Hello，雪先生。好久不见。”

诗意伸出食指在窗户上这样写道，脸上露出浅浅的微笑，一切早已过去，生活还得继续。

等到诗意和徐克出去的时候，地上已经是白茫茫的一片，路上的行人也没有几个。他们就这样打着伞慢慢地前进。还是那把彩虹伞，只不过换了一个人。

他们踩在松软的雪地上一走一个脚印，还有咯吱咯吱的声响。在南方长大的徐克从没见过这样的景象，兴奋地说：“以后咱每年都来看雪，好不好?”

“好啊。”

“老板，两杯皮蛋瘦肉粥。”来到小店前，徐克点了粥就帮诗意整理衣服上飘落的几片雪花。

“嘿，好久不见。”诗意看着尚空说，完全一副见到老朋友的口吻。

尚空并没有惊讶，只是淡淡地笑着说：“是啊，得有五年没见了吧。给，这两杯不收钱，拿着。”

“给，这个，到时候一定得到啊。”诗意接过粥又顺便递给他一张请帖。

尚空稍稍一愣，继而笑着说道：“放心，到时候一定到。”

“诗意，车来了，我们得走了。”

徐克看着马路对面的大巴车，对诗意说。

“那，再见!”

“再见。”

再见，到底是下次见面，还是再也不见?

尚空的意思是后者。错过的，就错过了，再也找不回了。现在的他什么也给不了诗意，只能远远地观望着她，心里默默念着：要好好的，要幸福……

“咱别打伞了，顶着雪走呗!”诗意说。

"好，听你的，走喽！"

诗意把伞丢掉，徐克将诗意揽在怀中快步走向大巴车。

那把伞是当年尚空送给诗意的。

尚空一直看着大巴车走掉才收回视线。看着那把被丢掉的伞在雪地中被风吹得来回滚动，一切都已经尘埃落定了。

八

其实那天晚上，武林还有话没有说。他没有说，尚空出车祸的那天就是诗意离开的日子。

诗意走的那天，尚空去了，武林也去了，可都没有现身。诗意走后，武林清楚地看见尚空哭得像个小孩子，那么无助，那么撕心裂肺。

神情恍惚的尚空走出车站，就被一辆急速的车撞飞了，他的一生也由此改变了。

被救醒后的尚空请求武林不要对任何人说这件事，尤其是诗意。他不想她带着痛苦过一辈子，他要她好好地过，好好地幸福。

这是诗意永远都不会知道的秘密。

尚空将那张请帖放进火炉中烧掉了，他们再也不会遇见了。

"哇，外面好冷啊，不知道谁的伞掉了，我给拿回来了。说不定失主会回来找呢，先放这吧。你烧的什么啊？"

文静从外面进货回来，把那把伞也带回来了，就是诗意丢掉的那把，也是尚空送她的那把。

"没什么，一张废纸而已。冷吧，快进去暖和暖和。"

"伞，搁这了啊。"

尚空看着那把伞，心里默默地想，她再也不会回来了。就这样吧，一定要幸福！

他想起诗意在上车之前，望着天空说："再见，雪先生。"

尚空想，还有过去的一切，再见了。

让不爱蓝小禾的家伙后悔死

■ 佚名

1. 侦破蓝小禾的“男1号”

暑假过后，英文老师换成了蓝小禾。她一进来，我和另外几个高个子男生便齐声高呼：“耶！美女老师。”蓝小禾在我们故意夸张的惊呼声中顿时红了脸；但毕竟大我们几岁，她还是压住了我们的气焰，很流畅地上完了她的第一节课。

课后她想逃，却被我们男生“哗”地堵住了去路。一群人一律拿着英文课本，却并不讨教什么问题，而是嘻嘻坏笑着抬头看她。一旁的林小帅“啪”地高举起手来，大声问：“小禾老师，你有没有男朋友?”21岁的蓝小禾估计是第一次见识这样匪气十足的学生，竟是红着脸低下头去，像个挨了训的小孩子。反倒是我们，像极了审讯她的老先生。正吵嚷着，班主任绷着脸走了进来，我们呼啦一下作鸟兽散。本以为蓝小禾会趁机溜走，可她却很羞涩地抬起头来，极清晰地吐出一句：“Sorry，it' a secret。”

正值最敏感的青春期，我们还是从蓝小禾那充满柔情的眼睛里，略带嫉妒地猜出，她定是有了甜蜜的爱情。而且，她只愿意一个人安静地享受这份幸福，对于我们要与之分享的正当要求，是根本不屑的。

但是这又有什么呢？正是好奇心最重的年龄，越是无法知道的，就越是能激发起我们侦破的热情。而且，这么漂亮的蓝小禾，在我们心里，像是港台的明星，没有我们这群“狗仔队”奋力去挖掘些信息出来，与外班男生卧谈的时候，怎么能有绝对发言权呢？又怎么能美化蓝小禾在我们心中的形象呢?

我和林小帅几个男生很迅速地成立了一个临时“狗仔队”，负责侦破蓝小禾口里的秘密，亦同时担当起关于蓝小禾所有信息的播报任务。每节课都能让我们听得如痴如醉的蓝小禾，就这样，从我们口里的“美女姐姐”升级为“目标”，而她那个迟迟不现身的男朋友，则成为我们集体嫉妒着的“男1号”。

2. 秘密像花儿一样绽放

我们这支狗仔队果然没有辜负全班同学的期望，几乎每个周末晚上，都有新的消息向大家播报。据调查显示，蓝小禾肯定是有了男朋友，因为我们经常看到她坐在校园竹林的长椅上握着小巧的手机，柔声说着什么。谈话的内容，我们当然探听不到，但是那时候的蓝小禾与讲台上的她，是截然不同的。她不经意间翘起的嘴巴、中指上泛着宝蓝色光芒的指环、温柔缠绕在一起的长发，还有眸子里快要溢出来的蜜意与柔情，每一个点滴都告诉我们，手机的那一端一定是蓝小禾深爱着的男朋友。

而且，那个幸运的家伙是和蓝小禾一个大学里毕业的呢。只不过他野心太大，考取了北京一所名牌大学的研究生，狠心地把小鸟依人的蓝小禾留在了我们这所中学。这则新闻要归功于林小帅，他是高一年级的收发员，有时候想要拍某位老师的马屁，便帮人家跑腿拿信或投信。据他说，蓝小禾对爱情的依恋指数绝对是在90%以上呢。因为短信和邮件，是多么的快捷啊，可是只有心思细密的蓝小禾才不屑那样没有情调可言的方式。她会去逛精品店，买最淡雅的信封和纸张。她的素描又那么好，每一天对男朋友的思念都会细细记录下来。没有文字，只看素描里的花草和小人儿，蓝小禾的似水柔情就可以点点滴滴全都融入到人的心里去。

男生们心里的嫉妒像是一丛野草，每一点新闻的火花迸溅过来，都足以让它们熊熊燃烧起来。我们常常在卧谈会上彼此争论个不停，猜测那个讨人厌的家伙究竟何时会把美丽的蓝小禾从我们身边毫不留情地带走。每次当然都不会有统一的答案，有时候正反两方还会为此打上一仗，打完了便握手言和。因为尽管嘴上不服输，但我们心里都明白，蓝小禾已经深深植入我们每一个人的心里去，如果有谁想要把她从我们这里带走，我们都会随时联合起来，一致对外。

这样的打闹和争吵，蓝小禾没有丝毫的察觉。我们不清楚，如果她知道我们这样恨着她一心一意爱恋着的家伙，会不会一气之下再不教我们。可是想想蓝小禾对我们的喜欢丝毫不逊于给男友的关爱，我们便又高昂了头，自信不论我们做错了什么，蓝小禾都不会将我们无情地舍弃。

3. “男1号”秘密现身

梧桐树叶落满校园的时候，林小帅发布了一条重要的消息：那个在我们口中谈论到烂熟的“男1号”，周末的时候将来我们这个城市做信息调查。当然

啦，所谓的调查肯定是顺路，真正的任务是要看望日日想念他的蓝小禾哦。

班里的每一个人都瞬间变得兴奋起来。这种高涨的情绪里，其实更多地掺杂了一种莫名的自卑与自负。那个被我们心心念念着的家伙，究竟是否值得我们付出如此多的热情呢？或者换种说法，就是这个吃了天鹅肉的臭小子，究竟有没有资格来爱我们的蓝小禾？

那个周末，我们这支“狗仔队”放弃了所有出游上网或是打游戏的计划，又找来了许多必备的行头。为了让新闻播报得更具真实性，我还从家里偷来了老爸的微型 DV 机，以备让全班都能看到这一重大事件发生的始末。

终于等到了那天的到来。我们皆捧了一本书，游荡在蓝小禾的单身宿舍周围，念念有词地装作勤奋读书的模样。蓝小禾淡紫色的窗帘是微微打开着的，可以看到娇小的蓝小禾踩着凉拖，在木地板上欢快地走来走去。阳台上，蓝小禾五彩缤纷的衣服在风里飘来荡去，像是我们摇摆不定的心事。不知道何时，才能真正窥得到蓝小禾。偶尔，会有清脆的风铃在蓝小禾不经意的碰撞里叮叮当当地响起。每每都到声音细到没了踪迹，我们才会像午夜梦醒，叹口气，继续我们的侦察。

时间一分一秒地过去了，不仅蓝小禾频频地向楼下张望，就连最耐得住性子的林小帅都忍不住发了火，将那个迟迟不来的家伙贬了又贬。再也听不到蓝小禾的脚步声。她开始坐在窗前，朝那条通往校门口的大路上看过去。就这样呆坐了半个小时后，她突然欣喜若狂地站起来。

我们全都齐刷刷地朝大道上看过去，我的 DV 机也偷偷打开来。一辆红色的出租车就这样张狂地横冲过来。车门打开后，一个神情放荡不羁的大高个从车里探出身来。打扮得美丽非凡的蓝小禾还在二楼楼梯口呢，就听见她一路柔声唤着“林朋”，旋转而下。这个叫林朋的家伙，竟是没有像我们所期望的，跳下车来，跑上去拥住值得他一辈子珍爱着的蓝小禾。他依然欠着半个身子，淡漠地看着蓝小禾鸟儿一样朝他飞过去。

他们见面的过程，也就有十分钟吧。十分钟能说多少甜言蜜语呢？而且，在这样短短的时间里，蓝小禾一直在哭泣。那个忙到连车都不下的家伙，语气里竟全都是烦乱和指责。甚至他连一声再见都没说，就“砰”地关上车门，绝尘而去。

4. 让那个不爱蓝小禾的家伙后悔一辈子吧

那个记录了蓝小禾约会始末的 DV 机，被我狠狠地摔在了家里。周日的晚自习，有男生过来无休止地讨要，林小帅竟是“啪”地一拳打了过去。没有人问为什么，又似乎这样一条黯淡的消息无须人播报，就让整个班级陷入一片阴霾。

我们能说什么呢？我们真心爱着的蓝小禾，却被那个野心勃勃要闯到国外去的家伙抛在了这个小城，而且，永远不会回来带她一起走。

或许蓝小禾会因此留下来，再不与我们分开。也没有任何人能将她的整颗心带走。可是为什么，我们曾被嫉妒折磨得疲惫不堪的心，却没有开心和喜乐，只有浓得化不开的伤感与忧愁。就好像我们自己被一场爱情给深深地伤害了！

周一的英语课上，不知是谁在讲桌上放了一个青花的瓷瓶，瓶里插着的是一支完全绽放的红玫瑰。黑板上有林小帅可爱的娃娃体英语，写着：

Teacher Lan, we will love you forever!

眼睛红肿的蓝小禾并没有迟到。我们以为看到这样精心布置的讲台，她会很开心地笑，却没想她的唇角上翘，再上翘，眼泪还是"哗哗"地流了下来。

或许蓝小禾永远不知道，我们和她一样，点滴不落地经历了这场裹挟着甜蜜与忧伤的爱情。她也不知道，为什么林小帅从此那么讨厌自己的姓氏，似乎一个"林"字粘上了他，便自此粘上了污浊和晦暗。至于我们的卧谈会竟是没有了分歧，开始集体诅咒那个北京的家伙将来找个丑婆娘、母夜叉，让他一辈子后悔死。亲爱的蓝小禾，更不会明白其中的缘由。

可是失去了一颗心的蓝小禾，还有我们46颗更火热的心啊。所以，如果她悲伤，我们自信自己总会有办法让她头顶上的天空快快地明朗起来。因为还有什么能比我们对蓝小禾的爱恋更加执着、坚韧且长久呢？

彼时花开季节

■ 樱花陌

一

几个箱子堆积在屋子里，东西差不多搬空了，空气中的混浊让人不禁觉得难以呼吸。打开窗户，一阵风吹来，吹散了那本放在箱子上的相册。

走过去，弯腰，拾起，一张张青涩的笑容浮现在了眼前，往事就这样散落了一地。

故事的女主人公从一开始便不是我，只是转了好几圈，却莫名其妙地成了我。

那是初二的夏天，我安分地坐在座位上。我不过是班级里一个可有可无的角色，可偏偏是这样的我是班级里第一美女许倩的好朋友，这或许也是件比较讽刺的事。

如往常一样，我和许倩从小路中分开各自回家；可是不一样的是，面前出现了一个人——徐浩，班上最活跃之人。

“嘿，萧然，好巧。”徐浩嬉皮笑脸地说着。

“有事?”我没精打采地看了他一眼。是人都知道他是故意守在这里等我出现。

“嘿嘿，没事就不能找你?”徐浩依旧嬉皮笑脸。

我白了他一眼，没想去理他，从他身边绕过。晚上有客人，我可不想回家迟了被妈妈骂。

“哎，萧然，我们好歹是同学，有必要这么冷淡嘛!”徐浩看着我，表情有些无奈。现在的我每次回想，也不禁觉得初中的自己还真是无趣。

我回过头看着他，语气中颇有些不耐烦，“有事快说，我还要回家。”

“好啦，好啦。”他似乎也意识到了我语气中的不耐烦，连忙说出了他的目的，“我想让你帮我追许倩。”

“没空。”我想也没想地回了一句，“要追自己追去，我可没这么无聊。”说完，我转过头准备离开。

"喂。"徐浩似乎看出我迫不及待想离开，连忙抓住我的手，"萧然，好歹我们是同学，帮个小忙嘛!"

我斜眼看过去，顺便瞄上了他手上的手表，五点五十多了，本来今天放学就迟，再不回家妈妈要说了。

"徐浩，放手。"我的声音有些冷。

"呵呵。"徐浩连忙放手，干笑了两声，随即又赔着笑，说道："萧然，你看，我是真的喜欢许倩，我发誓肯定会对她好的。"边说着边竖起三根手指在脑门旁。

"徐浩，你真的很幼稚。"

似乎是被我那摸不着头脑的话弄糊涂了，徐浩显得有些懵，随即又好像想到了什么，连忙开口："萧然，我听说你妈要让你考上一线高中，可是以你现在的成绩充其量只能上二线。你若帮我，我肯定能让你考上一线，我可是全校前三。"

他拍了拍胸膛，笑得很自信。

说实话，我真得想不明白，徐浩明明就是一副吊儿郎当的样子，成绩却每回都能保持全校前三。他平头，肤色算是健康的麦色，脸形算是鹅蛋，五官很平常，但眼睛却是出奇的好看。那个时候，很多人都笑他：也只有看你眼睛的时候，才会觉得你是帅哥。

而当时的我确实想要考上一线高中，所以就这样不厚道地答应了他的条件，把许倩的爱好还有她平时接触的男性告诉了他，来换得他免费帮我补习。

初二的第二个学期，就在我与徐浩这不可明说的关系中结束。

似乎是因为我提供的资料，徐浩终于在暑假的第二个星期成功约到了许倩。

那天我和他照例来到图书馆，让他帮我补习。

"萧然。"他叫了我一声，我依旧埋在那堆参考书中，只是随便地应付了声，"有事?"

"你咋这么喜欢读书啊!"他有些无奈地看着我。

我从书堆中抬起头，说道："我不喜欢啊！但是这不是喜不喜欢的问题，这是我必须要做的，为了将来嘛。"

"萧然，我咋觉得你似乎已经是四五十岁的大妈了，一点也不像是个初中生。"他看着我，摇了摇头啧啧道。

"我觉得你幼稚，才初中就早恋。"我没有反驳他的话，反而抨击了他。

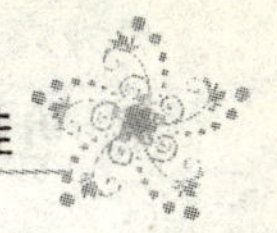

那时的我，是不能理解早恋这样的事的。

“这叫做青春好不？青春就要去大胆地爱一场。哪像你，青春就浪费在那堆没用的参考书中。”对于我的话，他不屑一顾。

没有想与他争辩什么，反正我知道不管说什么，到头来都会莫名其妙变成我的错，所以我选择了沉默，继续把他口中应该大胆去爱一场的青春，浪费在无聊的参考书中。

“喂。”徐浩看着我的样子，嘀咕道，“学习学习，难道你现在学的二元一次方程，还是你学的自由落体啥的能用到现实中？真是的。”

虽然这只是他的无聊抱怨，可还是一字不差地落入了我的耳朵，我决定要和他好好的说说。

“徐浩，这不是用不用到的问题，这是你将来能不能得到一份好工作的问题。”

“哼，反正我成绩不赖，何必担心。”他无所谓地向后躺去，“萧然，不是我说你，你老是埋在参考书中，当心以后变成老处女，没人要啊!”

“切，不用你管。”我有些赌气地别过头，不去理他。我没有他的聪明，只是随便一学都能获得全校前三。

后来我们从图书馆出来，他告诉我约到了许倩。我笑着问他要媒人红包，他说若他能真的跟许倩顺利发展，他定会包个红包给我。

他成为了第一个约到许倩的男同学。虽然是在我的帮助下，但不可否认的是，他其实真的不错。他不会像其他男同学喜欢捉弄女生，有时候还会说笑话惹得全班大笑。

他们相约去野外露营。说是露营，也不过是在小山丘旁烤烤肉，然后去小溪流那儿尝尝捕鱼的感受，到了下午也就回家了。

那天晚上，许倩打了通电话给我，告诉我他们露营的情况。她说，原来只是觉得徐浩吊儿郎当、嬉皮笑脸，只有成绩好而已。今天和他出去了一趟，才知道原来他很风趣，很懂得在无聊的时间说些笑话来打发时间。而且他也很绅士，知道她累了，会把他穿的衬衫外套铺在地上让她坐。

在许倩兴奋的言语中，我明白徐浩马上就会成功了，而我答应他的事也就做到了。

随后果然没有多久，徐浩和许倩交往了，在暑假最后的一个星期。

二

当时，我的成绩因为徐浩帮忙补习了半年的缘故，已能稳定在全班前十

了，所以我和他那份复杂的关系随着他和许倩的交往也就结束了。

日子回到了从前，不一样的是，在回家的队伍中多了一个人，然后多了许多的欢笑。

渐渐地，许倩不知怎么回事离我越来越远了；相反，却跟我们班的另外一群女生靠得近了，看我的眼神也渐渐地变得复杂起来。

我有些不懂，但是回家的时候，她依旧还是与我很亲密，三个人依旧打打闹闹地走回家。

那天，许倩因为家里有事就跟班主任请了假下午便回去了，我以为没有了许倩，徐浩也就自己一个人走了，可是他还是和我一起走。理由是：“反正已经习惯了，外加你是许倩的好朋友，还是我们的红娘，送你安全到家应当的。”

然后我们就这样有一搭没一搭地走在路上。突然之间，他却停下了脚步，这把我给吓了一跳。他转过头看着我，眼神不似往日：“萧然，你认真告诉我，我和许倩在一起好吗？”

我被他的话问得一愣，随即反应了过来：“很好啊！你不是很喜欢许倩吗？”对于他的问题，我有些莫名其妙。

“呵呵。”徐浩似乎也觉得自己的问题有些突兀，傻笑着挠了挠自己的，“我也不知道为什么觉得怪怪的。”

“对了，萧然，你觉得我们在一起会是怎样的场景。”

“啥？”这下我是真的懵了。

“许倩前几天说，我和你好像比较有共同话题，为啥不找你处对象。”他看着我，语调依旧吊儿郎当。

“呵呵。”我干笑两声，没有应答。听闻他的话语我才恍然大悟，好像我们在一起的时候，大部分都是我和他在对话，而许倩好像看上去更像个陪从。我也从那时明白了为什么许倩会越来越远离我了。

从那天起，我便找了个借口不再与他们一起走了。在我看来，友情远远比爱情珍贵多了，可是有些人似乎把爱情看得更重些。

许倩问我为什么不一起走，我说不好意思打扰你们两口子谈恋爱呗，电灯泡当了这么久了该去充电了。

许倩笑了笑，中间徐浩也来问过我，我知道若是说相同的理由是拗不过他的，所以便说了家里有事推脱了过去。

可是即便如此，他们还是在寒假的时候分了。许倩那天哭着过来找我，哭了好久好久。她说：“萧然，徐浩他竟然跟我分手了，虽然我知道现在初三了应该以学业为重，可我还是努力地和他一边谈着一边维持着学业，可是

他却说分手。”许倩抬起头，泪水早已模糊了她的视线。

“我原先以为他有点喜欢你的，因为你和他永远有说不完的事。即便你们两个什么也不说，也依旧让人觉得你们默契十足。可是后来你不跟我们走了，我以为我会和他好好的。可是你知道吗？没有你的时候，他虽然还会说笑话逗我开心，可是沉默的时间却比你在时多出好几倍。你说，他是不是喜欢上了你。”

听着她的话语，我只是轻拍着她的背，安抚着她，然后把我和他初二第二个学期的事告诉了她。

她只是抹了一把眼泪，笑着说道：“萧然啊！你还真会出卖我。”

我装着委屈说着不是，心里知道她不是真的生气。

“算了，我还是努力学习吧！”她的话让我十分讶异。她刚刚不是还哭得稀里哗啦，不过一会儿时间却又像没事儿人般。

“萧然啊！其实我好像也不是真正地喜欢他，只是为了那份他追我的执着让我有了虚荣心罢了。然后就是他提出分手，让我觉得有些不爽而已啦。”

我这才觉得，原来不管女人还是女生，心思一样难以理解。

三

初三的最后一个学期来临了，我和许倩依旧保持着那种让人不禁觉得讽刺的关系。

我们与徐浩的关系也恢复到了从前，或许更冷淡些。因为许倩被他甩了，在一起总有一种不自然的尴尬，即便两人没有说什么。

期间徐浩有来找过我，如那次一样，明明是在路口故却意等着装作巧遇，我站在那里看着他。

“萧然，你在躲我吧，因为许倩吗？”没有往日的吊儿郎当，他笑得十分温和。

“嗯。”我点了点头，反正他已经知道就没必要隐瞒下去。

“呵呵，萧然你果然是一根筋。”他看着我大笑，似是有些无奈。

“徐浩，你疯了啊！”我白了他一眼。他的样子让我莫名地有种想逃离的冲动，而我也真的这么做了。没有理会他还想继续说下去的样子，我说了一句“家里有事”就狼狈地逃了。

或许那个时候我不是真的明白一切，只是直觉告诉自己，他要说的话会改变许多许多。

往后不仅许倩躲着他了，我也开始越发地躲他了。我害怕他那偶尔投来的目光会打乱我的生活。

时间就这样溜走了，中考很快来临了。我如愿以偿地考上了我们这里的重点高中，而许倩只是上了个二线高中，也就是“优高”。出乎所有人意料的是，徐浩要出国了。

毕业典礼后，我们一帮同学来到学校附近的小店里，算是初中同学的饯别聚餐吧！因为除了徐浩要出国外，我们也有七七八八的同学不在这城市读书了。

我因为不太喜欢这种气氛，严格来说，我对班里同学的感情并不深，只是那种记得名字、说得上几句话的关系。所以我没有那种离别的伤感，只是觉得这气氛弄得人有些烦躁，便借上厕所这一万年不变的借口，遁逃了出来。

“嘿，萧然。”徐浩的脸出现在我的视线里，依旧嬉皮笑脸。

“嗯。”我只是点了点头。这气氛弄得比在里面更让我烦躁，让我觉得出来是一个错误。

“萧然，话说从那天我在小路遇到你之后，我们就没怎么说话了。”他看着我，依旧带着笑。

“呵呵。”我干笑两声，以求能蒙混过去。

“对了，我下个星期就要出国了。”

“嗯。”我点了点头，表示知道。

“你不应该有所表示？好歹我也当了你半年的小老师。”徐浩揶揄地看着我。

“喂，你当我小老师，我不是也提供你许倩的情报，一来一往，扯平了，不要妄想在我身上再捞什么油水。”

“哎，你这是考上了重点高中，就忘记你的恩人啊！”他摆出一副你忘恩负义的表情看着我。

“切。”我不屑一顾。

就在我们这一来一往互相打闹、互相调侃的对话中，这半年的隔阂似乎已经不复存在，似乎又回到了那年他帮我补习的时候。

“萧然，这个给你。”他从口袋中掏出一样东西扔给了我。

我伸出手连忙接住，一个精美的盒子躺在了我的手上。打开来一看，里面安静地躺着一条手链。我笑了笑，挑了挑眉，问道：“送我？”

“嗯。”他有些不好意思地挠了挠头。这是他的一个习惯——当他不好意思的时候，他都习惯挠自己的头，虽然他是平头。这也是和他补习的时候，

我发现的一件有趣的事。

“徐浩，你也会买这种东西啊。”我打趣道。

他刚想说什么的时候，后面就传来喊我们的声音。他匆匆叮嘱我要我仔细看看，然后就走了进去。

随后，我们全班同学集体拍了张照片，里面每个人都带着属于他们的青春笑容。

只是徐浩错估了我的仔细程度，等到我发现这手链上的字时，已经是一年以后了。

四

Je t'aime，法语，意思是我喜欢你。那是手链上的文字。

事后我们班的同学在一次聚餐的时候说，似乎那天登机的时候徐浩在等什么人。所有人都以为是许倩，但是我知道他等的人是我，而许倩也知道她等的是我。要问为什么我们都知道，只能说女生的直觉有的时候是非常可怕的。她有问过我为什么那天不去，我告诉她我根本没看到里面的字，况且我也不想去，怕尴尬。

许倩只是白了我一眼，有些可怜徐浩地摇了摇头，然后用力地拍了下我的背，神情中不再是同情，而是弥漫着一丝开心：“算你为我报仇了，好歹他也尝到了什么叫做失恋，哼哼。”

我只是笑了笑，不置可否，就算那时我看到了，明白了，我也不会去说些什么，因为对那个时候的我来说，爱情只是个可有可无的东西。我不想因为它而让我和许倩的友谊产生变化，也不想因为它而让我的学业有所变化。

时光荏苒，那青葱的岁月早已流逝，只剩下心中那小小的一块还保留着最初的美好。

我看着照片中一张张青涩却又充满着希望的笑容，嘴角扬起一抹满足的笑意，想必徐浩此时过得应该不错。

在一次初中同学的聚餐上，有听同学说起过，他考上了美国佛罗里达州的一所大学，具体叫什么，我也不清楚，那些外国的大学名字记起来十分费劲。我把照片重新放进相册中合上，而那条他送的手链，如今安安稳稳地躺在行李箱中，随着我搬到新的住处。

这只是个小小的故事，发生在那青涩的岁月中。

故事的女主角本不是我，只是转了几圈之后，便成了我。

猕猴桃的自尊心伤不起

■ 风为裳

一

邱锋意识到自己在嫉妒沈南瑞时，跑到操场上狠狠地鄙视了自己一下：自己一个大男生，怎么可以像个女孩一样小心眼儿呢！

天真蓝，真高。邱锋一个人站着，地上的影子被拉得很长很长。陶乐乐跑出来喊他："都放学了，怎么还不回来收拾书包回家？"

邱锋很矫情地仰头闭眼，把即将酝酿出来的眼泪咽下去。

走回教室时，陶乐乐说："我知道输给沈南瑞你不服气，但很多事，你要明白，光靠努力是没用的，要靠天赋！"

这实在是句火上浇油的话。邱锋叫道："什么叫光靠努力没用，要靠天赋？这世界上的天赋都让沈南瑞一个人占去了吗？有什么了不起，还不是靠老爸，'拼爹'。传说沈南瑞的老爸赞助了学校实验楼，校长见到沈南瑞的老爸都直不起来腰呢！"陶乐乐叹了口气："你都说是传说了。就算这是真的，篮球比赛靠的不都是技术吗？今天沈南瑞得分、篮板、助攻三双那叫一个漂亮，他当最有价值球员也是实至名归，不是吗？"

邱锋瞪了一眼"况且"个没完的陶乐乐，三步并做两步跨上台阶。

洗澡时，邱锋看着被水雾氤氲得朦朦胧胧的镜子里的自己，觉得自己长得真像野草，就是路边那种随意生长的野草。邱锋伸手擦了一下镜子，看清自己的脸：脸上的五官长得太过随意了，还有那些"野火烧不尽，春风吹又生"的青春痘。这张脸，简直就是只猕猴桃嘛。

邱锋似乎在面前的镜子里看见了沈南瑞那张帅气英俊的脸，自言自语道："谁说这世界是平等的？人就是生而不平等的！有人生来就是王子，有人生来就是路人。"

那晚，邱锋感到有些绝望。

二

邱锋很讨厌沈南瑞。他就像一座大山一样压在自己的身上，无论邱锋怎么努力，他都没办法超越沈南瑞。

差距不是一星半点儿，所以，就连“既生瑜，何生亮”这样的感慨，邱锋都不敢有。

陶乐乐是个讨人厌的女生，她竟然说：“喂，邱锋，你知不知道，忧伤是帅哥的专利？像胡歌那样的帅哥，眼神忧郁得如一池湖水。妈呀，迷人啊，真的想让人深入湖底，一探究竟！”

这句没惹毛邱锋，惹毛邱锋的是后一句：“算了，用胡歌的标准要求你太不现实了。远的学不来，你就学学近的呗，好歹你像沈南瑞那样阳光一点好不好？本来长得就像猕猴桃，一天到晚再愁眉苦脸的，真是难看的平方！”

邱锋“咚”地一弯身拉起椅子站起来：“猕猴桃也是有自尊心的好不好？”

邱锋自己也没意识到自己的嗓门那么大，以至于全班同学的目光都聚在邱锋身上。邱锋瞬间被各种沮丧击中，快步走出教室。踢教室门时，脚很疼。

太阳很明亮，但是邱锋觉得自己的世界灰暗极了。

邱锋的父母是平常老百姓。老爸是安装空调的。夏季忙得恨不得脚打后脑勺；到了冬天，闲得天天心情不好。老妈从前是工厂女工，后来下岗，现在做家政。她每天给人家洗衣服、做饭，却难得给自己的儿子、老公洗件衣服、做顿饭。因为每次老妈都好像在外面把最后一点力气都用光了才走进家门。

邱锋老爸最常说的话就是：“儿子，你是咱家的希望，咱家全靠你了！”靠他什么呢？长本事，考上好大学，出人头地，挣大钱，让父母过上好日子？那些目标无数次在邱锋脑海里出现过，但是，可能实现吗？自己很努力学习，但成绩总是不上不下的。自己喜欢打篮球，但限于身高、碍于技术，根本没有做职业球员的可能。况且，这社会不是都兴“拼爹”吗？自己谁都靠不上，出路在哪呢？邱锋觉得没劲，真没劲。

邱锋拒绝跟陶乐乐说话。陶乐乐噘着嘴抱怨：“干吗啊，好像谁欠你八百吊钱似的？”

“你闭嘴！”邱锋的目光犀利得吓人。

三

放弃自己是件很容易的事情。邱锋开始放弃自己。他不再兢兢业业地做笔记、认真听讲，他也不再去篮球场一遍又一遍地苦练三分球。他像一只逐渐在失去水分的猕猴桃。

那天，老妈被家政公司评为优秀员工，拿了一千元奖金。老妈买了许多菜，也买了水果，兴冲冲地回来。

老妈把猕猴桃切好，插上牙签递到邱锋面前时，邱锋本能反应一样推开了那只果盘：“我不吃！”

尴尬瞬间浮现在老妈的脸上：“怎么啦，儿子？是不是怪老妈平时太忽略你了？”

邱锋最害怕这样的对话。老妈总是不分场合、不合时宜地表达自己的内疚，就好像她没时间陪自己犯了多大错一样。邱锋不是不懂事的孩子，他只是……自己跟自己别扭而已。

吃过晚饭，老妈仍然把那盘切好的猕猴桃端到邱锋的房间里。“吃啊，很贵的。妈妈是狠狠心才买的。我打扫的那家，总给儿子买猕猴桃。我还纳闷，这么丑哈哈的水果有什么好吃。那家女主人说，这里边维生素C多着哩，号称‘水果之王’！”

为了敷衍老妈，邱锋吃了几块，酸酸甜甜的，挺好吃。还有那小小的黑籽，一咬，它们像在嘴里跳舞。邱锋递给老妈，老妈吃了，连声说好吃。说得邱锋有些心酸。

那天夜里，邱锋在黑暗里睁着眼睛想了许久。

如果你看不起自己，就没有人会看得起你。你不是水蜜桃，干吗嫉妒水蜜桃的光鲜亮丽呢？那只能放大你的丑陋，失去前进的动力，这值得吗？

四

班主任“汤帅哥”把邱锋叫到了办公室。

他递给邱锋一根棒棒糖，然后自己居然也叼了根棒棒糖。

邱锋把那根棒棒糖捏在手里。

“汤帅哥”说：“知道糖是用来干吗的吗？”

“吃的啊！”

“那干吗不吃呢？”

邱锋无奈，把棒棒糖放进嘴里。

“好吃吗？”

“嗯！”

“汤帅哥”坐直身子，把棒棒糖从嘴里拿出来：“有什么不开心的事，说出来，让老师开心一下！”

邱锋简直被这无厘头的“汤帅哥”给气乐了。他没好气地说道：“没什么！”

“我觉得你最近，像一只……临近腐烂的猕猴桃！”

又是猕猴桃，真是疯了。

邱锋抬起头，目光锐利：“为什么不是苹果，不是橙子，不是水蜜桃，偏偏是那么丑的猕猴桃？为什么？”

“汤帅哥”的目光平和地接住邱锋的目光：“问得好！为什么我是我，不是吴尊，不是韩庚，不是郎朗？为什么我要过这样一天就是一年，一年就是一辈子的平淡人生？我也这样问过自己，你相信吗？”

邱锋的目光充满了狐疑。他说：“老师，你长得那么帅，还有……”

“还有什么，你说！”

邱锋想不出来了。说实在的，“汤帅哥”除了长得有点帅之外，课讲得并不怎么好。有好几次，“汤帅哥”都极沮丧，据说是被教导主任训了。

“汤帅哥”眯着眼说道：“这世界上，没有人是完美的。每个人的生活都是不同的，所以不必想做别人。就算是你羡慕、嫉妒、恨的对象，他们也有着不为人所知的烦恼。也许，在暗地里，他们还羡慕你呢！”

“怎么会？我一点优点都没有。无论我怎么努力，我都没办法做最优秀的；无论我付出什么，我都没办法得到我最想要的结果……”邱锋把心底的想法说了出来，长长舒了一口气。

“为什么要做最优秀的？为什么付出就一定要达到最想要的结果？这世界上，最多数的人都是普通人，很多人一辈子都在做没有回报的付出……”

午后的阳光斜斜地照到办公室里，时间像凝固了一样。

邱锋看着“汤帅哥”的脸，他突然觉得心里有一道门被拉开了，一束阳光照了进来，照得他有些睁不开眼睛。

五

如果你不把山当成山，那就不会有那么强的压迫感。

邱锋决定先把压在心里的那座山搬走。

放学后，他在路上等到沈南瑞。

沈南瑞不像很多有钱人家的孩子那样，很嚣张，他其实很低调的。比如，他从不让家里的车来学校接他。每天上学放学，他都骑着一辆有点旧的自行车。

邱锋深呼吸了一下说："南瑞，我想跟你说件事！"

"哦？"

两个人坐在路边小公园里。邱锋说："你知道我嫉妒你吗？疯狂地嫉妒你。我把自己看成是最丑陋的猕猴桃。我觉得我的自尊心一直在受伤，因为你那么完美，无可挑剔！"

沈南瑞的眼睛睁得很大。他说了一句让邱锋惊讶无比的话。沈南瑞说："你知道我也嫉妒过你吗？"

怎么会？邱锋有什么地方好让沈南瑞嫉妒的呢？他一定是为了安慰自己开玩笑的。

沈南瑞说："那天下小雪，你妈妈站在教室外面冻得脸通红给你送棉夹克。还有那一次，你老爸给你送你落在家里的物理作业……"

邱锋的目光在沈南瑞脸上扫来扫去。

沈南瑞咬了咬唇："我爸爸是很有钱，可他跟我妈妈离了婚，我妈出国了，每年跟我的联系就是电话。然后家里常常有不同的阿姨来来往往……我总是想，会突然有哪一天，我爸会让我管其中的一位叫妈吧……"

"汤帅哥"说得真是一点错都没有，每个人都有自己的烦恼。即使人无法选择生活，但至少他可以为自己的快乐负责。

夕阳西下，两个少年倾吐着自己的人生烦恼。那些烦恼就像气泡一样渐行渐远。

他们说："有空，打球！"

嗯，有空，打球。

六

邱锋从网上挑了许多笑话与脑筋急转弯背下来。这样跟同学说话时，就不会太枯燥了。邱锋每天都晚半小时回家，在篮球场练三分球。比赛时，仍然会有很多次投不中，但邱锋总是在心里告诉自己："下一次，一定会进的！"

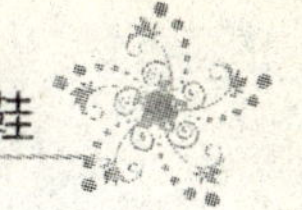

陶乐乐是最早注意到邱锋变化的。她说："同桌，最近有什么喜事吗？"

邱锋眯了眼，嘴角泛起一丝丝微笑："幸福感是自己找出来的？喏，吃一根棒棒糖就很幸福！"

邱锋给了陶乐乐一根棒棒糖。

陶乐乐噘了噘嘴："你该不是偷偷进了哈里·波特的魔法学校吧？"

"这可说不定哦！"

邱锋生龙活虎地出现在篮球场上，三分球一投一个准。付出都是有价值的。沈南瑞也很棒，拿下两双。赢得了最多的女生尖叫。

邱锋这次没嫉妒，他真心地为自己的朋友感到骄傲。

牛奶，我从不讨厌牛奶

■ 代号9763

一

“报告！”某中学的一个教室门口传来一声异常响亮的声音。

“苏港！你又迟到了！”受到惊吓的老师怒吼着。

“特殊情况，特殊情况，下次再也不敢了。”

“还敢有下一次！下课到我办公室！”千年不变的口头禅。

一张高昂着的脸，和另一张快要低到脚指头的脸定格在第一节早读课上，并且保持了很久。

……

苏港破天荒地觉得下课铃也可以让人如此讨厌。又要去维持自己卑微，做出可怜兮兮的屈服者姿态。这对一个雄性生物来说，绝对称的上是一种折磨，一种赤裸裸的精神摧残。但苏港例外，他只是心疼课间宝贵的踢球时间。

“苏港，开学没几天，你看看你都迟到几回了！我也不想说你，但哪次提醒你听进去了？我说你也是为了你好，将来……”同样的说教，不知道老师说了多少次，也不知道苏港听了多少次，唯一不同的，也就只有每次批评时分贝大小的差异吧。

或许就是由于次数太多的缘故，苏港的免疫力已经练到了炉火纯青的境界。任何伤自尊的话，在他耳朵里充其量就是句冷笑话。

老师的说教已经到了白热化的程度，这从他那器宇轩昂、满面红光的神态中就能看出。从小学迄今为止，所有关于苏港的劣迹很完整地被老师一一还原、展开并且扩展。不愧是教语文的老师，多么写实的事件在她嘴里都充满了离奇且夸张的色彩。

明明是不小心进的女厕所，却说是蓄谋已久的阴谋；明明只是为了替同学打抱不平，却被说成心胸狭隘、挑拨离间；明明是走路不小心踩到女同学的裙子，却非要给扣一个思想龌龊的帽子……总之，苏港已经成了千古罪

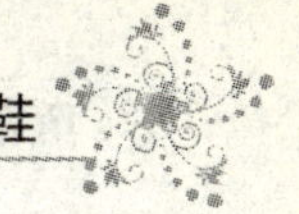

人，要遗臭万年了。尽管他不认为这些是什么大事，但老师绝不会这么想。

苏港的小腿已经开始打战，但同时也在庆幸这不是下午的最后一节课，不然不知道会不会站到瘫痪。

“噗。”很明显是憋了很久才爆发出来的笑，时间还短暂的可怜。

苏港朝声源望去，另一张办公桌站着一个穿着棉布裙子的女孩，一张笑过后舒展的脸清晰地映入了苏港的眼睛。苏港默默地长叹了口气，哀悼自己已经公于天下的事迹。那女孩发现苏港正朝她看，会心一笑，甩下“你真是丢脸”的表情就匆匆离去。

“苏港！我跟你说话呢！你都听了没有！”

“听了，听了。”苏港马上回过神来。

就这样，苏港以一个令人无力的方式开始了一天。

二

“喂！苏港，快传球！”

“知道了。”

虽说是盛夏，但偌大的操场上，依旧少不了充满活力的身影。酷热和充满了荷尔蒙的年轻人比起来，完全没了气势。阳光的味道和汗水的味道交织在一起，勾勒出了青春的轮廓。

“最后一击。”苏港用尽力气踢出脚边的球。

完美的弧线划过软绵绵的天际，但不幸的是，它脱离了原先设计好的轨道向另一边飞去。操场边正在前进的女孩完全没有察觉到，苏港默念着“死定了！”一边转过身，不去看即将上演的惨剧，也祈求着那个倒霉的女孩千万别发现是他踢的球，或是能给他留个全尸。

“砰！”

“哎哟！我的脑袋！”一声凄惨的叫声散播开来。

女孩的表情完全不像是被不明物砸中的表情，倒是苏港在龇牙咧嘴。这个插曲的主人公很戏剧化地调换了身份，被球砸中的苏港估计也想不到自己的命运可以如此悲惨。那个女孩在球砸向她的一瞬间，十分霸气的让球返回到踢球者的方向。整个动作，流利得让人咂舌。

“对不起，对不起。”女孩立刻跑去道歉。

“没事。”苏港揉着脑袋对女孩说，紧接着，却是一副吃了苍蝇的表情。

“是你啊。”女孩比苏港还要吃惊。

“……”居然是那个穿棉布裙子的女孩。

“我们见过两次面，算是朋友了吧？”

“啊？”苏港完全没搞清楚状况。

“交个朋友吧，我叫牛奶。”

“牛奶？”

“嗯，这可是我的真名，如假包换。难道你就不觉得牛奶是世界上最美妙的东西吗？”

“我最讨厌喝牛奶了。”

“会长不高的。”

“我已经够高了。”

“那可真可惜，这么棒的东西你竟然会不喜欢。”

“萝卜、青菜，各有所爱嘛。”

“你会喜欢上喝牛奶的。”女孩忽然严肃起来。

苏港嗔怪道：“我想不太可能了，没有人会突然喜欢上自己讨厌的东西。”

“喂！苏港，快来踢球。”

“来喽！”苏港扭头对女孩挥了挥手，向另一边跑去。

这段不长的小插曲告一段落，苏港又开始满操场地追着球跑。笑声、喊声、很轻很轻的风声，挤在小小的空间里，却没有人觉得拥挤。

三

明明是早晨，苏港却觉得整间教室都笼罩着死亡的气息。

“苏港！你看看你的卷子，全是空白！整天坐在教室耳朵长哪去了！看看别人，都是坐在一个教室的，考成这个德行不嫌害臊吗？!”

“……”

“行了行了，你到外面站着去！什么时候把题琢磨清楚了再进来。”

“哦。”

苏港拖着步子走出了教室，卷子在他手中已经揉成了一团。不知从什么时候起，苏港开始讨厌学习。那些千奇百怪的几何图形、陌生的英文字母让他丝毫提不起兴趣。有时试着认真听课，可是因为基础差，听课仿佛是听天书，总也跟不上别人的速度，像是个白痴。

“你怎么站这儿啊？”

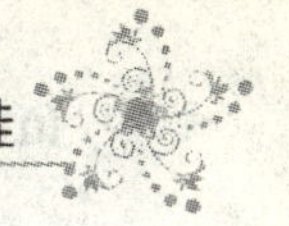

苏港抬起头，牛奶的脸就在窗户外，她们正在上体育课。苏港无奈地回答："考试挂红灯了呗。"

"哦。"牛奶沉默了几秒，然后又抬起头很神秘对苏港说："那你想考及格吗?"

"没戏的。"

"怎么会呢，我可是有诀窍，不如这样，我帮你补课。"

"你?"

"对啊，你可别小瞧我，我保证让你及格。不过呢，你得答应我个条件。"

"什么条件。"

"到时候你就知道了。"牛奶说完，未等苏港表态，就离开了窗边。

到了下午放学，牛奶果然出现了，她左手一大摞教辅书，右手是一个大得出奇的水瓶，十分威武地堵住了正要出门的苏港："说好了的，我要帮你补习。"

"不是吧?"苏港显然对这件事没了印象。

"快点快点，时间很宝贵的。"牛奶奶扬了扬手中的卷子："今天你得做十张卷子才能回家。"

"其实你不用当真的。"

"你不许后悔，别忘了我帮你补习你还得答应我一个条件呢。"

"我有说过吗?"苏港内心已经开始抽搐。

……

"喂！半天你就写一道题啊。"

"已经是超常发挥了。"

牛奶撇开卷子，拿起数学书摊在桌子上："你还是背概念吧，十五分钟，必须全背完。"

"十五分钟！你确定?"

"废话！这不是文言文，也不是英语，根本一点技术含量都没有。你赶紧背!"

……

苏港在自己现有的青春里第一次如此大规模的活动脑细胞，也是第一次"屈服"在一个"弱不禁风"的女生手里。明明一个七尺男儿，却要悲情地埋头苦读，还要时时提防着牛奶毫无预兆的暴力袭击。这根本已经不是受折磨的问题了，而是已经"荣升"到精神层面了啊！

一整本书的公式外加数不清的卷子，为苏港具有灾难性的一天画上了句号。“四肢发达的人干头脑不简单的事果然很糟糕。”苏港总结道。沉甸甸的脑袋和马上快要打架的眼皮快要把苏港带进梦乡。

“等等，你先别走，先把这个喝了。”

“什么啊?”

“牛奶。”

苏港听到这两个字下意识地向后猛退两步。要知道，喝牛奶等于要了苏港的命：“我喝这个东西干吗!”

“这是我无偿帮你补习的条件。”

“那我不补了行不行啊?”苏港已有些想哭的冲动。这丫头居然把她的爱好强加到他身上，天理何在!

“君子一言几百匹马也难追，你可不许反悔!”

“……”

苏港苦着脸接过牛奶，却迟迟不敢往嘴里送。那种白色的液体和让人窒息的奶香在苏港眼里堪比毒气，他甚至已经看到了喝下牛奶后全身发黑，口吐白沫的画面。

“发什么愣，快喝!”“牛奶”夺过牛奶，十分利索地将其灌进苏港的嘴里。接着，杀猪般的叫声在无形中将空气分解得支离破碎。如果此时门外有人，一定会把这种凄惨的叫声当做一桩命案。

“没有这么恐怖吧?”

“水房，水房在哪！我要漱口!”苏港冲出教室。

从水房出来后，牛奶又雪上加霜地说：“以后每天都要喝，赶紧适应吧。”说完，牛奶抓起书包一溜烟地跑掉了。

“伤口上撒盐的事，也只有牛奶干得出来了。”苏港在心里嘀咕。

这样的日子一直持续了很久，每天多得吓人的习题和雷打不动的一杯牛奶对苏港来说已不再可怕。他没想到做完试题、背完课文会比打怪、通关更快乐，也没想到过牛奶也可以和可乐一样好喝。看来有时候有些事情远没有你想的那样痛苦，不过是我们找到的一个并不聪明的借口罢了。只有真正去做过那些我们认为痛苦的事，才会明白，没有什么是不可能的，只有自己认为不可能它才会不可能。

四

过不了多久就是中考了，所有学生都在这段时间一下子有了危机感。每间教室都是埋头做题或是叼着笔晃着脑袋背书的学生，堆得歪七扭八的书像

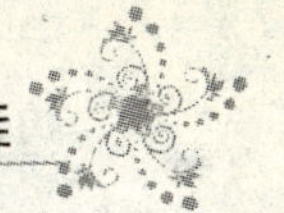

是横着眉头的老师，一动不动地盯着每一个学生。苏港以前也是这一队伍中的一员，可自从被牛奶开了窍，学习一下子就成了他的一大爱好，打游戏、睡觉、踢球很可怜地被挤兑出去了，就连做梦都在背英语单词。身为“开导者”的牛奶更是有面子，拯救了祖国的“花骨朵”的功劳，时常被她念叨在嘴上。

中午食堂——

“苏港，中考以后，你要到哪个学校上啊？”牛奶一边吃饭一边问。

“考哪上哪呗。”

“去一中吧。”

“考不上的。”

“如果可以呢？”

“那也不去，又不是一个市区的，离家太远了，我嫌累。”

“哦。”

“对了，那你要上哪啊？”苏港问。

“一中。”

……

五

半个月的奋斗即将就要见成果了，苏港也罕见地有些紧张：考砸了可就对不起他每天凌晨三四点才睡熬出来的黑眼圈，更对不起每天帮她补习的牛奶。

排名榜公布时——

苏港从后往前一个一个仔细地找着，生怕自己的名字悄悄跑掉。

“苏港，厉害啊！第22名。”班长在苏港后面大喊着。

苏港愣在原地，显然不敢相信。等他自己亲自找到名字后，兴奋才蹦出来爬到他脸上：“我进前30啦！我进前30啦！”说完，苏港冲出人群，朝教学楼跑去——他要告诉牛奶这个消息。他可是向牛奶保证过要进前30的，当时还只是开玩笑地说说，但现在这已经成了事实。苏港第一次跑得这样飞快，恨不得就在原地拿着大喇叭朝牛奶喊：“他考到前30了”。

“牛奶！牛奶！”苏港站在牛奶班门口激动地叫着。

“她没来。”

“怎么会呢？”

“她搬去别的城市了。”牛奶的同学边说边拿出一张折得整整齐齐的纸递给苏港。

苏港接过纸，道完谢失落地转身走开，激动和失望造成的巨大反差竟让他的胳膊失去了力气。苏港边走边低下头将纸打开，牛奶清秀的字安静地躺在淡蓝色的纸上。

致苏港：

我想你一定看见考试成绩了吧，那你是不是正对着榜单傻笑呢？很可惜啊，作为“开导者”的我没法和你一起没心没肺地笑了，但我是真心希望你就这样一直优秀下去，那样，你就不会太容易忘了我们为了数学题吵起来，因为拗口的古文头疼的画面了。

我们都只是尘埃，但能在千千万万的尘埃中遇见、相识，又做了朋友，真的太神奇，太幸运。我想，今后很难会再见面，但我不会忘记“苏港”这个名字，忘记你喝牛奶时那张纠结的脸，我不能忘记的太多太多……我会珍惜这一切。

苏港，这是最后一句话了：我能请求你，不要再那么讨厌牛奶，可以吗？

……

只是很短很短的一封信，苏港却反复看了很久，每一个字，甚至牛奶写这些字的表情，苏港都能在脑海里想象得到。像播放幻灯片一样，曾经的，现在的，还有未来的，一切可能出现的画面都一一闪过，在大脑里翻搅着，一遍遍为苏港加深着记忆。经年之后，他还会记得有一个女孩，帮助过他，激励过他，记得她为他总也不开窍的脑子付出的时间和精力。

苏港攥着牛奶的信，在心里默念着：我早就不讨厌牛奶了。

食草类霸王龙再也不会有了

■ 羽轩·疯少爷

一

“小轩是少爷哎。”林诗诗气鼓鼓地将书摔在课桌上。

“烦死了，那小子是少爷关我什么事啊？”

“怎么不关你的事？别忘了谁老是欺负人家。”

林诗诗满是讥笑的话真的触怒了倩倩的神经。

“啪！”倩倩把课本丢得满地都是。

林诗诗惊讶地盯着倩倩：“你疯啦？”

“哼，你还真是贱啊，小轩刚刚转来的时候是谁一个劲地欺负他？我告诉你，你永远也别想打小轩的主意。”

堵在胸口的怨气挥散的感觉真不错，理了下额头前的刘海，倩倩回到了座位。

三个月前。

“这就是新转来我们班的羽轩同学，希望大家和他好好相处。嗯？”

老师皱了皱眉头，“倩倩，你给我起来。”

伴随着老师的一声吼，倩倩挠着头站了起来：“下课了吗？”

老师脑袋上滴下老大一滴汗。

“唉，真拿你没辙，这是你的新同桌——羽轩。”

“你，你好……”

“嗯。”

“额，倩倩，你别欺负他啊。”

“知道了。”

“每次都说知道，还不是继续欺负？”

老师摇了摇头走出了教室，和门外的老师寒暄着。

羽轩怯生生地挪到倩倩旁边却不敢坐。

“坐下。”

“嘭”，羽轩被一把按在了椅子上，吱吱呀呀的椅子发出了反抗的声音，却直接被过滤了。

倩倩上下打量着这个新同桌，白色的衬衣，浅蓝色的牛仔裤，顺顺的头发显示出了他的身份——好学生。

“切，又一个草包。”说完，倩倩趴在桌子上继续和周公约会。这时，羽轩偷偷观察起倩倩：黑色的头发刚刚到下巴，黑色的上衣搭配着牛仔裤，一双褐色的靴子是那么的随性。

或许是感觉到羽轩在看她，倩倩猛地直起了身子： “看什么看？找死啊？”

羽轩被吓得哆嗦起来：“没……没看什么。”

看着羽轩的样子，倩倩禁不住笑了出来，羽轩再次看得发呆了。

一笑倾城，再笑倾国。这八个字差不多形容的就是这种笑容吧。

“喂，喂，喂——”

“啊？”羽轩突得站了起来“B，选 B。”

哄笑一堂，羽轩红着脸站在座位上不知道怎么办。

“笑什么笑？不就是走神了吗？至于吗？”翻了个白眼，倩倩再次趴在课桌上。

“坐下吧。”

“两个活宝坐在一起指不定惹什么乱子呢。”老师拍了下脑袋继续上课。

羽轩轻轻推了推倩倩“谢了。”倩倩勉强挤出个笑容又睡着了。

羽轩无奈地笑笑，觉得倩倩还真是可爱啊。

二

“今天吃什么？”

“随便，你买什么就吃什么吧。”

“那这样吧，今天出去吃好不好？”

“好啊，只要你不怕我吃穷你，那就出去吃喽。”

羽轩笑了笑便开始写作业，心里想着中午的伙食。

这便是星华一中最最匪夷所思的事：赵倩有了一个异性朋友，也是她唯一的朋友。等到倩倩去买零食的空当，几个男同学围在羽轩面前。

“大哥，你是用何种方式让我们的冰山美人拜倒在你的喇叭裤下的？老实交代啊。”

羽轩挠了挠脑袋，为难地说“我没干什么啊？她没有你们说得那么吓人啊，她很乖的。”

几人张大了嘴巴。

“好彪悍的想法，小弟佩服。”几人一抱拳退回了座位，这时，倩倩抱着一大堆零食走了进来。

“累死我了，哎，你都不会来接我啊。真是个死人，猪脑子。”

“呵呵。”羽轩一如既往地挠着脑袋。

羽轩翻着零食：“怎么这么多巧克力？”

“本小姐喜欢吃不行啊。”高扬的下巴指着羽轩，倩倩犹如女王一般看着他。

“没有说不行啊，只是那个吃多了不好。”

“不好就不好，反正没人管我。”

皱了皱眉头，羽轩还是压下了嘴边的话。还不到时候，时候到了就告诉她。

“哎，你带我来这里干吗？”

“吃饭啊，没看出来吗？”

“可是这里的东西看起来都好贵的，你有钱吗？别在我面前装大款，我不喜欢。”

“我知道，可你每天吃那些零食没有什么营养的，所以呢，要补充一下啊。”

羽轩不知从哪里来的勇气牵着倩倩的手走进了一家西餐馆。

“吃什么？”

“你点吧，我没来过。”

羽轩笑了笑。

“两份牛排，一份奶油沙拉，再来两杯圣代，谢谢。”

将菜单递还给服务员的羽轩脸上一直挂着一抹微笑。倩倩第一次失神地盯着羽轩的脸——棱角分明的脸上带着一抹成熟的气息。

“看什么呢？”

“看你喽。”

“哦？”羽轩看了看倩倩。

“你还是我认识的倩倩吗？”

“当然是啦。”

“呵呵，傻丫头。”

两人坐在圆形沙发上面对面吃着，时不时地，羽轩会抬起头看看倩倩。

“你看什么?”

“我怕你从我身边离开，真的很怕。”

羽轩和倩倩对望着，羽轩的眼中忽现出了一缕忧伤，倩倩不知如何应对。

“快吃吧。”

羽轩打破了尴尬，将两人的注意力重新拉回了美食上。

吃完饭，两人结伴走在樱花道上。

羽轩突然抱住了倩倩。

“倩倩，和我交往好不好?”

倩倩站在原地任由着羽轩的拥抱，过了许久，她点了点头。

“嗯。”

三

此时，一幢高耸的建筑中的一间富丽堂皇的办公室。

“找到少爷了。”一个一身黑的中年男人冲了进来。

“哦？在哪里?”

“星华一中。”

坐在皮椅上的男人转了过来，模样和羽轩很像，只是眉宇间透出几分睿智、几分沧桑。

“去把少爷接回来吧。”

“是。”男人正要动身。

“等等，提前跟校长打个电话，动静小点。”

樊桓皱了皱眉头。这小子，越来越不像话了。

一小时后，星华一中。

随着一声巨大的刹车声，一辆豪车停在了一中门前。

里面的学生被豪车吸引，瞬间围了上来。

“干什么？快散开。”

校长屁颠屁颠地跑到车门前。

“嘿嘿，什么风把您吹来啦?”

“好了，别拍马屁了，我是来找人的。”

车门打开，一个中年男子走了出来，他正是和樊桓谈话的男人。

“找人？什么人？”

“少爷，樊英杰。”

“啊？”校长张大了嘴巴，“少爷怎么会在我们学校？”

男人斜了一眼：“少爷办的这事我都不知道，你怎么会知道？”

“是是是。”

不理睬校长那哈巴狗似的表情，男人走进了羽轩的教室。

羽轩推开门走进了教室，却呆在了原地。

“怎么了？”倩倩一脸疑惑地拉拉羽轩衣角，她也感觉到气氛不对头。

“你来干什么？”

“少爷，该回去了。”男人站了起来。

“我不用你管。”

“少爷，别耍性子了，老爷很着急你呢。”

“呵呵，”羽轩冷笑，“他会为我着急？”

男人沉默了。

“你骗我。”倩倩哭了，很伤心地哭了，转身跑出教室。

“倩倩。”羽轩追了出去。

“他骗我，原来他一直都在骗我。”倩倩伤心地走在路上，忘记了来往的车辆。

“小心。”

砰！

安静，出奇的安静。倩倩躺在地上，随后发现了倒在血泊中的羽轩。

倩倩冲上去抱住他，却被随后追上来的男人一把拉开，几个黑衣男子冲上来，抱起羽轩就上了车。

“羽轩！”倩倩叫着想跟上去，却被男人制止了。

“少爷有个三长两短，你别想好过！”男人恶狠狠地对她说。

车子随后开走，倩倩站在那却完全不知所措。

四

两个月来倩倩一直魂不守舍，她一直在想着羽轩究竟怎样了，会不会有事。

她去找过校长，想知道羽轩的情况，可校长却凶巴巴地对她说：“你别再问了，你差点把我害死了！你还是快快回去读书吧，然后祈祷少爷千万别出什么事。”

倩倩于是只能回到教室继续看着书。

羽轩现在究竟在哪里呢？赵倩脑子里都是这个问题。

这时候，一只手搭在了她的肩上。

“哪个家伙找死啊！”

一抬头，才发现居然是林诗诗。

林诗诗看着她说：“倩倩，最近你到底怎么回事？是因为羽轩的事情吗？我听校长说羽轩转学了，是真的吗？”

林诗诗是倩倩的死党，但倩倩其实也并没有把她当做多好的朋友——她不喜欢林诗诗虚荣的生活态度。

她们之所以能成为朋友，只是因为两人平时都比较霸道，是学校里公认的“霸道二人组”的关系吧。

“我不知道。”

“你们不是以前走得很近吗？”

“我不知道。”

倩倩一点都不想回答有关羽轩的任何问题，因为只要提起羽轩，她心里就会忍不住抽搐。不过看来，校长隐瞒了羽轩是少爷的事，也隐瞒了他被车撞了的事，所以大家都以为羽轩是转学了。

“好啦好啦，知道你心情不好。怎样，去转换一下心情吧？”林诗诗放弃打探消息了，转而提出了有建设性的意见。

“做什么转换心情？”

“去欺负同学呗！找几个好欺负的。”

倩倩站了起来，说：“好！”

谁知这时候，身后却传来了一阵爽朗的笑声：“不会是想欺负我吧？”

倩倩惊喜地转头，原来是羽轩：他身上缠着绷带，伤得很重的样子，不过脸上的笑容还是那么灿烂。

“你回来了！”

“我回来了。”羽轩走上前，坐到倩倩旁边，两人“扑哧”一声笑了起来。

林诗诗看到这个样子，马上识趣地说道：“那你们聊，我先走。”

林诗诗走了后，羽轩对倩倩说：“晚点去阳台，我有事跟你说。”

这一切被还没走远的林诗诗听到了。

傍晚的时候，在阳台上，羽轩向倩倩说了自己逃出家，自己转学到这

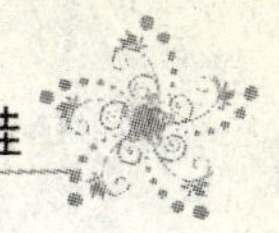

里，就是想过普通人的生活，自己是真心喜欢倩倩的。

“那你是不是要回家?”倩倩问出了一直想问但又不敢问的问题。

“是的。”

倩倩发现自己的眼泪已经掉下来了。

“骗你的，我爸爸已经答应我在这里读完高中了。”

羽轩突然大笑了起来。

“真的。”

“当然啊。你忘了，我是少爷，少爷说话都是一言九鼎的。”

倩倩高兴地一下子抱住了羽轩。不管未来怎样，至少还有一年可以再一起，一定要好好珍惜。

想到这里，倩倩就已经满足了。

回到寝室，林诗诗就凑了上来：“你和羽轩说了什么?”

“啊?”倩倩一脸疑惑。

林诗诗笑了：“别装了，我知道他就是少爷，前段时间不是盛传天下集团的少爷失踪的事吗？我知道那少爷就是羽轩!”

“你怎么知道的?”倩倩追问。

林诗诗嘟着嘴，没有回答，反而看一圈倩倩，说道：“你们不会在谈恋爱吧?”

倩倩没有回答，她有种不祥的预感。这个林诗诗是自己的死党，她对这个女人太熟悉，每次她有了什么坏心思的时候，就会散发出这样的味道。

她不会是对羽轩动了心思吧?

林诗诗笑了：“恭喜你！只要他喜欢你，你就可以麻雀变凤凰了!”

“谢谢。”不安的感觉更加强烈了。

周五晚上晚自习，羽轩突然碰了碰她的胳膊。

“嘿，明天放假，我们去吃更加好吃的东西吧。”

“不要了。”倩倩对吃不感兴趣了，她现在的心情很复杂。

羽轩疑惑地看着她：“你不是最喜欢吃东西的吗？要不我给你买巧克力?”

“没兴趣。”倩倩突然放下笔，用手掌支着下巴，看着羽轩。

这个男孩子是少爷，她忽然觉得两人的距离好远好远。“我们是不可能有结果的，我们的差别实在太大太大了。”

“那，我们出去玩吧。”羽轩又提议，“迪士尼不错哦。我请你。”

“你请你请，你请我又怎样？我还是没钱，我还是个穷丫头！”倩倩没想到自己突然爆发了，说出这样的话。

倩倩站了起来，她看到林诗诗坐在远处，意味深长地看着她。

倩倩瞪了她一眼，随后跑出了教室。

在阳台，羽轩走了过来。

“倩倩，我不是有意要伤害你的，我只是想……”

“没意义的，羽轩，你不用骗我了，你以为我不了解吗？我们俩不是一个世界的人。”

“可是，我们至少可以一起读完高中啊，以后的事以后再说。”

“可我不想，我不想被吊着，半死不活，每天都那么心痛啊！”倩倩指着自己的胸膛。

“可我……”

“算了，羽轩，我们分手吧。”

倩倩流着泪，跑下了天台。

没想到，第二天，她看到羽轩搬到了林诗诗的座位旁边，他们成了同桌。

倩倩气鼓鼓地一脚踹倒了旁边的空椅子，嘴里蹦出两个字：“卑鄙！”

林诗诗笑了笑，没有理她。

倩倩发现自己做什么都没法集中注意力了，以前可以集中注意力睡觉，现在连这个也做不到了。每次睡着，她就会梦到羽轩给林诗诗买巧克力，然后她就会气醒。

那天下课，林诗诗和倩倩抱着书回寝室，结果两人撞上了，于是就发生了开头的一幕。

倩倩决定要报复。她不能让羽轩和林诗诗在一起，因为林诗诗不是好人。

五

倩倩找到羽轩，告诉了他林诗诗的真面目，可是羽轩却是一副完全不相信的样子。

羽轩还说：“你这是妒忌别人吧。”

“你说什么，我会妒忌她！”倩倩很生气。

“就是啊！不然你为什么说别人坏话！”羽轩第一次对倩倩说话这么凶。

倩倩本想发脾气了，她的手都扬起来了，可是却没有挥下去。她发现自己的眼泪不争气地落下来了。

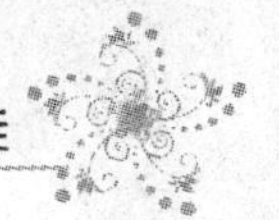

“随便你！你就和她在一起吧，让她骗死你最好！”

倩倩边哭边喊，声音听起来好像被风吹断的棉絮一样有气无力。

“要你管！她哪方面都比你优秀啊！”

羽轩的回答让倩倩彻底崩溃了，她大哭着跑开了。

她一路跑着，从阳台跑到了校门口。路上的同学看到了都指指点点，说“怎么学校的‘霸王龙’居然哭了”。

她也不管，她就这么一直跑到了学校外面，蹲在草地里哭得昏天暗地。

那天哭完之后，倩倩把所有的精力都花在了学习上，大家都说“霸王龙”变了。只有她自己知道，自己只是想通过这种方式打赢这场仗。

她一定要比林诗诗更优秀，至少在成绩上。

每次看到林诗诗和羽轩在一起时，这种感觉就异常强烈，并不是为了在一起，而是为了自己的尊严。

高考结束后，倩倩终于开心地笑了，三年来，她第一次在成绩上超过了林诗诗。

在报志愿的时候，她问了老师，得知了羽轩报的学校。她原本选择报同样的学校，但最后还是选了另外一所学校。她突然明白了自己真正想要的，只是那种安心。

之后没多久，她收到了羽轩的来信，信的内容是这样的：

霸王龙：

你好。

看到这封信的时候，想必你已经考上了好的大学。我故意跟老师透露了我选报的学校。如果你也选了这所学校，我会很开心；如果没有的话，也没有关系，因为我想经历过这么一遭后，你已经不再是那个大大咧咧，凡事都胡来的“霸王龙”了。所以你自己的选择也一定没有任何问题。

其实那次被撞之后，我父亲是想直接把我送去欧洲读书的。我当时求了父亲很久，最后他才同意让我回到学校读完高中。我的目的很简单，就是希望可以看着你一步步迈向未来，而不是在原地踏步。

所以后来我才想出了和林诗诗接近的法子，而你也果然开始发奋读书了。

“霸王龙”，其实有句话我一直没和你说，我想就趁这个机会告诉你吧。

其实，你是我见过的最温柔的“霸王龙”。从第一眼看到你时，我就被你深深地吸引住了。现在说这些肉麻的话，是不是太迟了？呵呵。总之，就一句话啦，我想，我以后再也见不到这么温柔的“食草类霸王龙”了。

祝你幸福。

羽轩

对影如初

奥特曼打不过小怪兽

■ 牧辰

1. “奥特曼”和“小怪兽”

“陆小弟你赶紧冲啊！我今天能不能吃到酱排骨就关系在你脚上啦！吃不到‘我就顶你个肺’啊！”陆曼特在下课铃响起的同一时间一脚就把陆博彦踹得飞离了凳子。陆博彦冲她翻了个白眼，抓起书包就往外冲。化学老师捧着课本站在讲台上，蒙头转向地对着陆曼特说：“我还没说下课呢，你怎么就把陆博彦轰出去了？你好歹是个学习委员……”

陆曼特满脸就义前的大无畏表情：“老马啊，为人师表怎么能拖堂呢？你拖个堂我们还吃不吃饭了？不吃饭就不长个儿，你在摧残我们吗？行了，都散了散了吃饭去吧！”陆曼特挥了挥手，同学们哄笑着一窝蜂地拔腿冲向食堂。

顾骁守走到饭堂时，里面已经是人满为患了。他打完饭还没走两步就听见角落有人叫他：“骁哥！这边！”是陆博彦，他对面的一个小脑袋只顾着低头啃排骨，小马尾一晃一晃的。顾骁守走过去拍了拍她的脑袋：“吃那么急干吗？”

陆曼特抬起头瞪她，嘴里却没有停下来：“你懂啥！这叫美味停不下来！”

顾骁守笑了笑，把自己盘子里的酱排骨夹到陆曼特的盘里。陆曼特眼睛一亮，对他说：“感谢班长大人！”然后又低头轻声道：“排骨生排骨，块块皆辛苦。”陆博彦无语地踢了她一脚。

吃完饭，陆曼特笑得很谄媚地把盘子递给陆博彦，拐了个弯到六号窗口，打开台上的留言本子：今天的酱排骨特别好吃，我一定会再长5厘米的！希望阿姨们天天都做酱排骨，我会爱死你们的！奥特曼留。

顾骁守笑着拿出笔，在下面留了句：再长5厘米也是小矮子。今天谢谢饭堂阿姨们的酱排骨，有人吃得很开心。小怪兽。

那是校食堂意见册，陆曼特几次跟陆博彦提起有人在意见册里跟她抬

杠，而且署名居然还是“小怪兽”，陆博彦只是笑笑拍拍她的肩膀说：“奥特曼小姐，不用给我面子，跟他斗！”陆曼特不屑地瞥了他一眼：“姐跟不跟他斗，关你面子什么事！”

2. 初识“奥特曼”的“小怪兽”

顾骁守开始注意到陆曼特是在申请社团的时候。

那会儿是新生入学后的社团招新，每个社团都贴出了很多五花八门的宣传单，希望能招贤纳士。被老师以“入学综合成绩第一名”指定为班长的顾骁守，无奈地接下了统计班上社团申请名单的任务。

虽说社团有三十几个，可是大家的选择范围也不外乎以下几类罢了：有趣的街舞社、动漫社、摄影部等，光荣的学生会纪检部，能经常参加比赛的文学社、计算机部、羽毛球社等。等他问到陆家姐弟那儿的时候，陆曼特趴在桌上想了一下，拿只笔戳了一下前面的陆博彦，待他转过头后问道：“陆小弟你要去哪儿？”

陆博彦睨了她一眼，“还用说吗，是个男的都肯定是选篮球社啊！”顾骁守颇为赞同地点点头，在自己名字后面写下了陆博彦。陆曼特轻笑着转过头跟顾骁守说：“班长大人，义工联。”

顾骁守略微有些惊讶。他原以为陆曼特应该会选文学社、英语广场这类社团，毕竟这才能配上她“学习委员”的称号，事实却超出他所料。陆博彦看到他这样的表情，叹口气拍拍他肩膀说：“唉，班长你别惊讶，我姐就是没上进心却爱管闲事。你知道吗？以前有个人叫她‘好心的傻瓜’……”

“跟个娘们儿一样翻什么旧账啊。班长忙着呢，你一边儿去，别烦着人家。”陆曼特拿起笔毫不客气地敲着陆博彦的脑袋，有些尴尬地看着顾骁守。好在他看起来貌似并没看见。

其实义工联学分多、奖励多，还能博得很多老师的好感，很少有人报的原因就是杂事也很多。本来老师让陆曼特负责招募考核和活动策划，她却申请去“爱在夕阳组”关爱社区和敬老院的老人们，偶尔还会去手工组制作一些手工制品进行义卖去帮助有需要的人，或是教孤儿院的孩子们做一些简单的手工。如同陆博彦说的，陆曼特是个爱管闲事的人，也正因为这样富有爱心，让顾骁守越发对她上心。

后来一次社团课上，顾骁守他们社正在篮球场上打球，突然跑过来一个神色慌乱的女生。她冲到陆博彦的面前，气喘吁吁地指着他说：“你姐……

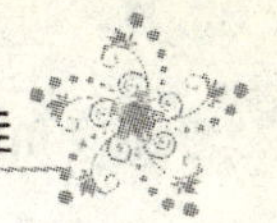

你姐脚被砸到了……在医……医务室。”陆博彦听完立马扔下手里的篮球往外冲，顾骁守也旋即跟了出去。

医务室里，校医给躺在床上的陆曼特上药包扎，疼得龇牙咧嘴的她一抬头就看见刚到门口的两人，勉强地笑了一下，说：“哟，好巧，这儿也能看见你们啊。”

陆博彦冷冷地对陆曼特说：“你行啊！长出息了，还能把自己整残了，你想爸妈骂死我是吧?”陆曼特讨好地冲他笑笑，抓住他的衣襟说：“嘿嘿，我就是帮宣传部的画板报，谁知道那个姑娘没有扶稳椅子就摔了，本来还没什么事，结果在旁边画的人吓到了，居然整个砸下来，所以才变这样了嘛。陆小弟别气，我可是超人‘奥特曼’！这小伤一点儿都不疼——哎哟！干吗呢?”她还没说完顾骁守就按了一下她的脚踝。

“逞什么能。”顾骁守皱着眉斥道。陆博彦瞪了陆曼特良久，而后无奈地摇摇头和顾骁守扶起她，边往外走，边嘴里碎碎念：“真是受不了啊，怎么没把你爱管闲事的脑袋也砸了!”

陆曼特见危机解除，立刻推开满身是汗的陆博彦，却没有察觉自己正靠在顾骁守身上。“臭死了，你躲开点，奥特曼讨厌汗臭味。”被嫌弃的陆博彦白了她一眼，坏坏地凑近她说：“没良心的！我正在打球听到你受伤立马奔过来，哪有时间换衣服！臭死你臭死你！骁哥也打了球你又不说他!”

“你骁哥再怎么也比你香！哼哼！一边儿去一边儿去。”陆曼特笑着挥挥手赶他走。

顾骁守只是小心地扶着陆曼特，嘴角却不自觉向上扬起。即使受伤也毫不在意的陆曼特，就在这样不刻意的碰触间，悄悄住进了顾骁守的心里。

3. 袭击“奥特曼”的“小怪兽”

因为校图书馆正巧离陆曼特的教室很近，所以她只要没事就会去图书馆看书，久而久之，图书馆的老师就让她当了个管理员。

陆曼特之所以喜欢待在图书馆，一个是安静，可以写作业、看书，还能用供网上阅览的电脑偷偷上网；另一个就是图书馆有一面便笺墙。这面墙是她们学校的一道奇特的风景线。天蓝色的墙上填满了五颜六色、各式各样的便笺纸，上面有对学校的吐槽、不满，也有各种建议，有心情故事也有散文、日记，甚至于还有人在上面告白。

陆曼特觉得看这些便笺很有意思，她总会想象这些便笺的主人有着什么

样的性格，过着什么样的生活，有着什么样的故事。这些能让她看到和学到很多书本以外的东西，还能让她烦躁的心平静下来。她在这面墙的左下方有一块自己的小天地，白色和红色的圆形便笺纸被拼成了一颗爱心。每张便笺纸都会署名“奥特曼”，所以大家也很默契地不入侵那里，直到后来突然出现的一个不速之客——“小怪兽”。

其实顾骁守很少去图书馆，所以并不知道还有这面便笺墙的存在，更不知道这面墙有一个“奥特曼”在守护着。那天是班主任通知他找所有的班委去开会，所有人都去了办公室独独缺了陆曼特，顾骁守无奈，只好去问陆博彦，这才知道她去了图书馆。

环顾四周良久，顾骁守终于发现最后面那片天蓝色的墙壁前蹲着一个扎着小马尾的女生。顾骁守一眼就认出了她是陆曼特。走近了，他才发现地上有很多掉下来的便笺纸，而她正拿着胶水仔细地涂上它们后面干掉的胶，小心翼翼地一一贴回墙上去。没有拉上窗帘的窗户透过来几缕阳光，落在了眼前这个认真善良的女生身上，顾骁守的心顿时变得软软的，也变得痒痒的。

他温柔了眼角，轻拍着陆曼特的肩膀，蹲下说：“老师临时说要开班会，现在就差你一个。我帮你弄，比较快。”说完他用纤长的手指捡起地上的便笺纸，从呆愣着的陆曼特手里拿过胶水，慢慢涂了起来。待陆曼特回过神，他已经贴上好几张便笺纸了。陆曼特撑起下巴，笑着看向眼前这张俊朗的侧脸，如同他刚才看着她一般。她安静地凝视着，内心却躁动着，心湖涟漪层层泛起。

“班长大人。”陆曼特轻声唤道。顾骁守疑惑地转过头，她指向墙壁的角落，然后露出孩子般得意的笑颜，咯咯笑了几声说：“我只告诉你哦，我可是守护这面墙的超人‘奥特曼’！那颗心就是我，里面白的代表坏心情，红的代表好心情，我要让满满的红色盖过那些白色，这样就天天都会有心情好了。”

顾骁守宠溺地看着她，还有那颗心，轻轻揉了揉她的头顶。

打那天起，陆曼特的“心”里就被一只“小怪兽”打扰了。不同于陆曼特的圆形便笺，小怪兽的便笺是红色的心形。开始的时候她还能忍，想说本来这面墙就不是自己的，被“侵略了”也没什么，虽然对方是那个在食堂意见册就跟她杠上的“小怪兽”，她仍没有乱了自己的步调，依旧慢慢地贴着代表心情的红白色的圆形便笺。可是这只怪兽却越来越过分，像有计划的一样，心形的红色小便笺从陆曼特那颗“心”的心尖开始贴起，慢慢地往上蔓延，有要覆盖住整颗心的趋势。

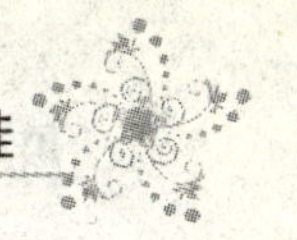

陆曼特不满地留了张便笺给他：怪兽君，你看这面墙这么大，能不能换个地方贴你的便笺啊？隔天便发现自己那张便笺上覆着心形便笺，上面用端正、好看的字迹写道："不行，我要袭击'奥特曼'。"陆曼特看完气结，愤愤地用笔回道："哼！幼稚！我就不信我'奥特曼'还能输给你个'小怪兽'！"

在食堂吃饭的时候，陆曼特突然想起这件事，不悦地敲着桌子对陆博彦说："你说这人幼稚不幼稚！跟我抢地盘还有理了！看我怎么灭了他！"陆博彦听到"小怪兽"三个字的时候，立即抬头看向旁边的顾骁守，而顾骁守只是挑眉不语地看向他，他就露出调侃意味十足的表情，附和陆曼特道："幼稚！太幼稚了！你们俩都多大人了还玩传纸条，真是太幼稚了！"

陆曼特不解地问："什么东西？"旁边传来无言的警告，让陆博彦连忙摇头改口说没事。

就这样，"小怪兽先生"的小红心开始慢慢占据了"奥特曼小姐"的那颗心。

4. "奥特曼"惹急了"小怪兽"

本来一切都顺其自然地发展着，可是冥冥之中总有什么让人不得安生。

因为陆博彦不经意说漏了嘴，陆曼特知道了顾骁守就是那个总跟她作对的"小怪兽"。她冲到顾骁守的面前，说："顾骁守同学，你很不道德知道吗！你所做的种种行为是非常恶劣的，我真的非常非常地讨厌，你知道吗？"陆曼特说完转身就走了，留下了不明所以的顾骁守。

"她什么意思？"顾骁守问旁边的陆博彦。陆博彦挠挠头，小心翼翼地说："呃，大概就是，她真的非常非常地讨厌你，知道吗？"顾骁守的脸立刻变得很难看。

而后他们俩开始冷战。原本只是单方面的陆曼特不理顾骁守，他还是会在意见册上留言，在墙上贴便笺，可是陆曼特像陌生人一样对待他的行为，渐渐让顾骁守觉得在自讨苦吃，也不再与她说话。

作为旁观者的陆博彦看着他们这样便急了，他对陆曼特说："姐，你干吗这样对骁哥啊？他不就是跟你抬杠而已吗？这哪里恶劣啦？你也说得太过分了点吧……"

"谁说他跟我抬杠让我生气了？那么好玩的事我生什么气？我气的是他

竟然以‘小怪兽’的名义弄脏我拖的地、我画的板报和我做的手工！”陆曼特恨恨地说。

陆博彦随即摇摇头：“不可能啦，骁哥不会做那么无聊的事！你又不是不知道他，连上课都能睡觉的人怎么会去整你呢？不过你说的事听起来有点耳熟……啊！”他想到了什么，重重拍了一下自己的脑袋，缩缩身子讨好地说：“嘿，姐，我想起来了，其实吧，那都是我干的……”陆曼特愤懑地瞪着他。

“那啥，骁哥有一次在宿舍打牌赢了我三盒方便面，还鄙视我的牌技，我一时不高兴又知道他对你做的事就想说捣个乱，然后就在你拖完的地上踩脏脚印，拿水泼你的板报和弄坏你的手工……还留了张纸条说‘小怪兽到此一游’……谁知道他后来说方便面是垃圾食品，只是玩玩就还给我了……是我错了姐，你别那样看着我啦，姐！你要我干啥我都义不容辞，成不?”“陆博彦你真是无聊加幼稚！”陆曼特撇过头没空理会他，脑子里一直想着怎么跟顾骁守解释。最近他看到她就跟陌生人一样，除了必要的通知以外完全不跟她说话，就连意见册和便笺墙都不去了，弄得她整个人都觉得不对劲。果然已经习惯了的事，若突然发生了改变，就觉得怎么都不妥当。

“班长大人我知道你现在不想跟我说话，但是你先等等，给我点时间好不好——”陆曼特张开双手拦住顾骁守的步伐，他投来的平静、陌生的目光让陆曼特紧闭上眼睛，双手合十说：“请你听一下广播！”

“现在是特别播报的点歌时间。今天点歌的这位很有意思，她是‘奥特曼小姐’，她想点一首歌给她误会了的‘小怪兽先生’，希望求得‘小怪兽先生’的原谅。由于时间的问题我们只能选取高潮部分放给大家。”

陆曼特点点头正想对顾骁守解释那件事，还没张口就听到广播传来的声音“我想就这样牵着你的手不放开，爱能不能够简简单单没有伤害……”，陆曼特立马怔住了，顾骁守挑眉好笑地看着她尴尬地摆摆手。“噢，不好意思，刚刚因为操作失误放错了，请重新来听一遍。”

陆曼特闻言舒了口气，却听见再次播放的歌唱着“能不能给我一首歌的时间，紧紧地把那拥抱变成永远……”她整个人不能动弹了。顾骁守笑出声来，往前跨了一步，双手环住陆曼特，轻声在她耳边说：“嗯，彦子跟我说过了。‘奥特曼’小姐，我原谅你了。”

耳边温热的气息让陆曼特凌乱了，虽然过程并不如预期，但是结果成功了就可以了。她攥紧拳头暗暗地咬唇想：好你个没用的陆小弟，叫你办个事就给我办成这样，欠收拾呢吧！

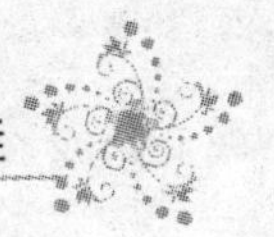

5. “奥特曼”打不过“小怪兽”

冷战事件过了以后，“小怪兽”又开始活跃在意见册和便笺墙上了。

那天，顾骁守和陆曼特在图书馆里看书，突然一个戴着厚镜片眼镜的男生进来，走到陆曼特跟前，面红耳赤对她说：“同学，那个——你造嘛，为直都宣你啊。”

陆曼特的眉毛有点抽搐，她有点感慨自己居然听懂了这个男生的话，可是她却说：“抱歉同学，我听不懂你说什么。这里是图书馆，可以请你安静点吗?”男生窘迫地想开口，看到她旁边顾骁守冷漠的表情就把话吞了回去，跌撞几步跑出去了。

“刚才他说什么?”顾骁守撑着下巴，转过头低声问在安静地看书的陆曼特。

“你知道吗，我一直都喜欢你啊。”

顾骁守无声地轻笑，慢慢地说：“我没听清。”

“你知道吗，我一直都喜欢你啊。”陆曼特说得大声了一点。

“噢——这样啊。”她点点头，示意就是这样。顾骁守一把搂过她的肩膀，说道：“看在你那么诚恳的分儿上，我就勉为其难地接受你的告白吧。”

“我，不是——”陆曼特惊愕道。

顾骁守食指压在她的唇上，下巴指向墙角，说：“嘘——看那边，你早就输了。”

陆曼特回头，原来不知道什么时候，墙角那颗自己大大的心就已经被覆满了他红色的小小的心。

“认了吧，‘奥特曼小姐’，你怎么打得过‘小怪兽’呢?”

CHO 流水长思

■ 佚名

一

仿佛总是这样的，在学期末的时候会发现班上某些男生其实长得还是蛮好看的。

离高考还有五十多天的时候，三年四班突然传出一声惊呼："哇！梁离尉你小子也能收到情书啊！心理不平衡啊！"

就这样，所有人的注意力都被吸引到后排，随即看到一幅很 KUSO（恶搞）的景象：某男拿着一封华丽的情书，含泪望向梁离尉。

咳，好一幅寡妇图……

"情书？什么年代还送这个。不过……快让我看看是谁写的啊！"另一个男生先是托着下巴装深沉，然后又出其不意地夺过情书，以迅雷不及掩耳之势打开了它，顺便还瞄了一眼当事人。当他展开信纸的时候，发现周围的生物都开始蠕动到自己身边，好像蚂蚁看到蜂蜜的样子，好恶心。

"咳，梁同学，你好，我是三年七班的一名女生，已经爱慕你很久了，能和你交个朋友吗？某女生……啊？就这样完啦？"男生还在翻来覆去找名字和联系电话。

觉得没什么爆点的"蚂蚁们"又移回自己的位置。

"哎哎哎，大家写不写同学录啊？"一听到这声音，"蚂蚁们"又开始蠕动了。

"好啊，我要写！"

"我也要，我不要粉色的……没有黑的吗？"

"你不要给我，我最喜欢粉色的了！"

"……"

"喂，梁离尉，给！"一只"蚂蚁"挥舞着手给了一张粉色的同学录。

"老师不会说吗？现在写同学录？那我也写！"

一阵喧闹之后，"蚂蚁们"开始寻找爆点。

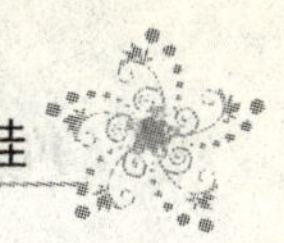

"哈，小阳，你喜欢岩井俊二呀！都没听你说过啊！"

"哇！乙仔你居然暗恋，唔唔唔唔……"

"什么！哇！爆点那！大家快看！梁离尉喜欢 CHO，CHO 啊！CHO！"分发同学录的"蚂蚁甲"正处于抽风状态。

"什么 CHO 啊？"岑清阳好奇地问"蚂蚁甲"。

"什么？你居然不知道 CHO？就是一班的班花！辰晗瓯啊！"

"你是说……那个'学校的荣耀之花'的辰晗瓯吗？"

说着说着，"蚂蚁们"发现自己忘记了当事人的感想。于是——

"嘿！梁先生！我是'不负责八卦组'组长，请问你喜欢 CHO 小姐吗？""蚂蚁乙"认真地采访当事人。

"你大脑未发育完全吗？人是由什么构成的？"梁离尉一脸头疼的表情。

"人？""蚂蚁乙"认真地思考了一会，答道："肉？"梁离尉差点从椅子上摔下去。

"白痴！人是由 C、H、O 三种主要成分构成的，肉你个头啊！"

"哦！""蚂蚁乙"一副受教了的表情，"那么，跟你喜欢的人有什么关系？"

"CHO 就是人，我喜欢人，没有特指谁。"在人们没注意的某处，岑清阳低着头。

二

早上教室里只有零星的几个人，教室外面却是热闹非凡。

"发生什么了啊？"岑清阳刚刚到校问同学甲。

"哈哈，你还不知道吧？一班的辰晗瓯来找梁离尉啦！""蚂蚁甲"一副看好戏的样子。

"哦，是这样啊。"

是这样啊！

果然是这样啊！

三

周四下午最后一节是科学课。面临高考的高三学生在班级里好好听课，心里巴不得别人生病请假甚至住院不要来高考，自己便多一分机会。

外面的夕阳暖暖的，岑清阳盯着泛黄的桌子，连桌子反射的光也是暖暖的耶！桌面复杂的树木纹理像爷爷的皱纹一样，很慈祥。

“岑清阳！把这道题做一下。”科学老师指着占据着整个幻灯荧幕的题目：为什么浓硫酸沾到皮肤的时候皮肤会变黑？

“因为浓硫酸具有吸水性，人体主要由 C、H、O 构成，吸掉水后皮肤会炭化……”好像是这样吧？岑清阳刚想坐下，老师又按了一下鼠标，幻灯片上又出现一道题。不是说只有一道的吗？怨念的眼波传向老师，老师眼波回复：“哪来那么多废话！”

“哦，原来有人真的是喜欢 CHO 啊！”下课的时候，同学甲状似感叹地飘过一句。敏感的同学乙马上跳到“满身是爆点”的梁离尉桌前，刚要问些什么，绯闻女主角便现身了。当所有人的目光像聚光灯一样照射在辰晗瓯身上时，她只是笑了一笑，转过身对坐在教室里的梁离尉说：“离尉，你的语文书落在我这了。”

非常非常清晰的抽气声。

“谢谢！”梁离尉拿过了语文书道谢后就没有跟辰晗瓯再讲什么了，而辰晗瓯也只是得体地笑了笑回到自己班去了。

谁也没有在这件事情上八卦些什么，“蚂蚁们”看到湖泊那么大且深的“蜜”时呆住了。

黑板上的倒计时正在以光速减少，当只剩下十位数中最小的那个的时候，考生可以回家复习了。

四

只有六天了啊，岑清阳看着手机日历上的 6 月 6 日微微感叹着。

手机的背景灯渐渐暗淡，桌子上堆着的教材和试卷让人非常头痛，岑清阳决定先休息一下。

刚准备趴在桌子上小憩时，手肘碰到了一个温热的物体，惊吓过后发现是刚刚握过的手机。

打开通讯录中以“同学”开头的联系人，当浏览到了 L 开头的同学时，岑清阳停在了“同学梁离尉”上，手指在退出键和选定键上犹豫地靠近后者，选择“发送短信”。

那要写些什么才会显得不做作呢？

大拇指无意识地在键盘上像雨刷一样滑动，说：“复习得怎么样？”不行

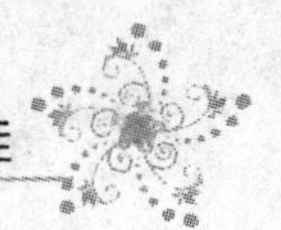

不行，才第一天复习，谁会全部复习好啊，如果他不想今天复习，那我短信发去不是很惹人厌烦？

那“你在干什么？”废话，现在大部分人都在复习啊，如果他也在复习，那你发去不就是白痴、无聊短信？如果不在复习会不会和辰晗瓯在一起呢……

像是被什么刺激到一样，岑清阳迅速编辑了一条短信发了过去，小信封在屏幕上出现“信息发送成功”。

一间仿日式的屋子，中间放着一张小矮桌，桌子上堆着复习资料，桌旁的两个人正在资料上圈圈画画，安静得只有笔和纸的声音。“MAIL，MAIL！”手机声突然响起。“离尉，谁在这个时候给你发信息啊？”坐在梁离尉对面的辰晗瓯有些不耐烦地看着他的手机，“十字相乘会吗？”

“抱歉，我打一个电话。”不等辰晗瓯同意，梁离尉直接摁下标注为“2”的快捷键。

当岑清阳正在和数学“搏斗”的时候手机响了，所以接起手机时非常没有礼貌地说了句：“喂？”

对方明显愣了一下，说：“喂，我是梁离尉。”

“呃———”

“离尉，要喝果汁吗？”辰晗瓯问。

电话那头的岑清阳非常清楚地听到了一个女生的声音，也知道是谁。“呃，其实我也没什么事，如果你很忙的话我可以打电话给老师问，再见。”

挂掉电话后的岑清阳想，还真是乌鸦嘴呢，说他和辰晗瓯在一起就真的在一起。那我说我会考上最好的大学就真的会吗？要是真的，这样就不用读书了，每天背着写有“岑半仙”的大旗在菜市场门口蹲点，看见谁不爽就讲点“一口禅”报复他们，给谁算算命挣点小外快……

岑清阳很想笑，却发现肌肉沉重的根本动不了。她深深呼了一口气，放下手机，看着数学方程式想：“哼，不会用十字相乘还不会用公式法啊！算出来的一样是答案！”

五

“2B铅笔带好了没有啊？还有水，把标签撕掉，老师不是说不让有标签吗？黑色水笔也多带点嘛，上次不是给你买了一盒吗？橡皮擦带了？雨伞也带过去，今天下雨。哦，对对，还有纸巾，考前少喝点，不然考试的时候很麻烦……”

“知道了知道了……”

坐在车上，妈妈还在吩咐高考注意事项，岑清阳看着外面淅淅沥沥的雨觉得一阵心烦，这种烦躁在踏入考场的时候还一直存在。

第一科考的是语文，发完考卷后，岑清阳第一个看的是作文题目——《下雨天真好》。

来考场时踩到水坑鞋子裤子都湿了，阴阴的心情也不好，地板因为水渍显得脏兮兮的……下雨天真好，再怎么讽刺都改变不了作文标题的实质，只希望数学不要太难就是了。

六

几乎坐了整个上午之后，岑清阳觉得自己屁股都要烂了。她一边打着伞缓缓地挪动到校门口，一边告诫自己在大庭广众之下不能揉屁股，这样是不淑女的。

“离尉，今天伯父没有来接你?”

“嗯。”

“那先去我家吃饭吧，我家离这近，我会叫我妈妈打电话给伯母的。”

“嗯——你没带伞?”

“啊，今天是妈妈送我来的，忘记了!”

“那一起撑吧!”

岑清阳把眼神飘到另一边，哎，世界无法改变它狗血的事实哟!

雨有些小了，轻飘飘地在空中，被风打在脸上，岑清阳想到以前最喜欢写的“泪流满面”，想着想着就笑了。

周围都是焦心的父母围绕着孩子，想问考得怎么样却不敢问，而有些家长却显得胸有成竹，甚至问孩子考上重点后要去哪里玩。

世界似乎变成了黑白电影，他们演他们的。岑清阳想：自己不过是看客而已。

梁离尉那黑色的大伞还未远去，在五颜六色的雨伞中特别显眼。在小学的时候，若要传谁的绯闻必要把他们的名字写在一把伞下，现在又似金童玉女般地站在一把伞下，那么……

朱自清说：“快乐是他们的，而我什么也没有。”

七

2008年6月21日，节气是夏至。一年中最热的一天，这一天也是毕业典礼。

最后一次穿上海军式的校服，岑清阳对镜子里的自己想，要说再见了呢！

礼堂里奏着不知名的钢琴曲，班主任和班长站在台上说着感人的话。岑清阳看着由于学号坐得很近的梁离尉，轻轻撇过头。要分开了，是不是该去哪里纪念一下暗恋失败呢？旁边传来手机的振动，梁离尉看手机的时候岑清阳忍不住探过头去，“咦”了一声。

“怎么？”梁离尉微微侧过头问。

“呃，我是想说为什么不是CHO呢？”岑清阳用手指戳了戳梁离尉的手机屏幕“来电人：辰晗瓯”。

“你说辰晗瓯吗？你也觉得她是我心里的CHO？”

“不是吗？”岑清阳愣愣的，心里有种莫名其妙的空白感。

梁离尉没有说话，只是在“收到短信”里翻出“CHO”对岑清阳说：“你要看看是哪位小姐给我发的信息吗？”他的笑容里充满了狡黠。

心里想着：不要不要，这是人家的隐私，可是不看的话就不知道自己输给哪个情敌了，可是可是……

“十字相乘会吗？——发件人：CHO。”

八

像是秋日的花草恢复了春日的生机，像是在那种不冷不热的天气闻到青草的气味，像是躺在床上微微清醒感到睡饱的满足，像是……

很幸福的感觉。

“这么明显的暗示都不知道，清阳不就是氢氧吗，C是岑的开头字母。”梁离尉双手放在脑后靠在椅背上。

“我以为是辰晗瓯的拼音缩写啊！”岑清阳看着那条短信喃喃自语。

“所以你才笨得连十字相乘都不会。”

岑清阳微嗔地转过头碰上了梁离尉明亮的眼睛，梁离尉伸手揉了揉岑清阳的脑袋说：“好啦，以后有什么问题就来找我，大学的数学很难哦！”

“啊！我的数学。”

“呵呵……”

后记

不过是一场普通的爱情开端，小爱人们就幸福得无以复加。这就是我们曾经历过的青春年少，自寻的烦恼，卑微的暗恋，不管是否终成眷属，那一刻的心情都显得异常珍贵。

是纪念……我们的流水长思。

北城以北

■ 雨眸

陆城是一座位于南方的小城，它有和北方一样干燥的空气，所以住在这儿的人总是习惯叫它“北城”。

北城不算大，只有几米宽的街道，但是房屋很多。房屋与房屋之间的距离很近，东家的猫可以从窗户跳到西家窗户上，然后把正趴在窗户边做作业的小姑娘吓了一跳，不小心打翻了桌上的墨水，猫“喵喵”叫着，跳上书桌，在上面印下好几个蓝色的脚印。

北城不算有名，可是来过北城的人都知道北城是个令人难以忘怀的城市。因为这里有很多很多的枫树，加上北城空气干燥，枫叶在一年之中有一半的时间都是火红的色彩，把整座小城都衬托得格外艳丽。

“如果一个人执意要走，就算再美的风景都是无法将他留住的吧。”苏夏说出这句话时，我和她正在高中教室外的阳台上吃着十月天的冰激凌。那时距离我们高考已经很久很久了。太阳很高，风很大，慢慢就把手中的冰激凌吹化掉了。

我知道这又是一个故事了，一个很长的故事。关于他或者关于她，有关苏夏的整个高中生涯。

三年前，阳光依然不急不忙地落在北城整片整片的枫树上，晒得叶子越发的红。苏夏抬眼看了看手腕上的表，距离下课还剩一分二十一秒。铃声响了，苏夏拿着只做了选择题和填空题的数学卷子交了卷，就这样稀里糊涂地告别了初中生涯。

天意弄人也不过如此。苏夏破天荒地选对了所有选择题，以最后一名挤进了北城最有名的高中。此事让苏夏忍不住用字典在头上狠狠砸了一下。

由于学校在北城最北方，而且声誉一向很好，所以在那里的学生为学校取了一个很有诗意的名字——北城以北。学校里最多的，除了学生，就剩枫叶了。苏夏并不觉得陌生：穿着同样的裙子，扎着同样蝴蝶结的女生，穿着同样球鞋顶着还未完全脱去稚气的短发男生。这样的年龄，这样的季节，一切都未真正开始，一切都是恰到好处的样子。

苏夏就是在这个时候认识的他——一个名叫易安扬的戴着有黑色边框、紫色镜片眼镜的男孩。苏夏只知道那天的阳光特别大，整个校园都是火红的颜色，除了红色她什么都看不清。然后趁着开学典礼的空当，她跑去学校小卖部买饮料。此刻的小卖部里里外外挤满了高一偷跑出来买水的学生。

苏夏抱着一瓶纯净水，站在枫树下喝起来。突然，一只瓶子“哐当”一声掉进了她旁边的垃圾桶，苏夏顺着瓶子飞来的方向看去，“Yes!”一个男生帅气地打了一个响指。看见苏夏一脸严肃地看他，男生不好意思地笑了笑，然后飞跑进了操场的人群中。他就是易安扬，注定让苏夏念念不忘的人。

总之一切还是好的，唯一不足的是，苏夏一直都觉得自己是个读文科的材料，可是却还是被分到了理科班的教室。抱着书找到自己的位置算是安了家，就这样匆忙地开始了高中生活。

在高中，苏夏认识了宁小雨，一个对人很好的女生。她和苏夏有相同的分数而且坐在相同的位置，就名正言顺地成了同桌。时间长了也就成了名正言顺的死党。高中女生似乎只要是同桌，最后都能成为朋友，这似乎是一种惯性，也成了多年不变的定律。就像女生天生就喜欢八卦一样。

开学的第四次晚自习，宁小雨扯着苏夏的衣角：“你看倒数第三排那个男生怎么样，是不是很帅?”“还好啊。”紫色镜片、黑色边框的清秀男生。原来他和苏夏同班，一次老师课堂提问，苏夏才知道男生的名字——易安扬。就和他的人一样总是一副神采飞扬的样子。

易安扬喜欢打篮球，尤其是在投三分球的时候投得特别准。宁小雨总是硬拖着苏夏一起翘掉没老师查堂的自修课去看易安扬打篮球。苏夏只是觉得易安扬打篮球专注的样子很好看，就是单纯的很好看。

北城的雨季算是到了，绵绵无尽的雨洒满了长长短短的街道。学校成片的枫叶交织在湿润的空气里，听不见风抚树叶的声音。苏夏觉得安静听雨时可以想很多很多的事，有关于过去，有关于未来。也许人活着并不是为了自己，很多时候只是为了一个华丽而遥远的梦想。哪怕到生命枯竭的时候它仍没有实现，就这样放任自己去努力追逐也还是好的。

这样的雨雾让人分不清到底是虚幻还是现实，偶尔能听见欢呼雀跃的声音，偶尔又听见了一波接一波的讥讽。

不知道和宁小雨爬在阳台听了多少次的“校园之声”，不知道和她一起看了多少场易安扬的球赛，也不知道时间过了多久，苏夏只是觉得眼前的枫叶红得像要滴出血来，然后叶子就开始疯狂地往下掉。人们就开始穿上了厚

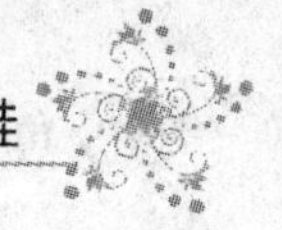

厚的毛衣，怕冷的小女孩开始戴颜色鲜艳的围巾和毛茸茸的手套。

站在北城空荡荡的街道上，望着低沉的天空，苏夏知道冬天到了。雪花开始肆无忌惮地漫天飞舞，枫叶早掉了，只剩下光秃秃的树枝还在寒风中和苏夏一起瑟瑟发抖。圣诞节到了，整个学校充斥着节日的气氛，可是苏夏却感冒了，在这个毫无预兆的节日里。晚上下了第二堂课，宁小雨拽着一大包莫名其妙的东西就往苏夏的课桌里扔，还美其名曰："我自制的配方，所以你的感冒会很快好的。"虽然不知道有没有用，可这还是把苏夏感动得稀里哗啦。

元旦节全校放假一天。这一天对于身为高一的学生来说简直比游山玩水还振奋人心。校广播里教导主任刚通知完放假的事，就听见全校所有教室里不约而同的欢呼。对于放假，苏夏认为出去到处溜达是最能放松的方式。她在街道上缩手缩脚溜达的时候看见了易安扬。白色的外套，由于身高比较高的缘故，他把拉锁拉到衣领最顶端的位置，看起来很干净、美好的样子。

"好巧。"易安扬看到苏夏也出来闲逛，问候道。"你也喜欢出来散步吗?"

"说不上喜欢，只是习惯吧。你呢，没去打篮球?"

"没有，出来放松下，只是不知道该去哪里。"

"想不想去北城最高的地方看看。"

"北城最高的地方?"

易安扬跟着苏夏沿着石阶一直向上走，来到山顶，可以看见整个北城的夜景——有琉璃的灯火和高高的房屋。

"这里原来还隐藏着整个城市的模样。"易安扬看着夜景对身旁的苏夏说道。

"其实，很久以前有人对我说过，伤心的时候不要往远处逃避，应该要向高处走，走得越高你就越能把自己的懦弱和卑微踩在脚下。"

风很大似乎可以大到吞没一切声音。因为夜景，或许还有苏夏的一番话，易安扬觉得苏夏是个有很多故事的女孩。至少他还没能完全懂得她有时为何独自悲伤。

在晃晃悠悠中，他们就临近毕业了，大家都在给彼此准备毕业留言。苏夏给易安扬的留言是：可以告诉我你最美的回忆是什么吗？易安扬在苏夏的留言上回答：在北城最高处看过的夜景和苏夏。

苏夏看着留言泣不成声，不知道是感动还是不舍，抑或是其他……易安扬，你为什么要让我和宁小雨同时爱上你？这对于友情和爱情都是多么残忍的事啊。

很久之后，据说易安扬和宁小雨都填了上海的大学，苏夏将志愿填在了南方一个可以看见大海的城市。苏夏想，要是回忆在自己的思绪里蔓延的时候，看看大海会不会就让自己“面朝大海，春暖花开”？而且知道易安扬和宁小雨都好，也是一种安静的幸福吧。

世界上总是会有很多奇怪的事发生。连自己能考进“北城以北”这样的事都能发生，那还有什么事是不能发生的呢？苏夏一直都这样觉得。不过，让苏夏觉得更无法预料的是宁小雨提着行李箱站在南方大学的校园里对她一脸邪恶地笑的那一刻，这是明媚了整个秋天的笑容啊。“你不是和易安扬一起去上海了吗？”

“你是傻瓜吗？我们曾经说过不允许我们喜欢上同一个人的。既然喜欢上了，你可以舍去你的喜欢一个人落荒而逃，为什么就不允许我把我的喜欢放在心里让它覆水难收呢？”之后，苏夏在大学里遇到了对她很好很好的男生。他和易安扬一样喜欢篮球，也一起陪着苏夏看遍了这个南方城市的夜景，可是却没能让苏夏看见美好如北城的夜空。

苏夏给我说起这个故事时，说她现在是以第三者的角度在看待自己的故事，因为已经找不到最初喜欢易安扬的感觉了。我不知道她是用怎样的心情在叙述，只是在她近乎平淡的语调里还是充满了掩饰不了的忧伤。原来，年少的爱情总是需要慢慢成长的，好在苏夏的爱情有宁小雨陪着她一起长大，这样还算不算是悲伤呢？

日光倾城，幸福未离

■ 安忆忻

一

夏日夕阳的霞光将温暖的色彩渲染了整个天际，也将坐在房间里的四个少女的影子投射到了纯白如雪的墙壁上。

“哇，吉娜，你男朋友从美国唐人街寄给你海绵宝宝的玩偶，真是既贴心又大方啊！”

看着放在吉娜床上的海绵宝宝玩偶，晓齐羡慕地感叹。

同样是女生，人家又漂亮又性感，男朋友有钱还在国外留学。自己的男朋友虽然对自己也不错，可是，哪个女生不希望自己的男朋友又贴心又浪漫呢？

“丑陋又滑稽的东西，有什么好看的？”一个妩媚中透着冷漠的声音讽刺地说着。

晓齐和刚接完异地男朋友电话的秀琳都是一愣。

坐在自己床上安静地看着书的妡瑶轻笑着摇了摇头。

沉默了片刻，秀琳笑着说：“海绵宝宝的确不适合你。”

吉娜给了她一个赞赏的眼神，美丽精致的脸上满是高傲的表情。

“妡瑶，为什么每次大家谈论到有关男朋友的问题时你都不说话啊？你该不会是……”晓齐看着安静地坐在一边的妡瑶，若有所思地问道。

“该不会是没有男朋友。”没有疑问，确定以及肯定的语气，吉娜挑眉看着床上的妡瑶。

秀琳眉头微皱，心想这个吉娜未免也太直接了。

听了大家的话，妡瑶的脑海中闪现出一个模糊的身影，她下意识地摇了摇头，那个模糊的身影立即消失不见。

心里虽然有点苦涩，但她却依旧抬起头，微笑着说：“是的，我很落后，没有谈过恋爱，没有男朋友。嗯，应该不会有人喜欢我的。”

说完，妡瑶装作无可奈何地耸了耸肩。

“我就知道，看你平时几乎不和男生打电话，有时思想又过于幼稚，只有有头脑的女生才能抓住男人的心。你还得再学习学习。”

吉娜看着妡瑶，骄傲地微笑着。

秀琳感觉有些奇怪，平时虽不怎么打扮却清秀可人的妡瑶竟然没有男朋友，然而她更头疼这个“无比自大”的“公主”吉娜。

“啊，不说啦不说啦，我们赶紧去吃饭吧！”晓齐拉着吉娜和秀琳向门外走去，及时化解了尴尬。

傍晚的风轻轻地吹过，花儿淡雅的香味萦绕于鼻间。

遥望着天边夕阳西下，妡瑶愣愣地出神。

……

“杨过等了小龙女十六年，我也永远不会忘记妡瑶的。”

……

“呵呵……”她轻轻地笑了起来。

……

“以后，我们只是陌生人，各走各的路。”

……

“砰！”

放在书上的笔滑落下去摔到了地上，上面似是水晶的玻璃桃心碎了一地。

“一切，都过去了。”

她望着满地的碎屑，轻声呢喃。

夕阳完全沉入了地平线，大地陷入一片黑暗之中。

二

明媚的阳光透过窗户洒落进来，蝉鸣声此起彼伏地回荡在校园茂密的树林里。

大学里难得一见的班主任老师满脸笑容地走上了讲台，声音柔和地说道：“今天我们班里要加入一位新成员，请大家欢迎圣奇同学！”

班主任老师的话音刚落，一个颀长的身影走进了教室。

“大家好，我叫圣奇，很荣幸能够进入这个优秀的班级。”

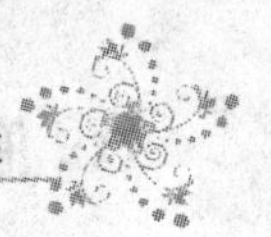

他低沉的嗓音中透出淡淡的温暖，嘴角扬起一个优雅的弧度，他又微微地向大家鞠躬。

本是一个简单的动作，他做起来却是异样的风流倜傥。

讲台下，女生舍不得将自己的目光从他的身上移开，男生在羡慕与嫉妒中琢磨着自己怎么才能像他那样。

圣奇的目光似是不经意间看了一眼窗边那个娴静的身影，她满眼的震惊与不可思议让他嘴角的弧度更加上扬。可是，只是一瞬间，她低下头继续看书，似乎什么都没有发生过。

他的心里微微有些失落。

似是平静的外表下，妡瑶的心里早已无法宁静。

五年了，已经整整五年了。她以为，这辈子，他们的生活不会再有交集了……

每天，妡瑶一如往日地上课认真听讲、做笔记，傍晚插着耳机去操场散步，只是当看到那个奔跑在篮球场上的矫健的身姿时，会刻意地扭过头往相反的方向走去。

圣奇的影响力在女生中夸张地扩散着，他的微笑、优雅的绅士气度，以及私下里的调皮可爱得到了众多老师与同学的喜爱，越来越多的女生明里暗里表达着对他的爱慕。只是，当他看到那个转过身远去的背影时，会微微出神。

相同的是，两个人依旧以陌生人的身份存在于这个集体中。

“妡瑶，妡瑶……”秀琳轻轻地叫着她。

回过神来的妡瑶看着面前的三个人，呆呆地回应着：“啊?”

秀琳摸了摸她的额头，有些担心地问：“你最近怎么了？老是发呆!”

妡瑶傻笑着打着哈哈：“没……没什么，你们在说什么呢?”

“我们美丽高傲的‘公主’吉娜决定了下一个目标——白马王子圣奇!”晓齐激动地跳了起来。

“啊？可是圣奇他似乎对我们学校的女生不怎么感兴趣，追他的人又那么多……”

“他只能是我的。”

秀琳还没说完，吉娜就打断了她，如公主般美丽高傲的脸上是势在必得的坚定。

“那就祝你早日得到幸福。”秀琳微笑着祝福她。

看着又陷入发呆中的妡瑶，晓齐有些郁闷：“妡瑶，你怎么不祝福吉娜呀？”

听了晓齐的话，妡瑶的嘴角扯出了一个微笑：“祝福你。”

妡瑶完全不专注的表情让吉娜有些生气：“哼，我不和你这个没谈过恋爱的人一般见识。”

说完，躺到了自己的床上休息。

本想大肆讨论一番的晓齐也兴趣尽失，悻悻地睡下了。

秀琳投给妡瑶一个温暖的笑容，示意让她不要在意，然后低下头继续看书。

妡瑶笑了笑，笑容有些苦涩，却没有内心苦涩。

只有吉娜那样美丽高贵的女生才足以与他相配。而自己，只是为继母和姐姐洗衣、做饭的灰姑娘而已。

三

眼看着校庆晚会将近，菁菁却病倒了。

菁菁是妡瑶在班里最好的朋友，也是学校艺术团舞蹈队的队长。这次在学校七十周年的校庆晚会上她所编排的七人舞蹈是压轴节目，而此时她却病倒了。

“妡瑶，帮我好吗？我知道你会跳舞的。”病床上的菁菁拉着她的手，苍白的脸上满是期待。

“我……”妡瑶看着那张原本小巧精致的脸庞因病变得如此憔悴，无法拒绝。

“是圣奇吧，你曾经告诉过我的那个初恋并且是唯一爱着的人，是他对吗？”菁菁淡淡地问道。

妡瑶猛地看向她，不知道如何答话。

菁菁笑了笑：“快两年了，我还不了解你吗？再加上你如今的一系列不正常的表现，我就更加确定了。只是，妡瑶，不要再尘封自己了，好吗？不要为了过去那个人的离开，而把自己掩埋。你总是说自己是为继母和姐姐洗衣、做饭的灰姑娘，可是灰姑娘的爸爸以前也是贵族啊，只是她的家族暂时没落了而已。”

说到这儿，菁菁握紧了她的手：“灰姑娘，最终等到自己的王子，做回了美丽的公主。妡瑶，放开过去，做回自己吧！”

菁菁说完，妡瑶反手握住她：“菁菁，谢谢你。我一定会做到。”

她恬静的脸上，美丽的笑容如同夏日明媚的阳光。

经过一个星期的苦练，流下了无数的汗水，无数次的摔伤、拉伤，她都咬牙撑了过来。因为这样，似乎就可以不再想到吉娜挽着圣奇时公主般骄傲得意以及小女人般幸福娇羞的眼神。她的眼前似乎又闪现出五年前，他当着篮球场上几百多人的面，接下了那个一直疯狂地喜欢着他的女孩子的那朵表白的玫瑰。

菁菁说得对，她要放开过去。

她咬咬牙站了起来，对着镜子中的自己露出自信的微笑，然后如同美丽的白天鹅一样继续优雅地旋转。

终于，学校七十周年的校庆晚会上，她的舞姿惊艳全场。

就像是天使插上了魔鬼的翅膀，黑色紧身性感的连体衣勾勒出她曼妙的身姿，恬静乖巧的脸上说不出的风情万种。妖娆妩媚中透出神圣不可侵犯的气势舞姿，深深地刻入了每一个人的心里。

当然还有圣奇。

他凝视着舞台上的她，轻柔地微笑。她，似乎比以前更优秀了呢。

回到宿舍，迎接她的是晓齐和秀琳吃惊又赞许的目光，还有吉娜的妒忌与不屑。当看到菁菁的短信时，这一切都化作了乌有。

她说：“妡瑶，亲爱的，恭喜你，你做到了。”

四

一场晚会过后，妡瑶似乎成了万众瞩目的焦点，其知名度已经和圣奇可以比肩了，可她依旧如同以前一样和菁菁一起安静地学习，为未来努力。不同的是，她不会再对着他的背影发呆了；而他，似乎和吉娜更加亲密了。

很快，一年一度的大学生篮球赛开始了，圣奇和学校学生会会长宇轩代表学校参加了比赛。

蔚蓝的天空下，在无数的呐喊声中，比赛开始了。

精湛的球技，精彩的比赛，不出所料，他赢了。

盛夏里灿烂的阳光，他的目光透过欢呼的人群落在了她的身上，然后，唇角扬起一抹纯净的笑。

看着他，妡瑶微怔。恍惚中，一切似乎都回到了五年前那个温暖的午后。

……

偷偷地站在操场上的大树后面，终于等到所有人都走了，她才悄悄地溜了出去。

“Hi，猜猜我是谁?”站在他身后，她轻轻地拍了下他的肩膀。

“你是白痴吗？每次都是这样。”他没有转身，淡淡地说道。

“哼，要不是我捂不到你的眼睛，才懒得理你!”她不高兴地嘟嘴道。

他低笑了一声，转了过来，但看到她的穿着后，不由得皱起了眉头。

宽大的白衬衣上系着银灰色的韩版领带，却依旧如平时一样扎着两个像幽灵一样的小辫子。

“你又要搞什么?”

没有理会他一脸郁闷的表情，她就像是变戏法一样从身后拿出一捧百合花，满脸花痴状地对着他说：“圣奇同学，第一次见到你时，就被你深深地迷住了，嫁给我，好吗?”

说完，还装模作样地朝他眨了眨眼睛。

忽略掉她满脸的期待，他装作有些为难地说：“这个嘛……”

“你敢不答应!”还没等他说完，她就急得一把抓住了他的手。

不想再逗她，低头看到她手中的百合花，有些郁闷地说：“为什么要送百合啊?”

这个傻丫头，不知道表白是要送玫瑰的吗?

“好看、好闻呗!”她得意洋洋地看着他。

听了她的话，他有些无奈。还好，她这次送的不是康乃馨。

“好了，看完一场篮球赛真是难为你了，快去吃饭吧。”他宠溺地摸了摸她柔软的头发。

“不，一起去!”

“乖，我还要回一趟家。”

“那我不吃了，看着你就好。”

“怎么，看到我不吃就饱了吗?”他一挑眉，双眼直视她。

她又急又羞，生气地说：“你！你明知道我不是这个意思的!”

看到她可爱的样子，他温柔地笑了：“嗯，我知道你是想说‘秀色可餐’。乖乖去吃饭，以后不要再穿得这么奇怪了。”

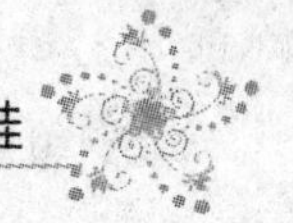

她看着他，突然无比认真地说："我只想逗你开心。这几天你一直在为自己兄弟的事情烦恼，都没怎么笑过，我不想你不开心。"

一阵暖流缓缓地流入心里，他将她轻轻拥入怀中。

"妡瑶……"

"嗯?"

"感谢上天，让我遇见你。"

她笑了起来，用力地抱紧他。

风轻轻地吹过，夏日明媚的阳光在他们的身上流转。

……

"妡瑶? 发什么呆呢，你这个代表快去给我们的王者献花啊!"

菁菁的声音把她从回忆中拉了出来。

她低头看着被菁菁塞在怀里的娇艳欲滴的花朵，深吸了一口气，抬起头，大步向前走去。

面对着走过来的妡瑶，圣奇站在那里安静地看着她。

就当她快要走向他时，宇轩突然跳了出来一把抢走了她怀里的鲜花，感叹地说道："哇，让美女给我献花真是荣幸无比啊!"

平时一直一本正经的会长大人突然间如此逗趣，让妡瑶有点吃惊，随即微微一笑，说道："这是我代表大家献给胜利者的鲜花。会长，你辛苦了。"

宇轩点了点头，然后转过身看着后面的人群突然大声说："大家说，我和妡瑶般配不?"

所有的人先是一愣，不知道他唱的是哪出，最后都慑于宇轩平时的"淫威"，竟都不约而同地异口同声道："配!"

在这之中，菁菁的声音最大。

看着眼前的一切，妡瑶被搞得一头雾水，转身时，无意间看到圣奇的脸上那抹若有若无的笑意。

似是嘲弄，又似不屑。

而他的眼底，是前所未有的寒意。

吉娜拿着毛巾轻轻地为他擦着头上的汗水，他握住了她的手，声音轻柔地说："谢谢。"

看着满面温柔的圣奇，一向高傲的吉娜竟不好意思地低下了头。

妡瑶转了过去，没有再看。

微风拂面，明明是夏天，却让人感觉到萧条的冷意。

五

柔和的阳光，蔚蓝的天空。

风，穿过茂密笔直的树林。

妡瑶插着耳机听着音乐，抬起头享受着透过树叶的缝隙洒落下来的阳光的洗礼。

耳机突然被摘掉，一个有些霸道的声音打破了她所享受的宁静："喂，怎么不听我讲话啊!"

妡瑶抬起头，看着英俊的脸上有着一丝气愤的宇轩，淡淡地说道："对不起，我在听音乐。"

说完，妡瑶就要走，却被宇轩拉住："我……我要你做我的女朋友。"

听了他的话，妡瑶微怔。她转了过来，却看到了站在宇轩身后的圣奇。

不知道为什么，她向前走了一步，抱了一下宇轩，然后微笑着放开了他，转身就走。

原本呆滞了的宇轩突然变得狂喜，看着她远走的身影激动地大喊："你答应我了，对吗?!"

妡瑶没有回头，当她看到圣奇黑玛瑙般的眼中满是愤怒与不可置信的神情时，她才明白自己是为了什么。

妡瑶自嘲地勾了勾唇角，不是要忘记了吗?

夏日的阳光有时温暖，有时却让人觉得烦闷，正如这时的宇轩一样，他现在是在理所当然地纠缠着自己。

今日，如同往常一样，妡瑶又被他拉到了操场上。

"我说过了，交朋友可以。"妡瑶似乎开始厌烦这个看着成熟稳重实则孩子气的学生会会长大人。

"是啊，男——朋——友。"宇轩调皮地笑着，故意把声调拉得长长的。

看着宇轩调皮可爱的样子，妡瑶想起了五年前，他总是像孩子一样对自己撒娇。

"呵呵……"妡瑶的唇角逸出一丝轻柔的笑容。

"喂，雪……"宇轩正准备拍向妡瑶脸颊的手被狠狠地打开。

他有些生气地转过身去，却看到圣奇一脸冷漠地站在那里，清冷的眼神中透着无形的压迫感。

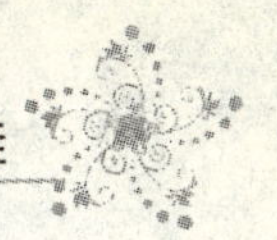

“你……”

圣奇没有理他，拉着昕瑶就走。

“喂!”宇轩有些生气地大喊。

圣奇停了下来，淡淡地说道：“这是我们之间的事情，你最好不要管。否则，不要怪我不客气。”

说完，拉着昕瑶头也不回地走了。

一向温润有礼的谦谦公子圣奇突然如此的冷漠，虽然有点被吓倒，但自己毕竟是学生会会长，什么大风大浪没见过？呵呵，总之，菁菁交给他的任务已经完成了。

看着远去的两个身影，宇轩笑着离开了。

剩下的事情，就要交给他们自己了。

“放开我，放开我!”昕瑶生气地大喊，却怎么也挣脱不掉他的手。

圣奇没有理会她，一直走到校园里的一个隐蔽的角落时，把她狠狠地甩到了墙上，昕瑶吃痛地低呼一声。

“有意思吗?”圣奇看着她，眼神冷漠。

现在的他让昕瑶想到她努力去忘记的五年前他抛弃自己时的样子，她克制住从心底而升的寒意，冷静地说道：“对不起，我不知道你在说什么。”

“真的要装作不认识吗？利用别的男生来气我，有意思吗?”

他的话，让她的冷静全部消失，五年前痛苦的回忆如潮水般涌出，压得她喘不过气来。

原本晴朗的天空此时却乌云翻滚。

眼泪不受控制地流了下来，她愤怒地哭喊着：“为什么？凭什么？你凭什么这么指责我？五年前莫名其妙地离开我，我却可笑得连原因都不知道。你有没有考虑过我的感受？在学校里身体与你咫尺之间，心却早已天涯。上课时要面对你一天天的冷漠与无情，每天放学后还要面对喜欢着你的女生无尽的嘲笑声。每天上课哭到睡着，醒了后又发呆，人不人，鬼不鬼的样子。原本喜欢黑夜，在你离开后却开始恐惧它，因为想着将来没有你陪伴的日子我要怎么过，真的很怕，很怕……是我自己没有出息，五年的时间都没有忘记你……”

泪水已经浸湿了她的双眼，她痛苦地用双手捂住了自己的脸庞。

为什么，自己一次次的坚强在他的面前变为乌有，她不要他看到自己的软弱。

“妡瑶，对不起，对不起，”圣奇紧紧地抱住了她，低沉的声音中透出无限的自责与痛苦，“过去不是想要伤害你，现在也不是……和吉娜在一起，只是想试探你对我的感情。以后不会了，再也不会了……”

他真的只是想好好地爱她，可是却一次次地伤害了她。

“相信我，我是有苦衷的，我只是想保护你，却没有考虑你的感受，可是，我从来没有忘记你。五年了，没有见到你，我真的快要疯了！”

“轰隆——”

一声雷响划过天际，像是痛苦的呐喊，雨水像是眼泪，从遥远的天空中落了下来。

雨越下越大，浸透了两人的衣服。

妡瑶推开了圣奇，恬静的脸上满是痛苦：“不管是什么，你没有告诉我，没有与我一起分担，没有……”

圣奇心痛地看着她，痛苦与后悔纠缠着他难以呼吸。

他走上前，双手捧着她哭泣的脸庞，眼神温柔，似乎是在看对于他来说此生最重要的东西：“我已经不是那个十五岁的不懂事的少年了。相信我，我们会幸福的，我会守护你。”

他漆黑的眼神中透出坚定的光芒，是这场雨中唯一的温暖。

她看着他，眼神有些恍惚。

他对着她温柔的微笑，然后闭上眼睛，轻轻地吻住了她。

温柔的双唇触碰，让她的理智回到了脑中，她猛然推开了他。

没想到她会如此，圣奇不解地看向她：“妡瑶？”

“回不去了，回不去了，”她喃喃地说着，眼泪轻轻滑落，与雨水融为一体，“我们，分开吧。”

曾经那些痛苦的回忆，怎么可以说忘记，就能够忘记呢？

她做不到，真的，做不到……

转过身，慢慢地向前走去。突然间，她的身体直直地倒了下去，溅起了无数的雨水。

“妡瑶！”

隐约间，她似乎看到了他的泪水。这，应该是他为她第二次哭吧。为什么他们只会让对方痛苦。真想就这样一直睡下去，真的有点累了……

六

校医务室。

医生皱着眉头看着躺在病床上的妡瑶，问道："她是你女朋友吗？"

"她……"圣奇不知道该如何回答。

不等他回答，医生就严厉地训斥他："护士刚给她换衣服时发现她胸前有一道手术伤疤。我刚才给她检查过，是心脏病，手术应该是小时候做的，所以她身体的免疫能力差于普通人，再加上体内寒气重，这段时间又休息不好，你竟然还让她淋雨？都二十岁的人了，还像小孩子一样吵架！"

医生的训斥他完全没听到，满脑子只剩下手术、寒气。

医生看着圣奇满脸震惊与自责交织的表情，无奈地摇了摇头，语气软了下来："好在问题不是太大，平时注意保养就好，不要受寒和过度劳动。你也多喝些热水，不要病倒了，她还要靠你照顾呢！"

圣奇抬起了头，苍白的脸上露出一个温暖的笑容："谢谢您。"

医生点了点头，走了出去。

不一会儿，妡瑶睁开了眼睛。

"妡瑶，你还好吗？"圣奇握着她的手，紧张地问道。

清醒后的妡瑶看着他，不说话。

"为什么，你的病不告诉我？"圣奇的声音里有着压抑的痛苦与自责。

妡瑶勾了勾唇角："告诉你，我怎么没告诉你？在你决定离开时，我抛弃了最后的自尊，摊开了自己的软弱求你留下，可你还是和你的爱慕者走了。"

"对不起，对不起，"圣奇内心的痛楚让他无法呼吸，"是我的错，我当时只是想保护你。我妈妈知道了我们的事情，她要去找你，我怕她会伤害你。而且她让学校的老师监视我们，一旦我们有联系就要学校开除你，我没有办法……""可你没有告诉我，你说过，无论是什么，我们都要一起承担的。"妡瑶呆呆地看着天花板，淡淡地说道。

终于知道原因了，他没有背叛过自己。可是，有什么用？误会和时间已经改变了一切。

圣奇忽略掉了她淡漠的语气，有些生气地说："你的身体不好，为什么不照顾好自己，还要不停地打工？"

妡瑶冷笑了一声："呵呵，我是穷人家的孩子，而你是家里的'小皇子’，我不自己努力，难道要靠你这个口口声声说要照顾我一辈子却转身弃我于不顾的人吗？我靠得住吗？靠得起吗？”

听了她的话，圣奇站了起来，苦笑着说：“对不起，以后，我不会再来打扰你。”说完，头也不回地离开了。

看着他落魄的背影，一如五年前的那个夜晚。眼泪终于忍不住又落了下来，妡瑶抱紧自己，却怎么也温暖不起来。

她知道，从此以后，他们就真的是陌生人了。

窗外，雨淅沥淅沥地下着，不知疲倦，似乎要竭力洗刷掉那些抹不去的悲伤。

七

微风轻轻地吹过，蝉鸣声依旧聒噪地回荡于树林之中。

自从那天之后，圣奇再也没找过她，也没有和任何女生在一起。吉娜找过几次圣奇，但确实也怕了他冷漠的样子，只能自己一个人郁闷地找着原因。

菁菁问过她好多次发生了什么事情，她总是笑着说没什么。菁菁倒也识趣，不再去问。

她明白宇轩是菁菁找来帮助他们和好的。

不过……

有一首歌唱过：“只是简简单单地爱过，我还是我；简简单单地伤过，就不算白活；简简单单的风波，被梦带走，当故事结束之后，心也喜欢一个人寂寞。”

或许，放开过去，对他们来说，才是最好的结局。

即使，过去是无尽的单纯与美好。

不知不觉间，就到了大四毕业。这一天，妡瑶没有见到圣奇。当她第一天进入被录用的公司上班时，才发现，他们成为了同事。

缘分到底是什么东西呢？你想留住时，它却走了；你不想要它时，它却赖着不走。

工作时，看着他硬朗和文雅完美结合的英俊的侧脸，妡瑶不禁笑了起来。心想：公司里不知道有多少人暗恋他呢！

想到这儿，妡瑶心里不禁感到一阵苦涩，还是没有忘记吗？

时光匆匆，转瞬间四年的日子已经过去。总经理宋子宁对妡瑶很是照

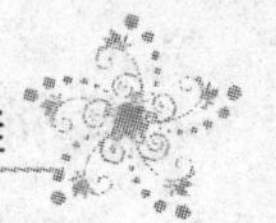

顾，让她做了自己的秘书，而圣奇升为了公司总监。在公司里，两人见面礼貌地打招呼，私下里从未联系过。

他，应该都忘记了吧！

“妡瑶，想什么呢？”菁菁的手在她面前摇晃。

她还忘了，这个调皮的丫头，总经理也很喜欢她呢。不知道是为什么，或许当初是因为总经理和菁菁有点像，才感觉很亲近。总经理对菁菁应该也是如此吧。

“没什么，”妡瑶对菁菁笑了笑，“下午有空吗，一起去吃饭吧。”

“才不，”菁菁嘴巴噘得老高，“不打搅你的好事。”

“嗯？”妡瑶不解地看着她。

菁菁冲她神秘地眨了眨眼睛，笑着跑开了。

直到接到总经理的电话，坐在了西餐厅，看到桌上的铂金戒指时，妡瑶才明白了菁菁所指的惊喜。

“嫁给我吧，妡瑶。”总经理笑着看着她。

她有些无奈，秘书与经理的爱情，竟让她也遇到了。

可是，这不是最好的归宿吗？嫁给总经理，她就一定会很快忘记他，而不是现在已经过去了的十一年的时间。

十一年了。

原来，潜意识里，她一直在默默的遵守着那个“十年之约”。

现在，是该重新开始了。

看着总经理一脸温柔的笑意，她的目光落到了桌上的那枚铂金戒指上。

哦，应该要叫子宁了。

“嗯。”妡瑶抬起头，恬静的脸上逸出一丝笑容，看着子宁，她轻轻地点头。

夏日的阳光在庭院茂密树林的枝叶间流转。

明明是夏天，他却感觉到寒气逼人。

她要嫁人了，她要嫁人了……

整个脑海中只充斥着这一个声音。

他自嘲地笑了笑，伤得那么深，凭什么奢望给她幸福。

看着手中的钻戒，晶莹剔透的钻石在阳光下闪耀着。

合上手掌，把它重新放入口袋。

手机突然响了起来。

“喂，你好。”

“我是菁菁。”

“嗯，有事吗？”

电话那头停顿了一下，问道：“你真的愿意眼看着妡瑶嫁给别人吗？”

圣奇没有回答，电话那头的菁菁却很耐心地等待着。

“没有必要了。我只想要她幸福，而我的幸福不是她想要的。”

说完，他准备挂掉电话。

“你怎么知道你的幸福不是她想要的！”电话里的菁菁突然大声喊道，“圣奇，幸福是自己争取的！”

听了她的话，圣奇的内心无法不动摇，可是，他曾经争取过，结果呢？

“菁菁，谢谢你。只是，我们都放开了，一切，都没有必要了。”

“喂！”

不等她说完，圣奇决绝地挂了电话。

想着曾经的一切，圣奇无奈地苦笑着。

妡瑶，我背叛了自己的真心，只希望你能幸福。

八

纯洁如天使羽翼的白色婚纱紧贴着妡瑶窈窕的身姿，柔顺的头发垂于腰间，黄白相交的美丽的新娘捧花散发出淡淡的清香。

“妡瑶，你是我见过的最美的新娘子！”菁菁看着妡瑶，赞叹地说着。

妡瑶笑了笑说：“那你呢？什么时候和宇轩结婚？”

“啊，哪有啊……”菁菁装作无辜地打着哈哈。

“我又不是傻子！”

“好啦，新郎和客人们都等急了！”

妡瑶无奈，只得被她拉着走。

这“情账”啊，以后再算也不迟。

在众人的祝福声中走入神圣庄重的教堂里，妡瑶抬头看着自己挽着的子宁，长身而立、英气逼人，她却有些迷茫。

真的，要嫁给别人吗？

眼前，突然闪现过很多年前的那一天。

……

“我们去拍大头贴好吗？我要把我们的大头贴贴到所有的课本上，那样，我上课的时候也能看见你了……”他突然间像小孩子一样拉着自己撒娇。

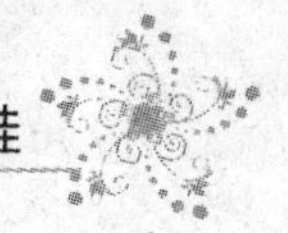

没有办法，只好被他拉着去拍照。

选择拍大头贴的图案时，门口的一个姐姐本来已经走了过去，看到他们后又返了回来。

“你们长得可真可爱啊，看一下这个吧，应该会很感兴趣。”

她走后，自已拿起宣传彩页看了起来。

“什么嘛，”她有些郁闷，“拍婚纱照的为什么要给我们!”

一旁的他却认真地看着，不以为然地说道：“人家姐姐也是一片好心，反正我们将来还是要拍的，早看早了解呗!”

看着听了他的话朗声大笑的店主叔叔，她害羞得真的很想找个洞钻进去，然而，心里却是无比的幸福与甜蜜。

……

想到这里，她苦笑着摇了摇头。

不可以再去想那些曾经的回忆了，她现在已经要成为别人的妻子了。

心底却痛得一片荒芜。

当神父准备宣读时，子宁打断了他：“请等一下，好吗?”

神父微笑着点了点头。

妡瑶不解地看向他。

子宁忽然抓住她的双手，认真地问：“妡瑶，真的想要嫁给我吗?”

妡瑶愣愣地看着他认真的眼神：“我……”

“幸福，是一辈子的事。”

子宁认真而又慎重的语气，是他们相识这几年来的第一次。

“妡瑶!”

所有的人听到这一声呼唤后，全都转身看向了门口。

因为，这语气里的感情和挽留让人无法不动容。

当看到来人时，子宁的脸上露出了释然的笑容，菁菁大呼了口气，调皮地对着子宁做了个胜利的手势。

“不要，不要嫁给别人。”

圣奇的声音有点哽咽，眼中充满了深深的爱恋与乞求。

他似乎又瘦了，妡瑶忍不住开始心疼他。

此时此刻，眼前闪现过的全是他们十五岁时在一起的幸福快乐的画面。

……

“子曰，圣奇岂能不爱妡瑶乎?”

“你是女生吗，纸鹤都不会折，哥哥来教你，要好好学!”

“追我的人是很多，可是我只喜欢你啊怎么办呢?”

“哈哈，你平时胆子不是很大吗，看个鬼片就不敢回家啦？来，哥哥送你回家哦。”

“哼，谁让你把我买给你的好吃的东西分给别人的，我就是不乐意!”

“我以后见到每个人就说，这是妡瑶给我洗的校服，她已经默认是我的媳妇儿了!”

“你被那些高年级的男生拉出去，我怕你会有危险，不顾我们的冷战，满脑子只想着你不可以有事，却看到你们亲昵打闹的画面，你让我情何以堪?”

“傻老婆，我知道每天早晨变戏法儿似的爱心早餐都是你准备的。可是，以后不许了，十点前必须睡觉!”

“嗯，我算算，今天离你嫁给我的日子还有九年八个月零二十六天……啊，干吗打我，我说错了吗?! 你不嫁给我还想嫁给谁，除了我还会有人要你吗?!”

……

泪水早已浸透了整个面孔，妡瑶提起裙摆，向圣奇跑去。

她再也不想顾及那么多了，因为不想再背叛自己的真心了，她一直以来爱着的人是圣奇，从未改变过，将来也不会。

看着向自己跑来的妡瑶，圣奇张开了双臂，脸上露出了孩子气的微笑，把她紧紧地拥入怀中。

耳边，是他们年少时在一起时最喜欢听的那首歌曲。

不该再浪费力气
做些迂回的事情
用眼神直接对你轻声细语
你没有别的表情
总微笑转过头去
轻易解开我传送的谜
如果这样还算不上有默契
至少能代表我们都够聪明
不用再问为什么
不用再说些什么
了了

懂了
我们都一直爱着
不用再担心什么
不用再害怕什么
累了
睡了
牵着手一起入梦了
……

菁菁用手偷偷地抹掉了眼角的泪水。

是的，他们都一直爱着对方。

温暖的阳光里，他们幸福地拥抱着。

“妡瑶，相信我，我会给你你想要的幸福。”圣奇抱着妡瑶，亲吻她的额头。

“嗯，嗯!”

妡瑶早已泣不成声，只是使劲地点头。

看到眼前已是最圆满的结局了，子宁转身对神父说：“等会儿那位先生换了礼服后，婚礼就可以开始了。”

神父先是一愣，随即明白过来，朝他竖起了称赞性意义的大拇指。

子宁笑而不语。

菁菁开心地跳到紧拥的两人身边，骄傲地说道：“看吧，还是得我出手!”

妡瑶听到菁菁的声音，想要推开圣奇，而圣奇孩子气固执着不肯放开她，最后偷亲了一下她的脸颊才依依不舍地放开她。

妡瑶的脸顿时红得像个苹果。

菁菁一脸的羡慕，随即打趣道：“一点都不像是几年没有说过话的人。”

圣奇大声地笑了，而妡瑶的脸更红了。

“好了，圣奇快去换新郎礼服吧！婚礼不能延误，大家都等着呢!”这时已经换好便装的子宁笑着催促道。

“子宁?”妡瑶和圣奇既是歉意又是不解地看向他。

子宁没有回答，他微笑着摸摸菁菁的头发，满脸的宠溺。

菁菁对着子宁眨了眨眼睛，然后大笑着对他们说：“别忘了，本姑娘的全名叫宋子菁!”

这时，妡瑶想起菁菁说过，自己还有一个亲哥哥。

事情的来龙去脉终已明白，妡瑶和圣奇相视一笑，真诚地说道：“谢谢。”

“好啦肚子都饿了，”菁菁嘟着嘴巴大声说着，“新郎、新娘再不行礼，我们就要变成饿鬼了！”

子宁笑着摇了摇头，对他们说：“快点哦！”然后拉着菁菁离开了。

这就是友情，不需要太多的言语。因为，我们是知己。

九

明媚温暖的阳光下，是即将要接受神的祝福和亲人、朋友的祝福结为夫妻的人，不论生老病死，此生此世都会不离不弃。

圣奇从口袋里拿出那枚很早以前就买了的钻戒。阳光下，戒指上的钻石闪耀着幸福的光芒。

他轻轻地把戒指戴到她的无名指上，然后双手捧着她的脸，静静地凝视着她。

风轻柔地吹过，她柔顺的头发缠绕到他的指间，看着她，圣奇的眼睛里充满着温柔。

“绾发结同心。”

一条彩虹出现在碧蓝的天空中，淡褐色、黄色、微红、浅蓝若隐若现，洒下无数亮斑。

彩虹七色分明、灿烂夺目，就像是一个迎接他们走向幸福天堂的彩色拱门。

抬起头，看着天边的那道彩虹，圣奇微笑着说：“记得吗？我曾经说过，只要我们在一起时，就可以看到美丽的彩虹。”

听了他的话，妡瑶想起来，上次看到彩虹时，是他们决定要在一起的那一天。

看着他，妡瑶轻轻地笑了起来。

因为，

她看到，

她的幸福在他的眼底灿烂的绽放。

日光倾城，只因幸福从未离去。

向布亦驰，你是水蛇变的吗

■ 徐玲

第一次见到他的时候，是在楼下的大花坛边。

那时，大人们手持长竹竿围着大花坛朝里面疯长的乱草一个劲儿地打，我们这些小孩个个躲在大人身后，探出脑袋，睁大眼睛注视着杂草丛。

就在半个小时前，5 楼的宗奶奶吵嚷着把两幢楼的居民都召下来了，说是大花坛里有蛇，三角头，黄黑相间，比半斤重的黄鳝还粗。这下小区里热闹了，大家说这还了得，要是大黄蛇咬了哪家的孩子，后果不堪设想。

于是就有了惊天动地的捕蛇行动。

一番声势浩大的围剿之后，大黄蛇终于现身了。它那细长的尾巴刚刚扬起，就有一只胖乎乎的手将它整个儿倒着拎起来。蛇头不断往上抬，口中吐着信子，咬向一条肥嘟嘟的小腿……在一片惊叫声中，在大黄蛇扭曲的身体后，我看清楚了那个勇敢的男孩。他有着肉鼓鼓的腮帮子和黑布林一般的大眼睛。他的头发是棕色的，打着自然好看的卷儿。

男孩机智地应变着，反手将蛇甩到地上，一脚踩住了它的脖子。

我怔怔地望着，被他的表现深深吸引。

霎时间，他成了整个小区居民口口相传的英雄少年。

和他相比，我猥琐得几近可怜。

小区里发现了蛇，所有的胆小鬼都暴露了出来，我和对门的莎莎无疑是其中最落魄的。

莎莎不敢上楼回家，我也不敢。她说她担心会在楼梯台阶上遇见蛇，我说我害怕看见蛇垂挂在楼梯扶手上，见我们走过，便忽地掉下来钻进我的衣领了里。

我们越说越胆战心惊，仿佛世界上所有的蛇都已经埋伏在我们的小区周围，随时准备蹿出来，肆无忌惮地吞食我们的血肉。

直到 4 楼的蔡爷爷买报纸回来，我和莎莎才像见了大救星似的，紧紧跟在他后面上了楼。

可是刚打开家门，我的心突然狂跳不止。

一种不祥的预感充斥我的大脑。

我站在门口朝里张望，大气都不敢喘：玄关背后、茶几下面、沙发底下、盆景后面、窗帘下面、笔筒里面……随处都可能藏有蛇呀！要是它冷不丁地蹿出来咬我一口，那是多么可怕啊！

这么想着，我决定不进去了，坐在门口等爸爸、妈妈下班。

大热的天，坐台阶的滋味真不好受，况且心里还时刻担心会有蛇从哪儿冒出来，我不由得满头大汗。

"噔噔噔"，一阵有力的脚步声从楼下传来，一个身影很快印入了我的眼帘。没错，是他，那个卷头发的男孩。

"嘿，怎么不进去？"他在我面前停下，抹了把额上的汗，熟人似的跟我打招呼。

我搓着嘴巴"嗯嗯啊啊"说不出话。

"哦，你住 301 室呀！这么说，你就是著名的田笑笑啰？"他笑嘻嘻地问。

"你怎么知道的？"我慌了，真不明白什么时候自己变得"著名"了。

"我外婆说的。"他指指楼上，"她总是提起你，说你是金湾小区的名人，身材高，考试分数高，弹古筝水平高，是个了不起的'三高'女孩！"

我的面颊顿时烫了起来："你……你外婆是 5 楼的宗奶奶？"

"对呀。"

"我怎么从来没有见过你？"

"我是昨天才从老家过来的，打算在这儿住一个暑假呢！欢迎不欢迎啊？"

我连连点头："欢迎欢迎……"

"你念的是江湾中学吧？告诉你哦，我可能会转学过来上初一，跟你做同学。"

"下学期我要上初二了。"

"那也是校友啊！"他大大咧咧地笑了起来。

我很自然地把他请到了家里。奇怪的是，有他在，我竟然变得胆大起来，不再胡乱幻想家里的某个角落可能有蛇出没。

望着沙发上这个比我矮半个头的卷发男孩，我心里充满欣喜和激动。

他有着阳光的笑脸，说话声音像剪纸声一样清清爽爽，整个人肥嘟嘟、圆滚滚，让我想起脆生生的莲藕。

"刚才吓死我了！你怎么敢抓蛇？"

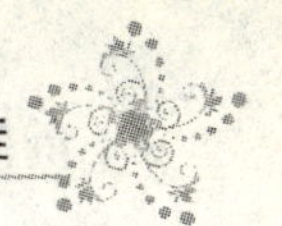

“那种黄蛇没什么好怕的，我还逮过有毒的竹叶青。而且我还杀过蛇，吃过蛇肉。”

我张大嘴巴半天才回过神来：“那……你叫什么名字？”

“向布亦驰。”他一本正经地说，“天天向上的‘向’，开诚布公的‘布’，亦真亦假的‘亦’，风驰电掣的‘驰’。”

“啊？四个字啊！你的名字居然有四个字！”

“这有什么！”他从沙发上站起来，叉着腰不以为然地说，“在我们老家，四个字的名字越来越多了。”

“这是为什么呢？”我不解地问。

“咱们国家人越来越多了呗！两个字、三个字的名字很容易跟人家重复，所以四个字、五个字的名字今后会很常见。”

我点点头：“说的是。汉朝时人名以单名为主，像项羽、刘邦、韩信、李广，多简单！后来随着社会的发展，人的名字越起越复杂了。向布亦驰，多拗口！”

“你嫌拗口，就跟我外婆一样叫我布布吧。”

“布布？我的小乌龟也叫步步，只不过它是步步为营的‘步’。”我捂着嘴“咯咯”地笑了。

布布眼睛发亮，四下里寻找，“你有小乌龟？在哪儿？”

我把他带进卫生间。

这个时候，小乌龟步步正抬着脑袋伸着四条腿在水盆里滑行，一副怡然自得的神情。

“真的是小乌龟！”布布激动不已，“我可以动它吗？”

“当然可以，轻点儿……”我说。

布布把步步捏起来托在手心里说：“它应该生活在小河里，而不是水盆里。”

“那样它会被大鱼吃掉的。”

“不会，”布布快活地眨着眼睛，“因为有我在。”

整个上午，我们都玩得很愉快。布布告诉我，他的老家在遥远的凤凰，那是中国最美的小城之一。我还知道布布有一个了不起的本领，那就是游泳，他得过全县小学生游泳赛200米的第二名。

我觉得布布是个与众不同的男孩。在这个炎炎夏日，他带给我欣喜、快乐，甚至是遐想。

接下来的日子，因为有了他的陪伴，我渐渐忘记了蛇带来的恐惧和不安，莎莎也是。

我们三个相处得很融洽。

一个炎热的午后，布布跟我们大谈特谈在老家小河里游泳的事。我和莎莎听了都浑身发痒，嚷着想学游泳，布布拍着胸脯说："包在我身上。"

我们于是买了救生圈，骑着自行车去郊外寻找小河。

在一条高高的小公路的南边，是一片成熟的香瓜地。在香瓜地的南边，我们发现了一条小河。好几个男孩子正在小河里嬉戏。

"哇！我们实在是太幸运了！"莎莎摘下一个嫩黄色的小香瓜，咧着嘴幸福地笑着，"有最新鲜的香瓜吃，还可以学游泳，太棒了！"

我紧张起来，嚷道："谁让你摘香瓜？被逮住了怎么办？"说完我四处张望，看附近是不是有人看守。

"拳头这么大的香瓜，吃一个会被抓去坐牢啊！"莎莎朝我吐舌头，"胆小鬼！"

"你胆大吗？"我瞪圆眼睛，"蛇！莎莎，你后面有一条蛇！"

"啊！"莎莎尖叫着甩掉香瓜，一个劲儿朝布布扑过去，"救命啊！"

"在哪儿？蛇在哪儿？"布布立即做好了和蛇斗争的准备。

我仰着头"咯咯咯"地笑个不停。

"田笑笑！"莎莎知道自己上了当，气急败坏地说："吓死人是要偿命的！"

"你不是胆大吗？怎么听见蛇就怕成这个样子？"我得意地晃着脑袋。

"别动。"布布突然认真地说，"笑笑，你脚边上有条蛇。"

"开玩笑。"我当然不相信，下意识地低头去看。

这一看，我整个人僵住了。

没错，一条拇指那么粗的褐色小蛇正卧在我左脚前面的瓜叶下，小小的脑袋正慢慢地往上抬。

"啊，"莎莎大惊失色，"笑笑快跑！"

"不，你不能乱动。"布布的表情冷静而坚定，"听我说，这种蛇没毒，你轻轻地、慢慢地往后退，千万不要惊动它，没事的。"

我咬紧牙关强作镇定，慢慢地、轻轻地，一步一步往后退。

布布和莎莎也一步一步往后退，我们都退到了公路上。

莎莎冲过来一把抱紧我，劫后余生道："笑笑，刚刚好险哦！"

"没什么啦！"我一边喘粗气一边装胆大，"布布不是说了吗？那种蛇没毒。呵呵，就算被它亲一口也无所谓啦！"

"其实……"布布走过来笑呵呵地说，"那是条毒蛇，叫土灰蛇，也叫蝮蛇。蝮蛇每次放毒量为45毫克以上，只要25毫克就能致人死亡。"

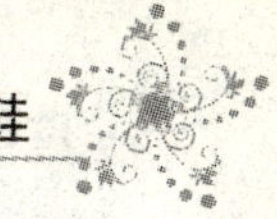

“啊？那……那你刚刚为什么说它没毒呀？”莎莎问。

“我要是说它是毒蛇，笑笑当时会那么镇定吗？”布布说。

我后怕地捂着胸口，转身看了一眼那片藏有土灰蛇的瓜地，再看看布布，忍不住想哭。

“走吧，下河游泳！”布布吆喝起来。

“算了吧。”我说，“河里的蛇等着我们呢，我不去。”

“我也不去。”莎莎附和道，“下河游泳太危险了，不去了不去了。”

布布耸耸肩膀：“你们不去游，我们去游。”

“我们？”我和莎莎不得其解，“你和谁呀？”

“不告诉你们。”布布坏坏地笑，“这个暑假我还没下过河呢！就让我过过瘾吧，二十分钟就够了！你们在树荫下等我哦。”

他说完扭头就跑，风一般穿过潜伏着毒蛇的瓜地，奔向小河。

我和莎莎在公路边的树荫下坐着，看布布跳到小河里，灵活地翻转、滑行、扑腾，还时不时地“扎猛子”。

“他上辈子一定是一条水蛇。”我感叹道。

“为什么这么说？”莎莎问。

“他扑向小河的样子，他游泳的样子，还有他对蛇的了解，都让我觉得他的前生就是条水蛇。”

“好可怕哟。”莎莎躲到我怀里，“他不会是蛇精吧？”

“会。”我说。

我们“嘎嘎嘎”地笑了起来。

等我们重新把注意力投放到小河上时，却发现河面上不见了布布的踪影。

“人呢？”我警觉起来。

“扎猛子了呗。”莎莎说。

这时候河岸边热闹起来，原先在小河里玩耍的男孩子都回到了岸上，围着小河指指点点，还不时地呼唤着什么。

“好像出事了。”莎莎说。

我的心猛烈地跳动。等了好一会儿，还是不见布布从水面上冒出来。我不管三七二十一，拔腿就往香瓜地里跑。

“有毒蛇！”莎莎在后面喊。

我知道有毒蛇，但我不怕，我坚信我会安全到达河岸边。

然而当我站在河岸上，听着男孩子们的只言片语，我的脑袋一下子懵了。

莎莎赶来的时候，我抱着她一个劲儿哭。

原来这条小河是水库下的一条蓄水河，它突然莫名其妙地涨水，试图吞没一个七岁的小男孩，是布布把他托起来，推到了岸边，可是布布自己却被浪头冲得不知所终……

夜幕降临的时候，布布的身体还是没有被大人们找到。

第二天我才发现，小乌龟步步不见了。它是被布布带走的，他带它一起下河游泳，他和它都属于河。

向布亦驰，你果真是一条水蛇吗？从该来的地方匆匆地来，又遁入水中，去往该去的地方。我会一直记得你最初的模样：肉鼓鼓的腮帮子和黑布林一般的大眼睛，头发是棕色的，打着自然、好看的卷儿。你呢，你也会记得我吗？

执子之手，在劫难逃

■ 流水冷然

一

我正拎着刚买的猪蹄往宿舍走，就在楼下看见一个“超帅”级别的男生正抱着玫瑰，扯着嗓子喊“某某某，我爱你”。一抬头，只见无数个脑袋如镁光灯一般聚焦着“玫瑰男”。在口哨声的千呼万唤之后，一女生羞涩而幸福地走出来，接过玫瑰，男生抱起她飞快地旋转，笑得和朵牡丹花似的，就差翻两个空心跟头了。

我一脸惆怅地回到宿舍对梅子说：“如果有人肯为我这样做，我会毫不犹豫地飞入他的怀抱，才不会像那个女生那样扭捏呢！”

梅子看着我满脸的嫉妒，贼笑着说：“就你？你连屋都不敢出。”

我拆着猪蹄的包装袋，信心十足地回敬道：“有人敢求，我就敢爱。”

梅子一下来了兴致，说道：“咱们就赌一星期的作业，怎么样？”

我正对着猪蹄风卷残云，连头都没抬，直接比了个 OK 的手势。嘿嘿，本姑娘就等着减负了，天知道，高三的作业多得跟夏天的蚊子似的，真是灭顶之灾啊。

我终于深刻理解了我娘的那句话：人狂没好事，狗狂挨板儿砖。只是没有想到，报应会到来得那么快。那天是我十八岁的生日。我在十七岁生日的第二天就开始虔诚地祈祷，方宇桐千万不要再像以往那样恐怖，不要带我坐高得吓人的摩天轮，不要带我进鬼屋，下一次的生日礼物来得委婉一些吧！

当方宇桐捧着一大束多得足以把他埋在下面的桔梗花，站在楼下鬼号着说“静安，我爱你”的时候，我突然觉得脑袋上面被雷劈得直冒青烟。这难道就是传说中的报应？我发誓就算隔着六层楼，顶着三百度的近视眼，我也能清楚地看见方宇桐眼中戏谑的笑意。

梅子看着我，一脸贼笑地说道：“静安，我认输了。王子驾到，谁会不从呢？况且还是这么‘年轻’的王子。”梅子故意把“年轻”的音咬得老重，语气“贱”得那叫一个彻底！

我龇牙咧嘴、怒目圆睁地叫道："开什么玩笑，他才十四岁，初中才刚毕业！"我目露凶光，在心里早把方宇桐碎尸万段了千万遍。

二

我这人从不记仇，因为一般有仇我当场就报了。如果有人敢让我"赔了夫人"，我就让他全家都变成兵然后折在这场战役里。

我找了个空暖瓶，直接从六楼扔了下去。暖瓶在距离方宇桐三米左右的地方炸开，他纹丝未动，依然面带笑意。他的行为赢得了阵阵掌声，甚至有女生喊："帅哥，她不要你，我要。"不要脸！管你毛事啊！我打电话给方宇桐，嚷道："马上给我滚到人民公园去，别在这给我丢人现眼。"

他扬了扬手里的花，扯着嗓子喊："我在公园等你，不见不散。"然后，口哨声四起，掌声雷动。我又气又恼，一蹦三尺高，可自由落地的时候，椅子跑偏了没接住我，刺啦一声，我疼得眼冒金星，低头一看，新买的裤子也被上帝召唤走了。我对着"西游"的裤子发誓：此仇不报，枉为小人。

等我气呼呼地赶到人民公园的时候，方宇桐正蹲在广场中央喂鸽子。他那孩子气的笑容，好似圣像中的天使般纯洁，让人不忍苛责。可一看到放在他脚边的花，我的愤怒立马死灰复燃，冲过去对他就是一顿拳打脚踢。他也不还手，由着我像个泼妇似的撒野。

等我打累了、骂哑了，他抱着花把我拉到附近的蛋糕店，点了一桌子我爱吃的小型水果蛋糕，又出去给我买了大桶的果粒橙，周到体贴得好似小四岁的人是我。"快吃快吃，吃饱了才有力气发脾气。"我是真饿了，气也差不多都消了，于是偃旗息鼓，对着蛋糕大快朵颐。

水足饭饱，服务员过来结账。我拿出钱包装腔作势，"我结吧。""不用不用，我结。"我俩同时把钱递到了服务员面前，我满意地想这次面子、里子全赚了，心想着哪个服务生会收女生的钱啊，可就在我偷笑的空当，手一松，钱被抽走了，"还是收姐姐的吧。"我一听当场吐血而亡，这个服务员肯定是芙蓉姐姐变的。

还好方宇桐这个小屁孩很够义气，"她不是我姐姐，请弄清事实再说话。"说着夺过服务员手里的钱，把他的钱往桌子上一拍，拉着我表情严肃地离开了这家店。

三

诸如今天这样倒霉无厘头的事情，从我认识方宇桐之后就再也没断过。我曾一度自比诸葛亮，才智无敌笑傲群雄，可方宇桐出现后，我才悲哀地发现我原来是周瑜，只有被活活气死的份儿。

第一次见到方宇桐的时候我十三岁，他才九岁，还是个乳臭未干的小屁孩儿，不过已经有了“妖孽”的雏形。我俩一起代表学校参加一个比赛，途中他发了高烧，我一时被他的美色所惑，无微不至地关怀了一下，结果一入火坑深似海，从此幸福是路人。

比赛的结果可想而知，天才+天才=无敌。他要请我吃饭，以示庆祝和感谢。可任凭我再把良心喂了狗，也不忍心把魔爪伸向一个奶娃娃的腰包。看着他老实乖巧的模样，我逗弄他说：“古代救命之恩可都得以身相许，你区区一顿饭就想把我打发呀，没门!”

方宇桐看着我，十分认真地问：“静安姐，什么叫以身相许啊?”我用“你很白痴”的表情幸灾乐祸地说：“就是你要嫁给我啊。”

“原来静安姐是在向我求婚啊。虽然你又老又丑，可爸爸说要尊老爱幼，所以，我答应你了。”方宇桐无视我眼中的熊熊火焰，就这样以近似施舍的口气对我的终身大事说三道四，完了，还低着头做羞涩状。靠！无语了。

回来的路上，我一直贯彻沉默是金的方针。老妈说了，能屈能伸、欺软怕硬才是真英雄。显然，这个“妖孽”虽然年纪小，但道行远在我之上，还是不惹为妙。可方宇桐和我老妈是同类，人退一步，我追十步，你越示弱，他欺负得越带劲。

一会儿递水，一会儿讲笑话，一会儿潜心求教某某问题，惹得老师直夸这孩子虽小，可是懂礼貌体贴又进取，那表情就像方宇桐是张几百万的彩票似的，双眼冒光。而我，显然就是浪费两元钱买的那张废彩票。他说我身为初中组的学姐，在小学弟面前摆架子，还说什么骄傲使人后退，这都挨得着吗？末了，方宇桐还假仁假义地说：“老师，我想静安姐应该是累了吧，上午照顾我，下午有比赛，肯定吃不消呀。”苍天啊，大地啊，哪位天使大姐替我出了这口恶气啊!

四

从那之后，方宇桐就像一场瘟疫，在我的生命中铺天盖地地蔓延开来，无法治愈，无所不在。他以各种鬼都不信的理由抢占了我所有的课余时间，又天天送一些超级变态的东西。别人牵着男朋友的手花前月下，我就只能抱着他的臭衣服看他打球，俨然一奶娘。

但是好在我俩都忘了那个什么乱七八糟的以身相许，小气如他竟然也没拿这件事耻笑过我，这也是他唯一令我满意的地方了。访谈节目中主持人总喜欢对年纪相仿的嘉宾开玩笑说："我是看着你的节目长大的。"梅子对我说，那是一种写作手法，叫欲扬先抑，是一种恭维。

我心中窃喜，这次有救了。前两天方宇桐做了一对米字刻，他的是狼，我的是狈。我一看就火了，谁会带这么低级趣味的东西，随手就扔进了桌洞里。结果今天一找，乖乖，没了。他平时最恨我把他送的东西弄丢了，因为他送的都是成双成对的，说是什么好兄弟有福同享，言外之意，此之丢失，彼之共难。

晚上，方宇桐无视我要看韩剧的哀求，命令我必须出席他们篮球队的庆功宴。他这阵子是鸿运当头，刚跳了一级，球队又赢了市里的比赛，好不意气风发。一见面，他就盯着我的脖子看，嘴角虽然扯着弧度，却有些阴森，连其他队员都看出我俩的气场都有些诡异。

我心虚得要命，端起酒杯，虚张声势地说："姐姐我是看着你们这一帮人长大的，尤其是宇桐……"谁知我话还没说完，他就发飙了，抢过我手里的酒一饮而尽。我也火了，叫道："你疯了啊，未成年人是不许喝酒的。"他看着我，气得双眼通红，反驳道："你又以为你有多大，未成年人难道就是错误吗?"看着他竟然如此反常地对我大吼大叫，我简直觉得莫名其妙，拎起凳子把一箱酒全砸了。哼，老虎不发威，真当我是病猫啊。他估计是被我吓傻了，一张脸突然多云转晴，还是风和日丽的那种，招呼着队友重新买了饮料。大家纷纷落座，言笑晏晏，看得我目瞪口呆。

说实话，砸完我就后怕了。虽然他很纵容我，可当着兄弟的面被这样挑衅，任何一个男生都受不了吧？我已经有了必死的决心，大不了十八年后又是一名烈女。可事实证明，其实方宇桐不是男的。还证明，嘿嘿，其实方宇桐对我没辙。

五

方宇桐越长越俊美，加上他骨子里的邪气，他成了当下最流行的那一款帅哥。可以这么说，如果他喜欢的姑娘有一个排，那喜欢他的姑娘就有一个师。可是，他至今也没从这弱水三千中找到他的那一瓢水，而是整天和我厮混在一起，美其名曰“培养土匪气质，向静安同志靠拢”。我看着他左耳上那光芒璀璨的耳钉，想起了某个我喜欢的明星，眼前竟有些恍惚。

高考前夕，我和同学去留影纪念。选背景的时候我看中了一款蓝底的摩天轮图样，很温馨、浪漫的样子。同学摇头反对，说道：“摩天轮是要和喜欢的人一起坐的，咱俩又不是同性恋。”“那这幅吧，桔梗花，也不错。”“静安，那你不知道它的花语是什么吗？真诚不变的爱啊。”

最后选的什么图案我记不清了，我的心一时间很乱，内存全部被回忆占据着。某个生日，某人，摩天轮，桔梗花，原来这些零散的片段是因为某种心情才被串联在一起的，原来某些杂乱无章的存在是有规律可循的。

我在高考完后的同学聚会上大醉了一场。梅子说我的酒品很好，没有什么疯狂举动，只是一个人坐在那里掉眼泪。问我怎么了，我只说是舍不得。梅子还说方宇桐过来找过我，静静地看了我好久，什么也没说转身就走了。我笑着打断梅子：“方宇桐就是个小气鬼，他就是嫌我重，做了那么久的思想斗争最终决定还是不管我。”

“算了不说他了，说说你吧，你准备报哪儿，我看咱武汉就挺好，走到哪也不如在家好。”梅子转移了话题。

“北上R大，咱可是有志青年，这庙小，哪容得下我。”

“决定了？真不怕自己后悔？”

“喂，你什么意思？你就真见不得我飞黄腾达是吧？”

说这些话的时候我一直低着头。我看见地上的一块块土地在晕湿，我听见某个人语气有些哽咽且言不由衷。梅子长长地叹了一口气，拍拍我的肩膀，说道：“你知道的，我只希望你幸福。”

我抬起头，泪眼模糊地问梅子：“你们都知道了是吧？”

梅子装傻充愣：“我们知道什么啊？”

“就是方宇桐好像喜欢我这件事啊！”

“对呀，我还以为全世界就剩你不知道了呢，看来这回是地球人都知道了。”

六

高考后的暑假里，我发现了一部很好看的日剧《单身情歌》，讲的是一段相差十岁的姐弟恋的故事。故事情节迂回，结局圆满。

我打电话给方宇桐：“限你15分钟内出现在小爷面前，否则，后果自负。”武汉的夏天热得全国有名，我坐在冷气十足的房间里，吃着冰激凌等待“倒霉鬼”的出现。

12分钟后，门铃响起，打开门，方宇桐像刚出锅的面条，湿乎乎、热腾腾的，倚着门，慵懒的模样晃得人睁不开眼。“说吧，什么事。”语气幽怨而宠溺。我伸手就是一拳，嚷道：“别给我装怨妇，再装，随便找个主儿就把你打发了。”“切，你舍得就行。”说着，他推开我的手，径直向冰箱走去。嘿，还真拿自己不当外人啊。

日剧很短，只有十一集，我俩一个下午就全看完了。看完后，他一边和我抢着果冻，一边满心欢喜地对我说：“真正的爱情，敢于直面世人的偏见，执子之手，至死不渝。”愉悦的笑容里仿佛飞出了一对翅膀，使他比平时伪装的冷酷更加魅惑，我强烈地感觉到自己被电到了。

我立刻转移目光，忽略他的喜悦，一脸轻松地说：“这是电视剧，你还真信啊，七老八十的时候十岁是不是问题，可那是半个世纪后的问题，这五十年你就不过日子了？”

方宇桐亲昵地拍拍我的头，我看见他的眼睛里有些雾气昭昭：“丫头，你终于肯正视问题了！”我笑得有些底气不足，轻声道：“对不起，其实我马上就要离开这里了，因为，就算正视，问题也还是问题啊。”

方宇桐拉过我的手放在胸口，笑容温柔得好似午后的阳光，似乎拥有洞穿一切的力量：“静安，我知道你报的是北京的大学，也懂你的左右为难，其实我的心思你比别人知晓得都早，是不是？你只是不肯面对，你觉得我小，无法信任。可也正是因为我还小，所以我有力气填满你在我们之间挖的沟壑。我知道你需要时间，不管多久，我都会给。”

我深吸一口气，拍掉他的手，故作轻松地笑道：“干吗啊，八点档肥皂剧啊，你以为你是谁，道明寺还是花泽类啊？装什么琼瑶男主角，恶心。”方宇桐，我不是不信任你，是不信任时间，等到我们成长到可以直面年龄问题的时候，或许，这个问题已经与我们无关了。你可知道，我们现在谈论的不是青菜、萝卜，是爱情，是像曼珠沙华一样会让人上瘾的毒药。

方宇桐耸耸肩，无趣地说："不好玩，又被你看穿了。"然后转过身，固执得不再看我，身体也微微颤抖着。不知过了多久，一个充满沧桑的声音仿佛从遥远的地方传过来："静安，我刚才对着第一颗星许了个愿，希望你这次能够，落榜。"说完，一张恶作剧得逞的笑脸在我面前无限放大，我配合地发着飙，但内心早已洪水肆虐。

七

我还是让方宇桐失望了，九月，我如愿踏上了北上的列车，可心情却没有预想中的轻松。

方宇桐没有过来送我，只发了一条长得不像话的短信：丫头，还好你没爱上我，那样你就不会感受到离别带来的刀割般的心痛了。我想我没办法面对你的离开，我怕我会不顾一切地拦下你……

大学的日子没有想象中轻松、美好。当你有大把的时间却无人陪伴的时候，你才知道什么是寂寞。那是一种由内而外的苍凉，让你的快乐外强中干。我参加学生会、当家教、学舞蹈，我把时间安排得满满的，让自己马不停蹄地忙得像个陀螺，可我的心底里还是空荡荡的，无论如何也无法填满。

我买来高三的考试题，因为方宇桐又跳级了，上了高三。我按着高三的节奏生活着，我想过和方宇桐一样的生活：五点起床，一杯清水、一包奶、一个苹果，半小时英语晨读，半小时古诗背诵，晚饭后散半个小时的步，放松心情，七点继续做题，十二点睡觉，睡前喝杯牛奶。我十月份就买好了冬天用的围巾、手套，不吃辣的，不喝碳酸饮料，方宇桐不在身边的日子，我要替他照顾好自己。

方宇桐没给过我只言片语，我知道他不是不想我，他是怕得到我的消息控制不了他自己，也怕我在这异乡的落寞恋上他的温柔从而爱上他。他不想我像他一样忍受相思之苦。可是我已经爱上了，所以他的一切我都懂，所以我不言不语，就这样在原地静静地等待，等待王子追来……

两年后，作为学生会主席的我站在迎新晚会上致辞，底下黑压压的全是人，镁光灯照在脸上暖暖的。忽然之间，我觉得好孤独，没来由的，仿佛从心底暗生出来。舞台上，我竟溃不成军。

临下台，我的手机一震收到一条短信："你心换我心，始知相忆深。静安，我就站在你身后。”

这是顾夐的《诉衷情》中的一段话。还记得高中的时候，我特别喜欢顾夐的《诉衷情》，所以就逼着方宇桐一起背了下来。他的记忆力很好，居然比我背得还快。当时他还对我说：“静安，谢谢你啊，我又多认识了一个生僻的字哟。”

我缓缓回过身，看到方宇桐抱着一大束玫瑰站在我对面，流里流气地对我叫嚣：“有本事你再跑啊！”我赔着讨好的微笑，眼泪却稀里哗啦地流了出来。

那一年，方宇桐考入了我所在的大学。我收起了我所有的锋芒，来回馈他的深情。因为我知道，这个世界上再伟大的爱情，也经不起时间的蹉跎。

有时候，幸福来了，你就“在劫难逃”。

我对自己说：“静安，你若负了方宇桐，今生便无法善终。”

夏末流声

茫茫人海里我的掌上明“猪”

■ 佚名

海虾甜：我不是体重200斤、穿着大裤衩在显示器前抠鼻孔的怪叔叔！

1. 什么时候和我约会

住在楼上的朱桑是日语系的学生。他日出而作、日落而息，每天都是一副日系美型男打扮，见到人会很有礼貌地说“扩尼奇瓦”（日语，“你好”的意思。——编者注），据说，他还是学校电台里那迷死万千少女不偿命的男主播。

我有幸住在他的楼下。刚搬完家，他敲开我的门：“我叫朱学智，你可以管我叫朱桑。以后请多多关照，欧巴桑。”我只不过比他大半岁，他居然称呼我“欧巴桑”。可是我很快就从一位年轻的“欧巴桑”升级成为他的忠实粉丝。隔三差五，他来我这里借洗衣机，借开瓶器，借电磁炉。后来，他干脆带着脏衣服跟蔬菜下来搭伙。白天，他在学校里跟美女们鬼混，晚上回来，他有时候会给我带一只哈密瓜。他的声音真好听：“明早有约会，记得叫我。”我忧心忡忡地答应，心里却暗想：约会，约会，什么时候能跟我这个“欧巴桑”约次会？

2. 误会也是一种美

每天傍晚，放学之后的我坐在篮球场边听广播。

我忍受凛冽秋风，我忍受饥肠辘辘，我左手奶茶，右手汤包。朱桑在广播里念：“下面是数理系王同学的来信，他想对生物系的孙同学说……”这样的情书每天十数封，小学校，小爱情，小主播念小情书。奇怪，怎么没有人给朱桑写过情书？为此我求证朱桑，他回答：“没有没有，有的话我肯定会念的。”不诚实的朱桑大口大口往嘴里塞猪肉。朱桑喜欢吃猪肉，所以我们在一起总是吃猪肉白菜炖粉条。

因为一个小时的广播，我越来越晚归。周末，房东太太来收房租，她不怀好意地瞧瞧我："有男朋友了？"我摇摇头。这时候她看到了穿着大条纹棉布睡裤正在喝汤的朱桑——他居然在我的房里。"啊，现在的年轻人……"她肯定是觉得我们进展过快。很多时候误会也是一种美，我觉得我没有必要解释。也许朱桑也这样想。很多次，他往出租屋里带漂亮的小学妹，两人打开门，却撞见我头上缠着白毛巾跪在地上擦地板。

"跟我同居的美女。"朱桑指指我。

3. 再搬家，你还住我楼下吗

既然是跟朱桑同居的美女，我当然要对他好一点。在跟朋友去逛江汉路、户部巷时，我给跟我同居的朱桑买了围巾、手套以御严冬。晚上，我们喝人参乌鸡汤，朱桑向我抱怨他最近总是被投诉。

"谁让你最近老念错字？"

"可是——"

"这是肾亏啊。"

"你——"

"以后别老往屋里带漂亮学妹了。"

朱桑一边点头一边喝汤，他忽然冲我说："你做的汤真好喝，以后要是再搬家，你还住我楼下。"哼，想得倒美呢，我还住你楼下，白天你舒舒服服出去鬼混，晚上回来还有人当保姆伺候你？

朱桑在房东太太温暖的出租屋里度过了严冬，春来花几枝，窗外莺燕语。在一个明朗的夜晚，喝醉酒的朱桑敲开了我的房门。他对我说："你有没有真正喜欢过一个人？"我点点头，顺带心生窃喜。"就是那种遥不可及的喜欢。"这还是我第一次看到朱桑喝酒。后来，他嘀嘀咕咕地，居然倒在我的床头睡着了。这可不妙，于是我从他的裤兜里找了钥匙，把他背上楼，开门，将他如一件货物一般扔回到他自己的屋子里。

可爱的朱桑，他睡着的样子就像是一个婴儿。

4. 正牌女友腿上的香猪

经过那一夜，朱桑对我忽然客气起来了。第二天一大早，他早早地起了床，看到我在二楼厨房里煎鸡蛋，他没有像往常一样跑过来叼起一只跑掉，

也没有称呼我为“欧巴桑”而是很正经、规矩地称呼了我的名字，然后对我说“早”。往后的日子里，朱桑仿佛真正变规矩了，他不再给非亲非故的我带水果，因为他开始自己洗衣服，自己收拾屋子，一切不再劳我大驾，我在篮球场边喝着酸梅汤，发现朱桑广播里的情诗逐渐被娱乐八卦新闻取代并且错字越发少。之后，在一个周末，我去楼上收衣服，看到已经很久很久没有带回过学妹的朱桑将房间大门敞开，里面坐着一位大家闺秀。我把头探进去，我问他：“朱桑，女朋友的干活？”他居然不搭理我，一本正经地向他的女朋友解释：“这是我楼下的房客。”

一连好几天我都很生气，心里直骂“这个没良心的朱桑”，但这回他对爱情似乎是认真的。送走他的女朋友，他来到楼下，磨叽了半天管我借走了一本营养食谱，顺带客气地向我请教怎么做地道的猪肉白菜炖粉条。末了，他问我如果养宠物的话养什么比较好。

“养猪！”

“养猪？”

“是啊。在茫茫人海里，人与人相遇并不容易。可是，茫茫人海里，人与猪相遇更不容易。因为猪比人矮啊，它会很容易地就被淹没在人海里，而且，走着走着，它可能就被逮去下火锅了……”

朱桑对我如此隐晦地回答不满意，但是隔了几天，待我再次经过他那敞开房门的屋子时，我看到他的女朋友腿上放着一只小香猪，肥嘟嘟的，脖子上还系着一个粉红色的蝴蝶结。再后来，朱桑又开始来烦我：“美女，你那有没有好吃的，拿给我喂猪。”

5. 爱情并不简单

自从得到了这只掌上明“猪”，朱桑开始向我诉苦：他的女朋友以减肥为名开始抵制猪肉了，他们在一起只吃酸辣土豆丝、手撕包菜、鱼香茄子。有一天晚上我遇到晚归的朱桑，半个月不见，我都觉得他已经瘦到只剩皮包骨了。“恋爱好玩吗？”“都是你害的。”好吧，都是我害的，朱桑不知道，就在他恋爱的时候，爱情也犹如一道闪电击中了我。下课的时候，我的好姐妹神神秘秘地递给我一个小信封。写信的人在篮球场边等了我半天，他直截了当地对我说：“我们交往吧。”“我认识你？”“咦？那你告诉我你每天坐在篮球场边是看谁？”谁能告诉我这是谁害的？

数日不识肉香，我与朱桑在我的屋子里大摆筵席。“那你答应了？”朱桑问我。我摇摇头。朱桑的小香猪在我们旁边跑来跑去，我脱了拖鞋踩在它身上。“我发现养一只猪很好啊，至少可以拿来做垫脚。”明月几时有，把酒问青天。对酒当歌，人生几何。半夜，我把醉醺醺的朱桑送回去，离开的时候，我忽然听到朱桑叫了我的名字。“朱桑?”“我觉得，爱情并没有我想象中的那么好。”是的，爱情并不是一个简单的名字，它也许还包括了隐忍、奉献、牺牲。哼，从前被人围着团团转的朱桑，可不习惯了吧?“然后呢?”“你挺好的。”我看看朱桑，我不知道在这一刻他的内心深处发生了些什么，但是，唔，有这句话已经足够了。

6. 它就是我的朱桑

朱桑的房子到期，大清早，他在楼上收拾东西，叮叮当当，偶尔还会传出因为不小心被踩到而发出的“噜”声。我抱着课本去上课，回来的时候遇到房东太太。“回来啦?”我点点头。“你的朋友搬走了，他给你留了些东西，我帮你放到屋子里了。”

我推开门，发现朱桑很有自知之明地把他的猪留给我了。他养不好它，也不希望继续受它的折磨。中午，朱桑给我发了一条短信，他给我留了他的新地址：“欧巴桑，有空来找我玩，我们吃猪肉白菜炖粉条。”我果断地把它删掉了，顺带着，我也删掉了朱桑的电话号码，爱情并没有我想象中的那么好，其实我也受够了。

但是，每一次爱情总是会有一些东西被保留。茫茫人海之中人与人相遇不容易，但是，人与人之间的关系总是变幻莫测。即使付出的再多，你可能也始终无法得到对方的回应。相比之下，这才是养一只猪的好处。

我决定带着朱桑的猪好好活下去，从今往后，它就是我的朱桑。

那时落英，刹那年华

■ 梁遇欣

一

今年春天，半夜总是醒，因为身体本来就不好，所以我并不担心。但是每次醒后都会有一种悲观的感觉，内心十分难过，还很委屈，有时都想哭。为了消解这种情绪，我会找本书来看，有时也想写博客，哪怕只有一句话，我都认真地把它写下来。然而，后来发现，我写的很多内容都是相同的回忆，那是永世难忘的缘分！而我平时最愿意做的事情就是在黄昏时刻去曾经走过的街巷散步。那些幸福的瞬间不会随着视觉内容的变化而改变。

我在江城的大街上散步，街景时尚绚丽，落日的余光照在高楼的玻璃上，流泻出耀眼的红色光线，特别令人感到意味深长。这是江城的夕照时刻，真希望能无限期地延长！然而，城市是那么的无聊，人们日复一日地生活，追名逐利，司马迁的思想仍然适用这个年代。熙来攘往的人群中，各种嘈杂的音乐，各种车的鸣叫，还有吵闹的叫卖，潮女的卖弄，潮男的故作深沉，这些真实的虚假却成了生活外在的表征，因此，一时间你很难看清什么才是真实。

忽然，我看到江边的一盏街灯在闪烁不定，我努力走近那里。然而，擦肩而过的女人引起了我的注意。看到她胸前的紫色项链，我的心灵为之一颤，那种悸动很莫名其妙地占据了我的心。她让我想起了在这条街巷里曾经发生的故事。如今面对颓废不堪的岁月，这些回忆成了我寻找到的光明。

这个时候，落樱的形象在我的脑海中闪现，我又想起她。她那娇羞的神态、可爱的笑容，至今我仍然记得。在那条街上的商店里，我将一条紫色的项链戴在她胸前时的情景，至今令我印象深刻。我第一次体会到有担当的感觉，直到现在，那种感觉都让我很享受……有时候漫无目的地走在大街上，我都会不知不觉地走到那里。也许这就是生活中的神奇，它可以把简单变得复杂，把刻板变得生动！

我和落樱相识在大学校园里，那时的世界清新而且优雅。记得在我们班里举行的一次班会上，班长说："拿出一张小纸片，写下你们欣赏的歌星。"大家都写的是迪克牛仔、罗中旭、王菲、那英等人，我却毫不犹豫地写上"落樱"，然后把纸片递给了班长。班长当着全班同学的面读出来的时候，我和落樱有了第一次目光接触。那时的我只把她当偶像，因为我们彼此差距很大。落樱不仅多才多艺，而且品学兼优；而我却浑浑噩噩，是大学里最没有特色的一类人，对她，我不敢有非分之想。因为这件事我们成了朋友，因此，我总是和别人说"落樱是我哥们儿"。

她乐观向上、兴趣广泛，积极参加社团活动，一天到晚总是很忙。她每次参加活动，我都会去为她呐喊助威！

有一次学校组织演讲，落樱参加了。我很早就来到会堂，期待她精彩的表演。由于这次演讲受到校领导的重视，参加者都是"精英"，因此，落樱准备得也很充分。但是，在学校里不只是单纯，其实还有一种神秘莫测的东西，它会让你瞬间清楚结局——落樱输给了学生会的干部！她自然很是伤心。比赛结束了，同学们都走了，她还坐在下面默默地注视着讲台，露出无声的留恋。

我走到跟前说："你表现得很好。"

她说："我今天表现得不好，你不用安慰我。"

我说："你在我心里永远是最好的。走吧，哥们儿请你吃饭。"

从那以后，落樱很少再去参加活动，每天都让我和她去图书馆看书。其实，她不知道我的头脑在思考很梦幻的事。那段时间，她总是在我身边，我有种受宠若惊的感觉。在大学校园里能有个美女常伴左右，那种感觉很酷，所以我希望此情此景能一直持续下去。其实我的内心害怕失去眼前的一切。

我终于鼓起勇气对她说："我喜欢你。"

她笑笑说："我也喜欢你呀。"

我说："我说的不是那种喜欢。"

她说："我说的是你说的那种喜欢。"

从那天开始，幸福这个词就时刻伴随着我。为了纪念这个不同寻常的日子，我迫切想为落樱准备一件礼物，就是那条紫色项链。

二

我对那段时光至今难以忘怀，也许是我人生中最快乐的时候。然而，寒假打断了我们的生活，我不得不送落樱回家。天很冷，冬季的阳光出来得也很晚，特别是雪下过之后的日子。落樱和我来到车站，我有种恍如隔世的感

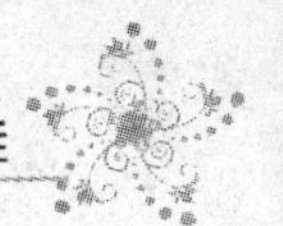

觉，因为这是和落樱别离的地方，其实也不是永远不见，但那也难舍难离！

落樱穿着朴素、文雅，看上去就像卡通小女人一样。在我眼里，她就是凡间的精灵。那双闪烁的大眼睛里有着很多故事，还有一丝晶莹，水汪汪的。我送她来到候车室时，候车的人很多，没有坐的位置。

我说："你累不累呀，我把皮箱放平，你坐在皮箱上吧！"

她说："我不累，我想哭。"她的眼泪瞬间滑落下来，我内心的感觉无法形容，那是到目前为止仅有的感觉！

我说："你别哭，等我忙完老师布置的任务就去找你！要不我不做事了，我送你回去。"

她说："我只是离开你有点伤心，你要好好做事。"

我说："不要伤心，假期很快就会过去了。"

她说："哦！差点忘记了，昨天我妹妹打电话说，要在一家公司实习。你到林学院帮我妹妹买个自行车吧。"之前落樱曾向我提到过她的妹妹，名字叫落花，但一直没有见到过。只是听落樱说，和她一样性格，一样漂亮。

我说："好的，没问题，告诉我地址。"落樱拿出笔把地址写给我。我仔细地将它放在上衣兜里。此刻，我把我们的爱情看得那么的圣洁！好像我又一次突然抓住了虚无缥缈的幻想！《诗经·桃夭》云："桃之夭夭，灼灼其华，之子与归，宜其室家。"我在心里大声呼喊，落樱正是我梦中之人。

火车来了，随着涌动的人流，落樱越来越远地离开了我的视线。我的内心涌动的一股热流瞬间模糊了我的眼睛。我走出车站，一缕阳光特别的耀眼，瞬间照亮整个冬天，在冷暖交织中，我体会到人生情感的温暖。我的落樱，此刻我用什么词都不能表达我的感受！只有一个想法：你快回来！

由于学业很忙，我过了几天才去了林学院。不巧的是，落樱的妹妹已经回家了，后来落樱的电话中也说她的妹妹回家了，因此也就不再担心。因为任务繁重，假期没有回家，艰难的20天终于过去了。我算准了落樱回来的日子，她回来的那天我很早就等在车站的外边。那个时候，我的心好像不在我的身体里。终于，在人群中我看到了日思夜想的落樱。她依然拿着那个大皮箱，只是看上去有些憔悴。

我迅速帮她拿过皮箱，并且说："我都等你很长时间了。"

落樱很客气地说："谢谢，可能车晚点了吧！"

我有些惊讶，对于她客气的言辞，我感到了不安，一种无法忍受的不安。这不是普通的不安，自己弄不清楚。一些小说里的经验表明，一旦恋人之间出现"谢谢"这个词，距离一定很遥远了，我总感觉现代社会的恋人最好不要相敬如宾！

落樱回来后也有别于从前，不再和我去图书馆看书，不再和我一起去食堂吃饭，更不愿和我一起走路。所有的一切都让我们向陌生人的方向发展，当时我的心情苦闷极了。

一天下午，寝室里没人，室友小白偷偷对我说："因为咱们是同寝室的哥们儿，像亲兄弟一样，我必须和你说件事儿。"

我说："什么事，还神秘兮兮的。"

小白说："不要在迷恋落樱了，你们不适合。"小白为人好奇心很强，专门喜欢打听别人的爱情隐私，好几次因为背后乱说话被打得鼻青脸肿，因此，他说什么我并不在意。

我说："你不要信口开河，满嘴跑航天飞机。"

小白说："那天在大街上我亲眼看到落樱和一个男人牵着手走，而且还有说有笑，那是相当的亲密。而且那个男的还用手搂着她，后来在一棵大树下，两个人还拥吻了。那场面非常火暴，看后我的心都突突跳。"

我狠狠地看着他说："你再乱说，我可揍你了。"

小白笑嘻嘻地说："为哥们儿，我跟踪了好远，而且距离很近，不会错的，我可是冒着被打的危险偷窥的。"

我无言以对，其实我有些不信，也怀疑小白的动机。尽管愚蠢，但他是出于好意，他确实是我的朋友。回想起落樱回学校后的态度，我内心又很空虚，这件事情就像一把无形的枷锁，牢固地束缚着我。反复思考之后我真想去证明！我在寻找路径！

我很感谢孔老夫子。子曰："非礼勿视，非礼勿听，非礼勿言，非礼勿动。"如果不是内心藏礼，我真不知道这个世界是多么的无序！我没有质问落樱，我想着逃避，想去装糊涂，并且远离她。我把自己变得很颓废，时间久了，我真的失魂落魄，开始分不清东南西北，整天在大街上、在人群中体会爱情的失落。王尔德说："当爱到了终点，软弱者哭泣。"我承认我是爱情中的软弱者。

我每天都在城市的街巷中流浪。在江边路的栏杆边，我看见了一个熟悉的身影，还有一个俊朗的男人。他们相互依偎着，亲密无间，那不是落樱吗？我目不转睛地看着她从我身边走过，而她却没有看我，其实那就是陌生。此时，我的身体犹如一个稻草人，瞬间变得轻飘而虚空，脚深深扎在地上，一动不动，茫然地站立很久，直到风尘迷住我的眼睛，我——心绪渺茫！

我如梦方醒，忽然想起了拉康的“镜像理论”：我们的曾经是镜中一个并不存在的虚像、一个虚无。我是在对于虚像的想象过程之中，通过对虚像的认同确立了自我，这就是“镜子阶段”吗？是一个自我欺骗的瞬间，是由虚幻引起的迷恋？这种想象很可怕，可是想起现实的种种，多么虚无。没有解释的沉默，没有理由的远离，我终于明白了其中的原因，也就是人世间最简单的东西——移情别恋。

三

回到学校后，我不再和落樱在一起，我们从此相互沉默。我的心情沉重，憋闷了好几天，小白也来劝我：“不要为一棵大树，放弃整个森林”，“天涯何处无芳草，这根没有下根好”。我逐渐感染了没落气息和颓废趣味，比如玩游戏，午夜上网聊天等！眼看就到毕业的日子了，同学们到处去找工作，搞得虚张声势，每个人都与往常不同。在一个很冷的傍晚，我坐车来到春城。我带着简历和一种落魄的心情，还有些空虚和不安，我感觉前途充满悬念！夜晚的大街上，一个人在橘黄色灯光下踯躅，悄然四顾。我想起了落樱，那种难以遏制的孤独袭来，这种情况简直太糟了。如果允许这种意识流动下去，我一定被会流浪汉打昏，然后抢光身上的零钱。而且据小白的小道消息（有个“铁锤党”，丐帮一类的），春城特别不安全。我忽然感觉有些饿，于是走进一家餐厅。

冬季的餐厅很温暖，里面只有一个学生模样的女生，身边有一个大行李箱。那个女生在吃面条，面条散发出的热气散落在她的眼镜上，可她并没有摘下擦拭，看来她是饿坏了！其实我也又饿又冷，面条的香味也影响到我，我也要一碗热汤面。老板笑盈盈地把面条放在我面前，我顺手拿起筷子就吃了一口，嘴里顿时就麻木了，烫的我欲哭无泪。看看周围，没人注意。说句老实话，我特别想拿镜子看看，我的嘴是不是已经成了“两根香肠”。工作要是没找到，再变成“香肠嘴”，那可怎么办？现在找工作有相貌歧视！社会中各种复杂想象在我脑中回旋，但并没有耽误我吃面。大约5分钟后，我差不多吃完了。环顾周围才发现，旁边的女生还在那吃。只见她越吃越慢：喝口汤，吃点面，吃点面，喝口汤，那种状态就好像电影《食神》里的评委在吃“黯然销魂饭”。这个女孩子比落樱还矜持。我心想，看你什么时候吃完！我在即将失去耐心的时候，她吃完面，喊老板算账。老板笑盈盈地走到桌边。这个女生开始掏兜，先掏裤兜，左边右边；然后衣服兜，右边左边，最后，把皮箱都打开了，空空如也！

老板依旧笑盈盈地说："小姑娘，还掏哪呀。"

女生说："没处掏了，钱包丢了。"

老板生气地说："你知道吗？我观察你挺长时间了，一碗面你吃了半个小时！还戴个眼镜，现在的学生的素质真差，没钱吃面不说，吃完还喊算账。"

女生有点不知所措，辩解道："我才知道钱丢了。"

正当此时，她与我的目光交织在一起，而且充满一种惊奇，然后大声喊道："师兄，你在这吃饭呢。"

我很惊讶，这句话搞得我云里雾里，怎么突然间出来个师妹，而且在春城一个陌生的饭店里，但我最后还是说："啊。"

那个老板像闪电一样走到我身边说："拿钱吧，师兄。"

此时，我省略了常人的怀疑和思考，把我和那个女孩的面钱一并给他。我转身去拿我的简历包，那个女生很殷勤地递给我。

她笑嘻嘻地说："多谢师兄。"那声音嗲嗲的，让我浑身发冷。

我连忙说："不谢，不谢。"

我迅速走出餐厅，那个女孩随后也跟了出来。就这样，在春城的大街上，我在前面走，她在后面跟，后来她跟不上我，就开始跑。我真的有点害怕了，但想到她一个弱女子，而我是堂堂男子汉，怕什么，于是，我转过身走到她面前。

"Hi！哥们儿，你想干什么？"我说。

那女孩很温柔地低头说："我是来找工作的，可……可……我的钱包丢了。"语气中充满委屈。看到她这幅模样，我心软了，又觉得羞愧难当，怎么对一个女孩子这么无礼呢！

我很洒脱地说："既然都是'天涯沦落人'，那就跟'师兄'走吧"！

女孩问："去哪儿？"

我说："我们总不能在大街上吧？天这么黑，春城坏蛋很多的。"

因为自身钱带的不多，我们来到一家小旅店。老板很不屑地看了我们一眼说："没有单间和双人间了！"我心中很不舒服，我猜他一定把我想成"开房"的学生了。

我说："有三人间吗？"

老板说："有！"

我说："那我给你三人间的钱！我俩住！"

过程还算顺利。我们住进房间，那女孩如释重负般的趴在床上，嘴里说："可把我累坏了。"我说："哎！你不怕我欺负你吗？一个小姑娘敢和一个男人在一个房间睡觉，胆也太大了吧！"

她说："师兄是好人！"

我说："我的神呢！你就不要再编了。啥'师兄'，我都没见过你，连你的名字我都不知道！"

她说："我叫小芳！江城师院的。我见过你，我们不是一个系的，你呢？"

我说："浮萍漂泊本无根，天涯游子君莫问。"

她说："纳兰性德的词？"

我说："你还有点见识。"

她说："不和你聊天了，我累了，我要睡觉了。"

不一会儿，小芳就进入梦乡，睡得十分安稳，完全忽视了我的存在，这让我有些许感动。事到如今，还没有哪个女孩子对我如此信任呢！我翻来覆去地睡不着，毫无困意，而且小芳又打着轻微的鼾声，不一会儿便肆意地占据整个房间。我把被子蒙在头上，不知道过了多久，我似乎睡着了，直到一些窸窸窣窣、哗哗啦啦的声音惊醒了我。睁开眼，发现清晨来临，小芳正在镜子前梳妆打扮。她拿出各种化妆品，足足搞了半个小时，最后还用手使劲儿打了左脸和右脸，才感觉满意，然后笑嘻嘻地说："师兄，好看吗？"

我说："你参加选美呀。"

小芳说："师兄，你不知道，女孩子外表不好看，根本没戏。"

我说："你又不是去当'小蜜'。"

她迅速纠正说："我不当小蜜。"

我说："你这样的想法，一定当小蜜。"

她蹙起眉头，挥舞拳头，大声喊说："我——不当——小蜜。"

她这么一喊，让我很尴尬，看来她是认真的，我不该和她开这样的玩笑。我们的时代并不是所有人都堕落，也并不是所有人都喜欢移情别恋，亭亭玉立的小芳让人尊敬，让我深受感动。

我说："对不起！我不是有意的，我真心祝你成功。"

四

冬季春城的早晨很冷，不论你穿多少衣服，浑身还是会不停地打战。天还有些暗，心情亦冰冷，环顾四周，景色肃杀，我竖起衣领，她把腰带扎紧。

我们拼命挤上公交车，去人才市场找工作。然而，我的内心除了茫然就是茫然，我想起了老子的话："人法地，地法天，天法道，道法自然！"其实，我们已经知道目的性，因此，只需按照预设的想法做就行了。好像有一种无形的力量支配我们，毕业—找工作—去人才市场投简历—面试—录用（或者没有回音），基本就是这个程序，你只需照做，因此大家蜂拥到春城。

公交车终于到站了。人才市场前都是人，我费力挤进人群，排队买票，抬眼望去，队伍已经排到"千里之外"。小芳和我分开站队，因为前面有熟人，小芳跑到前面插队，她回头努力招呼我，但遭到其他人的反对，我仍在队伍的中间等待。

这时排在后面的人说："我的天呢！哪年能买到票。"这句话让我很紧张，我不时翘首向前观望。队伍旁边站着一位漂亮女生，她不时的和排着队的人说话。

走到我附近说："大哥，我这儿有票。"

我说："多少钱一张？"

她说："200 块钱。"

我说："太贵了，200 块能买 10 张。"

她说："大哥你别急，我是人才市场内部的，其实票是有限的，像你在这个位置根本买不到，如果你进不去根本找不到工作，现在工作多难找啊。"

旁边的同学听到了，把那个女生叫到一边，看来是在砍价，几分钟过后，双方笑嘻嘻地结束了交易。

后排的同学说了一句"傻"。

我没明白这个哥们儿为什么说"傻"，为了找工作花点钱不"傻"，上午 9 点钟我才在队伍中游，后排的那个家伙挺不住了，也去找那个女的买了高价票，我想这哥们儿不也是"傻"吗？其实大家都买了高价票，队伍越来越短，我也真的买到了并且不是"傻"的正规票，但上午的面试很快就要结束了，我晃荡了一圈，根本没戏，原因就是进去晚了。我内心十分着急，因为要清场。正当我无计可施的时候，在人才市场里面的商店柜台里看到了一个熟悉的面孔——小芳。她在那里卖货就像卡尔维诺的童话结尾一样，让人意想不到，我走到柜台前。

小芳笑眯眯地说："师兄，情况怎样？有没有合适的。"

我说：“我刚进来，现在要清场了，看来得下午了。”

小芳很惊讶地说：“怎么，你刚刚进来。”

我说：“早晨在后面排队了，进来晚了。”

小芳环顾左右，迅速从柜台里出来，悄悄地把我拉到柜台里，然后接过我手里的包，放到一边，并且小声说：“师兄，帮我卖货，不用出去了。”

我说：“合适吗?”

小芳说：“放心吧，师兄，老板我认识。”

我说：“你怎么谁都认识!”

当服务员的小芳绝对是卖货的高手，以至于整个中午我都在思考神秘的小芳是我人生中的不期而至的人。在冰冷的春城，此刻的她像天使一样，驱散了我内心深处的凄凉。清场后，我和小芳停了下来。她买了盒饭，对我说：“师兄，吃饭，下午我们努力找工作。”我有点吃不下，但看到小芳如此乐观和自信，我勉强吃起来，可内心的无数幻想还是让我胃口全无。我本身材高大，然而现在却感觉自己相当渺小，就像蚂蚁那样小，好像每个人都想把我踩在脚下。

五

下午很快过去了，我两手空空地回到旅店，倒是小芳有个面试的机会，不过面试时间很晚，在晚上 10 点。小芳当然满意了，她认真准备，而且让我注意一下她的打扮、举止方面是否得体。我说：“你应当准备知识方面，人家要看真才实学的。”

小芳说：“我学习很好，不用担心。”

我说：“那也应当准备，以防万一。”

她说：“好，好，我准备。”顺手拿起一本书，正经看起来。然而，她的目光好像在不住地游移，其实她根本没有看。忽然，她跳起来说：“哎呀，外面好黑呀，师兄，我一个人去你一定不放心吧。”

我说：“那我和你去吧。”我似乎根本没有思考她的话，我也承认是师兄，因此这个是我的责任。

冬日的春城夜晚很冷，小芳坚决步行，可惜我已经囊中羞涩，面对陌生人，难免有些提心吊胆，她却说个没完没了！而且还蹦蹦跳跳的，像个小兔子！我说：“哥们儿，我们去面试，不是去玩，你能不能消停一会儿，好好考虑怎样面试。”

她很自信地说："我一定成功。"

走了很长时间，我们到达了宾馆，坐电梯到了十一楼。面试门口很冷清，没有很多人，心里很高兴。我停下说："祝你成功，我在大厅里等你。"站着高层楼的窗前，我俯视着被黑暗笼罩的大地，发现不管城市灯光如何绚丽，都显得很弱小。突然，我的内心升起一种担心的思绪，我很快走到面试的门口，忽然听到里面有些声响，接着就是小芳的求救声，我意识到事情不妙。

我狠狠地砸门，而且大声喊："我是保安，快开门。"忽然门开了，小芳衣衫不整地跑了出来，后面是个"死胖子"样的男人。我上去一拳，打在那个男的的左眼上，然后又一拳打在他的右眼上。把他变成"熊猫"后，我迅速"逃离"现场，那家伙根本没反应过来。其实我很担心小芳，真不知道她怎样了。

回到旅店，小芳还在哭泣，我设法安慰她。她和我说了事情的经过，小芳气愤地说："那个死胖子表面上看是正人君子，态度和蔼，没想到是色狼。"

我说："这很难看出来，色狼隐藏很深的。"

小芳说："那个工作单位很好，在发达的城市，对我很有吸引力，就是没有编制。没有编制我一定是不会干的。那个死胖子说，编制吗？你要做得好，编制也没问题，然后开始对我动手动脚。"

我说："别哭了，下次注意吧，不要打扮那么漂亮。"

小芳愤愤地说："现在的人太坏了。"

我说："那你失身没有啊。"

她说："多亏你了，差一点。"

从此以后，我们的关系似乎亲近了许多。在这个冬天，只要是去找工作，我们都会一起去。我们不断地"赶场"，住便宜的旅店，吃着简单的饭菜。每次面试前她都会为我精心准备，生活中的一切细节她都做得尽善尽美。虽然很快乐，但我的内心有一种很难受的感觉，我对我们的关系很焦虑，我也不敢确定，也许我很自私。

"赶场"的结果不尽如人意，我失魂落魄地回到学校，幸好有小芳在身边，其实我们准备稍作停留，准备些钱，去南方碰碰运气。

我和小芳在学校的小路上行走，迎面却看到了熟悉的身影——落樱。不是，而是两个"落樱"，她们简直长得太像了，不仔细看根本分辨不清！

落樱说："听说你去找工作了，情况怎样啊？"

我说："没有找到。"

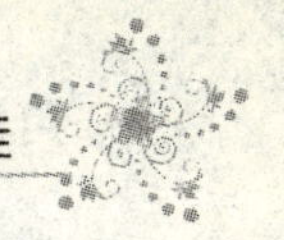

落樱看着小芳说："这位是？"没等我开口，小芳就笑眯眯地说："我是他女朋友。"然后煞有戒心地抱住我的胳膊。我并没有否认，其实我内心还很得意！

我说："这位同学和你怎么这么像啊！"

落樱说："她是我妹妹落花，我和你提过的，林学院的。"

一瞬间我有些眩晕，我忽然明白了我以前看到的一切都是这个妹妹在作怪。我现在十分痛恨"拉康"，痛恨可恶的小白，更痛恨我自己。当晚我还是去找落樱，我想弄明白，为什么突然对我冷淡，她和我说明了一切。

她说："我得病了，病毒性肝炎，基本不能治愈，害怕影响你的前途。"

我对她说："你怎么不和我说呢？我会在乎你的病吗，即使再严重我也不会离开你呀！"

她无语片刻说："那个女孩子不错，好好珍惜吧！"

我更无语，因为这样的误会让人无法想象，我又相当的愚蠢和草率，可惜错过了幸福的时间，失去了属于我们的世纪。后来，我和小芳说了我和落樱的故事，小芳感觉挺可惜，并且还劝我说："再努力努力，人生得一知己不容易！"我并没在意她说的。第二日清晨，趁我在睡梦中时，小芳已经走了，她给我留了一封信。

师兄：

我走了，去南方找工作，珍惜眼前人，祝你成功！

师妹小芳

开始我并没有在意，然而小芳的忽然离去，让我特别不适应。我已经习惯和她在一起，哪怕她不说话只站在我身边！而且还有深深的思念。我的生活好像被颠覆了，我的头脑里一会儿是落樱，一会儿是小芳，我忽然想起了电影《大话西游》，真想知道我在熟睡时念谁的名字更多些！可惜没有月光宝盒。

终于，在一个天气晴朗的早晨，我准备好背包，决定南下，可是突然间我眼睛却看不清东西。我被送到医院，结果我患上了很严重的肾病。当我清醒时，在人群中我看到了落樱。她依然美丽，但我心里却想着小芳。落樱每天都来看我，总是在我床前伺候我。我内心过意不去，劝她道："你不要来了，你也有你的事情，我现在不用别人照顾。"落樱说："我愿意一直留在你身边。"我很感动，但我说："我不愿意，我的命运已然成定局，你还是走吧，我们已经错过了，况且我已经有女朋友了。”此后，落樱再也没有来，小芳也没有出现！

如今，我病了好久，我的生活缺少激情，我衰弱的身躯正在变化。落樱走了，小芳不见了，我的爱情结束了。如今，我又一次走到熟悉的街巷，所有的建筑依旧，那些充满情感的回忆，像风一样飘向远方！

歌很好听，我喜欢你

■ 雪雁

雪，一个很安静、很文静的女孩。

枫，一个活泼开朗的男孩。

雪的生活本来是很平静的，可是到了大学时，她的生活开始变了，她认识了枫，也恋上了枫。

雪喜欢活泼开朗的男孩子，很多人都不知道这个秘密，就算是闺中密友也不曾知道。

大一那年，雪就注意到活泼开朗的枫，不单是因为同乡，也因为枫的性格。枫活泼开朗，但是又有点腼腆，这是雪最喜欢的，也是不为人知的。

大一，一切都很新鲜，可是雪没有太注意，因为她的初恋，也因为她的性格，她喜欢安安静静地待在宿舍，喜欢听有点忧伤的歌曲，她觉得那些歌曲很适合自己的心情。对于自己喜欢的歌曲，雪总是不由自主地重复听着，然后慢慢地留下了无声的泪水。

上课了，大学的上课位子是自由的，雪总是挑离枫最远的位置，让人感觉他们俩就像不同世界的人，没有任何关联。所有人都不知道接下的日子会常常见到两个人在一块。两个人没有说明是情侣，也没有说不是情侣，就这么暧昧地走在一起。

一次下课，雪还是像往常那样，一个人拿着书本，慢慢地走回宿舍。一路上同学的吵闹声像是另一个世界的，而雪只生活在自己的世界。很突然，雪的肩膀被人拍了一下，雪很平静的转身，看到是枫，雪脸红了，因为她不知道自己接下来要做什么，只是很疑惑地看着枫。枫说：“怎么一个人呢？不跟宿舍的人一起走吗？”雪摇了摇头。

枫说：“哎哟，不要那么安静嘛。跟我说说话嘛！”

“我不知道要说什么。”

“随便聊聊总可以吧，怎么会没话说呢？”

“哦。”还是很简单的回答。

枫说：“要不我问什么你答什么好了。”

一路上，枫的问题不断，雪的回答总是那么简洁。很快就到了分岔路口，枫说："我加你 QQ，你 QQ 号多少？"

"59 × × × ×145。"

两个人各自回各自的宿舍去了。雪刚登上 QQ，就看到了一个陌生号的消息。

"知道我是谁吗？"

"不知道。"

"那你猜猜我是谁，猜中了我请你吃雪糕。"

"不知道，我猜不到。"

两人有一搭没一搭地聊着。

"我是枫，我要下了，要吃饭了。"

"哦，拜拜。"

就这样，雪跟枫经常上 QQ 聊，谁也不知道他们私下会那么好。

在同学的眼中，雪跟枫根本就是不同世界的两个人，他们不会有交集，也不会有联系。时间慢慢过去了，很快就到学期末了。同学收起平时懒散的心态，进入了复习的状态。雪因为平时比较努力，所以考试对于她来说是小菜一碟，根本不用担心。可是枫开始进入了紧张的复习状态，也很少上 QQ 跟雪聊天了。雪又回到了学期刚开始的生活，简简单单的生活。

离考试还有两个星期，雪的 QQ 头像突然闪动了，雪打开一看，是枫的。

"对不起啊，最近忙着复习，都没跟你聊，是不是很无聊啊，你复习好了没有啊？"

"一切都还好，不会很无聊，无聊的话，我会找其他的事情来做。"

"那还好，我都还没有复习过，好紧张啊，都不知道要复习什么？"

"就看看书啊，老师平时上课的内容全都看一遍就好了。"

"看一遍？那书那么厚，怎么看啊，再说，老师上课我都没听。"

"那平时上课你都在做什么啊？"

"上网、睡觉、聊天，嘻嘻……"

"晕了，无语。"

"嘻嘻，要不你帮我复习啊？"

"怎么帮啊，说说看。"

"晚上我们一起去教室看书，你的笔记借我看，不懂的我就问你。"

雪犹豫了，因为她害怕被误会。

"怎样嘛，晚上不都没事做，出来看看书也可以啊，不要整天闷在宿舍啦。”

“好，晚上我就陪你去看书。可以了吧?”

“太好了，我就知道你对我最好。”

“没什么。”

从隔天晚上开始，雪就一直陪枫去教室看书。除了下雨，几乎每个晚上雪都跟枫在一起。

很快，班上就开始有人说雪跟枫是情侣关系了。也幸亏是学期末了，雪才没有被言语给淹没了。

放假了，雪回到了家，家里一切都是美好的，简简单单的生活，偶尔上QQ跟朋友聊一下。其实雪是为了看枫在不在，想跟枫聊聊，可是每次枫都不在，雪慢慢失望了。慢慢地雪很少上QQ了。

离回学校还有两个星期的一个晚上，雪做噩梦了，醒来之后就睡不着了，然后很无聊就登了一下QQ，看到枫，可是雪不想跟枫聊，就隐身了，可是没多久就看到枫发信息过来了。

“在家玩得开心吗？怎么那么晚都不睡觉啊，你不是很注重睡眠的吗?”

“做噩梦了，睡不着，在家很开心。”

“有没有想我啊?”

看到这一句，雪不知道要如何回复了。

“还在吗?”

雪没有回答，那晚，雪是失眠了。

回学校后，雪开始避着枫，可是枫不知道是怎么回事，他依然很喜欢找雪，上课也经常坐在雪的旁边。还经常跟雪说：“你一定要帮我留个位子在你旁边哦，那样上课我才不会走神，我会很认真上课的，不会吵到你的，你记得帮我留个位子哦。”

雪觉得坐一起不代表什么，之后，坐在雪旁边的一定是枫，枫慢慢地很少逃课。

可是，流言蜚语又开始了，而当事人却完全不知道。雪是肯定不知道的，可是枫呢？不知道还是不理会？后来，雪宿舍的人回到宿舍就问雪跟枫是不是在拍拖，雪说不是，可是谁又相信呢?

流言蜚语并没有因为雪跟枫的沉默而减少，反而越说越离谱了。雪知道人言可畏，便慢慢地开始疏远枫，可是对于枫的学习，雪从来不怠慢。

时间就在流言飞语中消逝了，很快就到了实习的时候，枫跟雪说：“你离开学校的时候一定要告诉我，我去送你。”

“嗯，知道了，我离开的时候，一定会告诉你，你别那么紧张。”

雪离开的时候，打电话给枫了，枫说：“你是不是要搭车走了，你等等，我去送送你。”

“没有，我还没要走，只是打电话给你聊聊天，你别穷紧张。”

“哦。”

大家沉默了一会儿。

“你想聊什么？不说的话，我要玩游戏了。”

“嗯，你去玩吧，我走的时候再给你电话。”

“嗯，记得告诉我啊，拜拜，我去玩了。”

“嗯，再见。”

挂了电话，雪上了车，看着车子慢慢地开出校园，雪流泪了，泪流满面。

“我走了，对不起，我故意不告诉你，是因为离别的痛，我不想面对那种依依不舍的场面，保重！送你一首歌《他不爱我》，希望你听了会明白。”

雪发出了短信后，靠着窗户看着学校的大门，车子离学校越来越远了。

这时，手机响起了“嘟嘟”的声音，雪打开收到的短信：

“我会保重的。我听了，歌很好听。我喜欢你。”

烈火如歌

■ 夏森林

流年应景，终抵不过斑驳一场。

一

2010年11月21日，陈凯陪着我去参加上海市民自发为七天前在火灾中遇难同胞举行的哀悼会。

他和我一人手捧一束鲜花，身着素衣走进了现场，看着墙壁上挂着的一幅幅遇难者的照片，我心如刀绞。

陈凯看着我发白的脸色，轻轻地扶我在墙边的椅子上坐下，说："你又想起杨烈了吗？"

我知道，我永远都会记得那天。我在病床上醒来就直直地闯进医生的办公室，撕心裂肺地喊："杨烈在哪里？杨烈在哪里？"

陈凯对着慌乱无措的我说："主治医生已经去给他治疗了，你不用太担心。我是这里的实习医生，你有什么问题可以来找我。"然后他停了一下，又继续说："可是情况不容乐观，他身体皮肤大面积的烧伤……"

我顿时像疯了一样拉扯着自己的头发，哭声不但震慑住了他，也震动了整个楼层。

陈凯安抚好我激动的心情，说："你冷静点！我带你去看他。"

我跟在他身后走进你的病房，我看见你的脸和手臂已经被大面积地烧伤，还有那些被衣服遮住的地方。

我心痛不已。

突然，陈凯说："这个男孩儿真执着，从昨天被送来到现在都还死死地抱着那只死去的狗，怎么都不肯松手。"

听到这话，我的心里更是沉痛。我缓缓地走近你，俯在你耳边对你说："杨烈，我是苏歌，我是苏歌……"

你像是有了意识似的松开抱着点点的手。我从你怀里接过点点，低头顺着它被火苗舔过的焦黄毛发，泣不成声。

你为了救已经奄奄一息的点点，连命都不要了。我在心里骂了你千万遍，我说你是傻瓜，是个彻头彻尾的笨蛋。

陈凯看见我抱着点点在你身边肩膀一颤一颤地抽泣，便走到我身旁，对我说："好了，我们走吧，不要妨碍主治医生的工作。"

我回过神来正好遇见陈凯好奇的目光。

"嗯……苏歌，能不能告诉我这整件事情的过程？我很想知道。"

陈凯是医学院的资优生，他眼里透出来的坦然和淡定，是我这一辈子都学不来的。

一时之间，我竟找不到语言来向他叙述这场悲剧。

我该怎么告诉他，你是为了我，才落到这个地步的。

二

从小到大，我都和奶奶相依为命。奶奶是个离休的老教师，她从我开始记事起就教我要知恩图报，要做善事、存善心。

可是，硬朗健康的奶奶突然就病倒了。这些日子以来，家里的生活越来越紧张，有的时候，就连为奶奶买一些补品都要一推再推。

日复一日，奶奶的病情越发严重起来，一直卧床不起。医院的治疗费用付不起，只能勉强维持日常用药的庞大开支。

你知道后急急忙忙地给我打电话，也不知道从哪里弄来了五千块钱，死活要我收下。

你说："你是我的好朋友、好哥们儿啊，我要是不帮你，谁帮你？"

想到躺在床上忍受病痛折磨的奶奶，我揣着你送来的五千块钱，强忍着泪水，倔强地咬着嘴唇，说："杨烈，谢谢你的钱，我一定会想办法还给你的。"

"没关系，还不还都无所谓啦，只要奶奶的病能快点好起来。"你站在路灯下，橘黄色光辉映着的你，这一刻，恍若天神。

我冲你点点头，小跑着进了家门，然后趴在窗口对你挥手："谢谢你，杨烈！你走吧，早点回家！"

然而，回到家时，我却发现家里着火了。我拍着熟睡的奶奶大声地喊："奶奶，奶奶，着火了，你快醒醒！"

奶奶一点儿反应都没有，火越来越大，没有一丁点儿要熄灭的意思。而

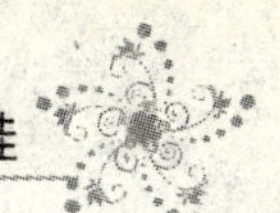

此时，房间里的烟味越来越浓重，我捂着鼻子强行拖着奶奶走。

我一直反复地告诉自己："我不能死在里面，奶奶也不能！"

我扛着奶奶才出卧室门就倒下了，我推着奶奶一面哭一面喊："奶奶，你醒醒啊，我们不能死在里面啊……"

火势越来越严重，房间里的热气几乎让人喘不过气来。

当我快要绝望以为就要和世界永别的时候，你突然出现并一把拉开我，背起奶奶冲我喊："苏歌，快走！"

我配合着你搀扶着奶奶，脱离危险区后你突然惊慌地喊了一声，便急忙放下奶奶让我扶住，而后，你又返回我家里。

我在后面疾声喊："杨烈，你干吗去，回来！"

你没有理会我，头都不回的扎进火堆里。

身旁的救援人员接过奶奶抬上急救车，我突然听见身边群众里有人说："这个男孩儿真勇敢，一开始就奋力地冲进现场也不管警察的阻拦，现在好不容易出来了，还往回扎，真是不要命……"

听着，我顿时大脑紊乱。我推开拦住我的警察，跑到楼道口大声地喊："杨烈，你出来，你出来！"

有两名救援人员武装好冲进了现场，我瘫坐在地，过了很久，你才被救援人员抬了出来。

我看见你被抬进救护车里的时候，手里还抱着一个毛茸茸的东西，我顿时醒悟，是点点。

我瞬间全身无力，感觉天旋地转，然后，便没了知觉。

三

我记得第一次看见你时，你跟在班主任身后，班主任走上讲台对我们说："这是我们班新来的同学，杨烈。"然后班主任又对你说："杨烈，自我介绍一下吧。"

你背着单肩书包，脸上挂着不羁的笑容，一副桀骜不驯的样子，"我叫杨烈，谢谢。"

全班哗然，一片大笑。我好奇地抬起头，心想：你真是个很好玩的男生，可是恐怕，老师们不会喜欢你。

然后你径直走到教室角落的最后一桌，对我说："同学，我能坐在这里吗？"

我习惯独来独往，因为学习一直都不错，才勉强申请到一个人一桌的权利；可是面对你的请求，我却没有拒绝。

我“嗯”了一声，没有抬头。

“喂，我说你为什么每天都坐在操场吃饭啊？难道你不知道那里灰尘很多吗？”

很多次，你都在我拿着饭盒往外走的时候问我。我却只是冷冷地瞥你一眼，没有只言片语的回答。我不知道如何告诉你，只有省吃俭用，才能有机会给奶奶用更好的药。

有一回，你偷偷地跟了出来，我一点儿也没有察觉。我依旧坐在操场吃我的饭，依旧无视同学们的冷嘲热讽。

而那天我脑袋里装的都是奶奶的病，没有注意到脚下，突然一下踩空，摔了一个趔趄，手里的饭盒倒扣在旁边一个女生的腿上。

我立刻掏出纸巾一边帮她擦着菜渍一边愧疚地对她说：“对不起，对不起……”

“哎呀，你走开啦！不要你擦！”女生好像看见瘟神一样，把眉头皱成“川”字。

我捡起饭盒又说了一声“不好意思”便悻悻地离去。突然，一个高出我一个头的男生拉住了我，说：“你这就想溜？裤子还没赔呢！”

我甩开他抓住我的手，瞪了他一眼，继续往前走。

没想到男生却快我一步走到我前面拦住我，说：“你是聋子吗？别以为你是女生我就不敢动你。信不信我现在就揍你？”

我没有想要解释的想法，用沾满菜渍的手推开男生，说：“离我远点！”

男生被推出一米外，他仍不服气，想要扯住我的衣服，这时，突然有只大手制止了他的行为。

我听到那只大手的主人说：“别欺负我朋友！”

我没有回头，直到走了很远才敢躲在墙后偷偷地看。原来是你。

你的那句话一出，同学们都以讹传讹，到最后，什么难听的话都有。我一点儿都不担心自己，横竖都习惯了，我只是怕你以后会在同学们面前抬不起头。

可是你的表情仍然是那么的风轻云淡，没有任何起伏和不妥。

从那以后，你对我的关心无微不至。你和我一起上学、放学、吃饭。那时我特别感谢你，所有人都恨不得离我十万八千里，唯有你和我畅想未来，说那些听起来很可爱的梦想。

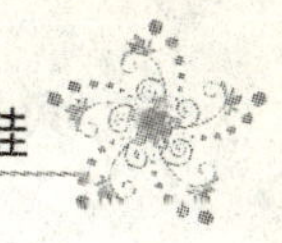

四

陈凯突然站了起来。

他看着我，眼眸中闪烁着钻石般的光辉：“苏歌，一会儿和我一起吃饭吧。”

我摇摇头，说：“不用了，我马上要去医院照顾杨烈，我要等他醒来。”

陈凯皱起了眉头说：“难道你要把自己也给折腾倒吗？听话，去吃饭！”

我还是摇头，不停地摇头。

陈凯知道自己拗不过我，叮嘱了几句便走了。没过一会儿，不知道他从哪弄来了盒饭，端着走过来，递给我说：“苏歌，人是铁，饭是钢。你如果不吃饭，怎么还有精力照顾奶奶和杨烈啊？”

我起身对他说了声谢谢，他眯起眼睛对我笑了一下。

我想象着你被烧伤的脸，即使已经有大半被大火烧得血肉模糊，我也能清晰地感觉到你清秀的眉眼，好像在对着我笑。

我声音轻得像吹气，对陈凯说：“他……他不会死吧？”

“当然不会，只是吸进了少量的毒气暂时性昏迷，不过他那些皮肤……”

陈凯望着心如刀割的我，没有继续说下去。

几天后，你终于苏醒了，我兴奋得都说不出话来。你有意无意地逃避我的眼神，你说你怕你的模样会把我吓坏。

我每次蹲在你床边咧着嘴对你笑，你都会闭上眼睛或者是索性转向另外一边。

有一次，我小心翼翼地对你说：“杨烈，我知道你心里肯定在恨我。我苏歌就是个扫把星，都怨我……把你害成这个样子……”

你闭着眼睛哼了哼鼻子以示答复。

良久，你的声音缓缓响起：“苏歌，我现在成了没有自理能力的木乃伊，我并不后悔。这一点，你不要再有心理负担。但是，我这个样子再也做不了你的蓝颜知己为你保驾护航了……”

我的笑声突然断裂了，刺生生地碎在空气里。我生气地望着你：“为什么你要这么想？我知道，你其实就是在恨我。”

你像被触痛神经一样疯了似的朝我吼：“你没瞧见我的模样吗？现在这副鬼样子，站在谁身边都会害谁被嘲笑！”

说着你用力地掀翻柜子上我刚倒的热开水，那些滚烫的液体全部洒在我的脚上。我没有叫，也没有挪动半步。我终于发现，被灼烫的感觉是如此的抓心挠肺。

你看着紧咬着嘴唇微微皱住眉头的我，声音哽咽地说："苏歌，你不要再来了，好好照顾自己和奶奶吧。"

"杨烈，我不会离开你，一步也不会。之前你没有嫌弃过我的怪异，如今我也不可能丢下你不管。因为你是我的蓝颜知己，是我最好最好最好的朋友！"

我说完，你的眼泪顺着脸颊流了下来，一滴一滴地砸在白色的被褥上。

在你昏迷的那几天里，我打听到你的家庭住址，我想去找找你从未提起过的父母。

可就在我把你家门敲得震天响时，你隔壁的邻居开了门，探出头问我："姑娘，他家没人，你不用敲了。"

我不解地问她："这里是不是杨烈的家？他的父母不在家吗？"

你的邻居是个很多话的大妈，她叹了口气，告诉我说："姑娘，你是杨烈的同学吧？他从小就没有父母，他们只给他留下了这栋房子和一大笔钱。杨烈这孩子也懂事，上我家来吃饭还经常给我买水果和营养品。他一直都一个人住的，不过他已经很久没有回来了……"

我的心头狠狠地痛了一把，原来，你也是个没有父母的孩子，和我一样。而我比你幸运的是，我还有奶奶。

可是没关系，你还有我这个好朋友。

五

后来，陈凯会在我去照顾奶奶的时候过来找你聊天，看你的恢复状况。我拿了你家的钥匙天天给你们做好吃的。

我看见你贴得满墙壁的海贼王和柯南，心想你也是个童心未泯的孩子。

我在整理你房间的时候看见了一本相册，从前往后，记载着你从小到大的模样。当翻到最后一页的时候，我突然就泣不成声了。

我把最后一张照片抽出来放进包里，拎着好吃的就出了门。

推开你的房门后，我依旧习惯性地告诉你，说："今天又做了很多好吃的哟。"你则高兴地回应我，说："哎呀，我好期待呢！"

我把饭端到你面前对你说："杨烈，你知道吗，你是有家人的。"

你把眼睛瞪得特别大，嘴巴里塞满了饭菜。

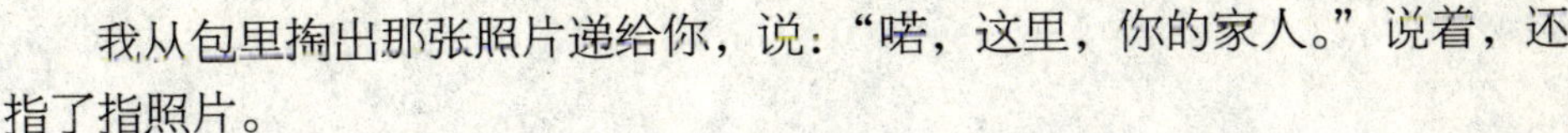

我从包里掏出那张照片递给你，说："喏，这里，你的家人。"说着，还指了指照片。

你看着看着，眼泪就掉下来了。许久，你才抬起头对我说："想当初和你合照的时候你死活不愿意，你看你当时多羞涩啊，还用手捂着脸……"

幸好，杨烈，大火带走的只是你的外表而不是你的心。

最好的朋友，谢谢上天把你带到我身边。

经秋青丝

韩更更，你不要那么娘娘腔啦

■ 醉尘墨

韩更更，一个听起来傻得有点可爱的名字。你的人和名字一样，傻傻的又有点可爱。就在这个夏天，我认识了你，从此我的生命轨迹便就此改变。

我们变成了姐弟。

你的年纪比我小，理所当然应该叫我姐姐；但你却调皮的叫我的名字——小美。我不讨厌，相反，我很喜欢你叫我名字时候的感觉。

我喜欢叫你韩更，因为我认为，在马路上叫你韩更的话回头率一定超级高的。因为韩更的发音，不是和那个大明星韩庚一样吗？呵呵，这只是我的想象。

俗话说，青春期是想恋爱的花季。这句话在我的身上显露无遗。我也渴望爱情，渴望爱和被爱。

但我知道，我不能这样做，我不能像其他同学一样随随便便地恋爱，不能沉迷于爱情的世界里。

从小我就是个大家公认的好学生。在别人眼里，我从来就是一个中规中矩的孩子，成绩优异、做事认真。

当别的同学都在逛超市、泡网吧时，我在家里吭哧吭哧地做着比别人多一倍的家庭作业。在我的生活中，只有作业，没有其他。

以前的我很虚荣，以为顺从就可以换来表扬，当我喜滋滋地接受着老师的表扬时，换来的却是同学的冷落、好友的疏远。

我就像一个被世界遗忘的孩子，在无尽迷茫的世界里徘徊不定。长到16岁的叛逆年纪，我终于明白，这不是我想要的生活。

我讨厌被人管束，这种被束缚的感觉让我透不过气来。最后，我下定决心要做一回叛逆的孩子。就在这个时候，我妈再婚了，再婚后那个叫做后爸的男人带来了你。

你是后爸的孩子。我对你的第一印象其实并不好，虽然你是个可爱的弟弟，可爱纯真的模样很是讨人欢心，但是，我知道现在的小孩都是虚伪的。

但是，没多久，我发现我的想法是错误的，你确实并非那么的纯真，你

懂的甚至比我还多，你对这个世界的看法总是让我觉得很新奇。但是同时，你又那么可爱，那么温柔。

那天我一个人的时候，你居然主动邀请我玩游戏。我们就坐在沙发上，玩着 ddt 的游戏。这个游戏需要两个人合作，我们配合得天衣无缝，每次都完美地将对手打败。当然，我们只是能赢低级的玩家。

从那以后，我总是以姐姐的名义欺负你，故意捏捏你那光滑的脸蛋说："你个娘娘腔，脸蛋怎么比女孩子的还光滑呢！"

我会用两只手盘在你的脖子上，然后整个重心往下沉，这样即使被人看到了，也只是说，你们姐弟的关系真好啊。嗨，其实他们不知道，为了背负起我的重量，你整个脖子都憋红了。当然了，这都是我故意欺负你，但你却从来没有说过半句不高兴的话。

我想，我真的很高兴，有一个比我小 6 岁的弟弟。

其实，我一直就讨厌独生子女的感觉，很渴望能够有个弟弟陪伴；而现在，我终于有了一个弟弟了，你就是我最爱的弟弟。

认识你之后，我总是带你去别的地方玩，你总是答应我的要求，大大方方地牵着我的手，我们一同出去。

我们家里有一条黑狗，因为它比较黑，所以它叫小黑。一个多么傻的逻辑，而我当时也觉得它很搞笑。

我喜欢摸着小黑的头，顺着它的毛发一点一点滑下来，让我觉得它的毛发很舒服、很柔软。

你也喜欢去调侃它，经常说："小黑啊，你以后迟早要结婚生子的，肤色这么黑，以后找一只白的，说不定你们生出来的孩子是只斑点狗呢。"听到这，我总会忍俊不禁地笑出来。

小黑是一只公狗，最漂亮的地方是它的眼睛。它看着你的时候，你会觉得它是真的在跟你说话，特别得有神。

我总是以小黑作为契机与你交流，看吧，我是多么的自私。

小黑是我们的宝，我们时常会一起捉弄它，让它进退两难。我不知道这是虐待动物的行为，只要我看见你笑了，我就满足。

到了 16 岁，我开始像同龄的孩子一般爱美，打扮给自己在乎的人看。我每天穿着那种花枝招展的衣服上学，目的就是为了走在马路上，你会骄傲于有我这样漂亮时髦的姐姐，我只是这样想的。

可是，那天就因为我穿了这样的衣服，我被妈妈还有那个后爸骂了。他们说我心野了，说我没有把读书当回事了。他们完全不知道我穿成这样，只

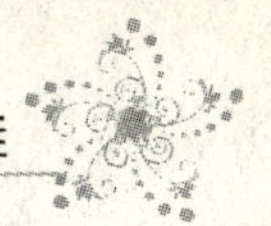

是希望跟你一起出去的时候，你能够骄傲。

我看着你在旁边不停地央求后爸“不要打小美”，看到你的眼泪刷刷地往下掉，我的眼泪也跟着刷刷地往下掉。

那天我还是被后爸打了，妈妈也没有帮我。在他们的观念里，16 岁的女孩子就应该每天穿着校服，三点一线地完成自己的学业。他们不知道，16 岁的女孩，同样渴望被自己的弟弟骄傲。

晚上，我一个人躺在床上，穿着校服，数着手臂上的伤口。

你推门进来，抱住我就哭着说：“小美，爸也打我了，我们扯平了好不好，不要怪爸爸。”

我心里一紧，猛然感觉到自己的心脏正贴紧你的心脏，我能感觉到你胸口传来的温度。小傻瓜，你居然真的为了没有血缘关系的姐姐而吵到被那个男人打了吗?

“喂，小笨蛋。”我强忍着痛，扯着你哭得通红的小脸蛋，说：“你真娘娘腔啦，看你哭的样子，比女人还女人呢!”

你睁着两只水灵灵的眼睛问：“小美，等我长大了，我不会再让人打你。”

“傻瓜，发这种誓言很娘娘腔的哦。”

你却没有说话，只是突然把我抱得更紧了。

我感觉到了坠落到肩膀上的温度，我的眼眶也红了。

韩更更，其实我真的觉得，你长大后，一定是个能保护好别人的男子汉。尽管，也一定会有点娘娘腔。

多余的解释

■ 苒小鱼

收音机里循环播放着那首《美瞳》，远在他乡的记忆哭湿了当年的年少无知。那时年少，往事如烟，流年里记得便是安好。

——题记

1. 我是笨小孩

从前有个“弱智”叫做阿若，什么话都不会说。后来她变得稍微聪明了，可也没聪明到哪去，只是比往常多学会了一句“滚”。

其实，阿若一点儿也不傻，她比任何人都聪明。小沫说她那是“二”，说得很多人都哈哈大笑，可是我的心中却微微泛酸，因为那个笨小孩就是我。

还记得第一次遇见木木的时候，他是个那么乖的小孩。

五岁的他，用大大的眼睛盯着我，可爱极了。

他那时还会害羞。红红的脸，洁白整齐地牙齿，紧张地对母亲和我说：“阿姨好，小姐姐好。”

母亲说：“木木都是大男孩了还害羞啊，她是妹妹，看看妹妹都比你大胆，和妹妹玩去吧，阿姨和你妈妈有事谈。”

那次谈话后，木木的母亲就再也没出现过。木木哭，我就在一旁帮木木擦泪，给他讲故事，陪他入睡。妈妈夸我像个大姐姐，我笑了，木木却还在哭。

那样的日子持续了很久，直到木木十岁，长大了懂事了。我记得木木的童年只有我一个朋友，他说我是他整片天空下的女王，其实我想做的并不是女王而是让别人宠爱的公主。

十五岁那年我情窦初开。也许同龄的女孩总比同龄的男孩成熟。一直看不上班里那些稚气未脱的男孩子们，心高气傲的我便故作清高放出话：“青苻谁也不嫁了。”

听见这句话第一个跑来问我的不是木木，而是邻班一个染着头发、小小年纪就不学好的差生——刘毅。他把我堵在楼梯口，用很大的声音说：“青荇，我会让你嫁给我的。”那声音大得仿佛整个教学楼都在颤。

我只是冷漠地看着他，当然也有些小感动。说了句：“有本事你试试?”

“OK。”

他得意扬扬地走了。我看见木木在他身后，他走过来给了我一巴掌，那么痛。第一次我哭着回家，妈妈问我，我也不说。我心里恨死他了，心想：你凭什么打我。

晚上吃过晚饭，木木来找我，在门外轻轻地敲门：“妹妹，妹妹，妹妹，哥哥错了，快开门吧。”

当我慢慢开开门，他一个侧身挤了进来，那样子分明不是认错，更像是我做错了似的。

他一本正经地说：“妹妹，哥哥不想你和他来往，他是坏孩子。”

“你凭什么管我！你又不是我哥。”我不服气地说。

但是事情总没有那么简单。

那个坏孩子总是在我下课时来骚扰我，总是缠着我一起上学、放学，一起吃饭。这种事很快就在学校传开了。木木也知道了，但他没来找我。

一天放学后。我发现一群人在围观什么，便跑了过去，发现木木在打刘毅，向来柔弱的他第一次那么厉害。只打了几下，刘毅就被打出了血。

之后，班主任、教导处主任、校长，全来了。开了家长会后，木木还被妈妈打了。这次他没有哭，只是恶狠狠地看着我。那表情好像靠近他就会被吞噬了一般。

后来，他就没有再理我。有一天，他骂我是世界上最没用的小孩，是最笨的小孩。

那天我哭了，我跑到了刘毅家，和他打打闹闹，玩当年和木木玩过的骑马游戏。我忽然发现刘毅的背好宽，我小心翼翼地看着他，发现他有着清秀的面孔，还有一种坏气十足的范儿。

我傻笑着说：“我答应你，刘毅，做你女朋友。”

刘毅兴奋地把我抱起来，亲了我一口。

但我心里总不是滋味，酸酸的。

木木，我是很笨，笨到你不理我，笨到连你都骂我是最笨的小孩。

2. 不是我没礼貌，是我就是不想叫你哥哥

我十八岁生日那天，和母亲吵得很凶，就因为她让我叫木木哥哥，可我宁死不叫。

我知道，他是抱养的，他不是我的亲哥哥。

妈妈说我没礼貌，不听话，就给我一巴掌，我一赌气跑出了家门。

打了电话，叫上刘毅，他带我去了酒吧。我有点害怕。这时候电话响了，刘毅帮我接的，打来电话的不是别人，正是木木。

我隐约听到他在电话里大喊："刘毅，你放开我妹妹，要不我饶不了你。"

刘毅坏笑道："她现在可在我手里，我想怎么着就怎么着。"说完就把电话挂了。

我只清楚地听见"你放开我妹妹"。"怎么又是妹妹。"我既气恼，又难受。

我用半醉半醒的身体抱住刘毅，喝酒去了。

那天我很晚才回家，刘毅要留我看通宵电影，被我拒绝了。

我跌跌撞撞地回到家，却看到木木站在门口，铁青着脸看着我。

我没有理他，推门进去。

他在身后生气地大喊："你不当我是哥哥，我也不想有你这个妹妹！你知道我找你找了多久吗？有你这样的妹妹，我一定比别人早死二十年！"

3. 长大了，我们总是要单飞的

二十岁，我们都有陪伴自己的朋友。

校园里，小情侣比比皆是，我打扮得很妖，经常和男生出入酒吧、舞厅等娱乐场所。

我也染了头发，好看的体型配上娇艳的身姿，成了学校的校花，木木呢？

木木在校园里安静、成熟，是好多女孩喜欢的类型。

有时候，我也偷偷跟在他身后，想看他在做什么，接触的都是什么人。每次看完我都很生气，却只能压在心里，想着总有一天要报复他。

可还没等到我想出报复他的办法，我却因为成绩太差要被学校开除了。

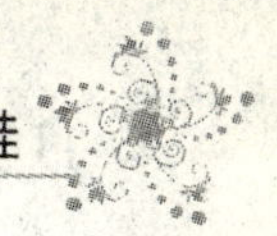

我当时都愣住了，不知道怎么从校长室里走出来的。

可我刚走出校长室门口，木木就急匆匆地跑了过来。他拉住我的手，脸上满是焦急的神情。那天，木木跪在校长室求了一天，要让校长同意让我留下，校长却执意不肯。

我当时含着泪对木木说："别求他了，我是笨，可我不相信我不读书就活不了了。"

说完我就跑了出去。我不想再看到这所学校，不想再看到木木为我低声下气地求人。

离开了校园，我在酒吧工作过，还为了钱去美术室里做过人体模特。我不敢回家，只要一想到木木，我就觉得自己肤浅，觉得自己不要脸。

三年后，我才回到当初的那个地方。

一切都已经变了样，但记忆里的感觉却还是令我兴奋地跑了起来。

回到家，妈妈做好了饭，我看见家里多了一个长相平常的女人。妈妈说那是我嫂子，我强忍着没有哭出来，而是堆积出笑容叫了声"嫂子"。

因为嫂子的面子，木木回来的时候，我叫了声"哥"。这是我第一次这样叫木木，母亲高兴极了，说我长大了，懂事了。可她不知道，我心里有多痛。三年来，他没有来找过我。那个说"为了我会少活二十年"的哥哥，没有来找我。

木木拉出我去，问我这几年的情况。

我缄默不语，眼泪却还是不争气地流了下来。

他帮我擦泪，就像当初我对他那样。

"妹妹，你回来就好。"

"我不回来岂不是更好！"

"你怎么还是这样，我说过了，你是我妹妹。我不会丢下你的。"

"那你为什么不来找我？"

"你怎么知道我没有找你！我整整花了一年才找到你，但那个时候你在酒吧陪酒，后来你又去做人体模特。我担心你看到我反而会难过，所以我才没有去见你的。你知道我每天在后面默默看着你，默默守护你的心情吗？但我没有办法，我知道你的脾气，我只能等着，等到有一天你自己想要回来，想要回到这个家……"

我哭得说不出话，只是紧紧抱着他。我的哥哥，他真的是我的哥哥。

"哥……"我用尽我全身力气叫了出来。

4. 离开，我选择沉默

离开的最后一天我写了封信。

亲爱的哥哥：

写这封信时，妹妹我要走了。对不起，原谅我不懂事，我只是个笨小孩，不够成熟。

也许，我人生中不可能再遇到像你这样的人了。倘若一开始不是你来到我家，我想我也不会变得这么任性；但如果没有你，我也不会像现在这样明白“哥哥”这两个字对我来说意味着什么。人生很会开玩笑，若只如初见，便盛世安泰。

我走了，妈妈就麻烦你照顾了。我要去寻找我的人生了。

安，全世界。

青荇执笔

如果少女像只被寄养的小狗

■ 浅步调

一

15 岁时的我有个习惯，当心里塞满了委屈，便跑到离街道不远的那个废弃厂房，坐在锈迹斑斑的大机器上，将每个指头包括脚趾的指甲剪个遍。厂房有小半个操场那么大，里面堆满陈旧的机器，氧化后它们只能被称作废铁。废铁也有人要的，一斤八毛钱，在那个一碗刀削面一块五的年代，觊觎它们的男孩子着实不少。

看守这里的伯伯逮住过几个，送到派出所，一说叫老师，人就瘫软了。学生嘛，总归怕老师。

我除了怕老师，还怕那个家。50 平方米的旧单元，五个人住，二伯、二伯母，堂哥、堂妹，还有我。每天清晨起床，二伯母的声音永远那么尖细："江海，你昨天帮我买盐找的零钱呢？什么？没有，那我告诉你，今天的早餐费没有了，你以为咱们家是金库，我和你爸养这么多人容易吗？"

"江溪，你头发还没梳完，你是相亲还是上学呀？什么？梳你堂姐的头发，你怎么好的不学，光学一些不三不四的。"

我永远是默默无声的那一个，想努力将自己缩小，再缩小。可这 50 平方米的房子，因为我的存在显得更加狭窄。我不是没有自己的家，父母所在的厂子破产后，他们去深圳打工，我就被寄养在了二伯家。妈妈信里叮嘱我，人要知道里外，要懂事。

外人就不该别人分糖你也抢，就不该吃完饭抬起屁股就走，更不该恰好你在家时家里丢东西。

算我倒霉！我坐在厂房的机器上，给剪好的指甲涂一层淡蓝色的指甲油。那年，小地方的人只知道红色的指甲油，妈妈从深圳寄过来一瓶蓝的，让我送给二伯母。

我没来得及送，抽屉里的钱就少了，二伯母将江海和江溪骂个半死，对我却是一个字也没有。后来，抽屉换了锁，比以前的那个更大、更重，硕大

的钥匙挂在二伯母的裤腰带上。邻居见了常调侃，二伯母少不了一番诉苦："你不知道啊，家里人多啊，人多嘴多，眼多手多哟。"

那次丢钱后，我就成了这个家臆想中的贼。晚饭后，大家都去串门，我忙着看借来的金庸小说。二伯母转了一圈回来，坐在沙发上不停往我这边瞟。我明白了，提着书包跑到巷口，坐在报刊亭外的小板凳上，继续有滋有味地看。看到黄蓉偷人家的馒头喂狗，然后戏弄饭馆掌柜，我不禁向往起来。偷窃的乐趣果真这么妙吗？

我从书里抬起头，报刊亭的大妈正在给小孙子擦鼻涕。小孙子哭天喊地反抗着，旁边一个打毛衣的妇女正看热闹。我又想起二伯母一家防我似贼，心里有个声音跳出来：我就当个贼给你们看看。鬼使神差地，我顺手将一本杂志放在书包里，拎起包扭头就走。没走几步一头碰到电线杆上。在大槐树下乘凉的妇女们齐刷刷地冲我大笑："这孩子，看书看迷了。"

这世上有烟瘾、毒瘾、酒瘾，就有偷瘾。胆子大了，我的手逐渐伸得更远更长：学校门口小摊上的造型橡皮、帽子店带沿的少女帽、饰品店里的五彩耳坠。偷来的东西大部分都被我扔掉或者送人了，我喜欢的不过是偷的过程。

二

班里组织大家到邻市旅游，我回家给二伯母提了提，二伯母尖细的嗓门立马响出来："你又不是不知道，现在物价飞涨，你爸妈给的那点钱吃饭都不够。上个月给你买的那身衣服还是我掏的钱呢！"我很乖巧地点了点头，心里却明白，爸妈给的钱养活两个我都够了。委屈的时候，我又想到了那个废弃厂房，心想：我的心生了锈，和那儿的废铁有什么不同！

脑子里灵光一现，我知道该怎么做了。

冬天的黄昏来得特别早。我借口不舒服，向老师请了假，提前离开了学校随后驾轻就熟地翻过厂房一人高的围墙。厂房的门用铁链锁着，但用力推，还是可以推出半人宽的缝，费一点劲就过去了。铁块很多，我随便捡了几块装进书包，又轻车熟路地钻了出去。

路过厂房旁的小屋时，里面灯亮着，我忍不住侧耳听了听，没有任何动静。在好奇心的驱使下，我踩在堆在窗户下的煤堆上，朝里面看，结果吃了一惊：那个伯伯靠着床坐在地上，眼睛紧闭，旁边的火炉上，热水壶滋滋作响，水壶下一缕缕灰烟不断往外冒。

煤气中毒。我下意识就要大喊，但张开嘴什么也喊不出。我是谁，我来干什么，我为什么会发现这一切，这些问题砖一般砸在我脑袋上。我想象着那个场景：我被扭送到学校，老师和学生围在我周围唾骂，你是贼，你是贼；二伯母也来了，她冷笑着告诉大家："我说得没错吧，她就是个贼。"然后，父母也来了，妈妈哭得伤心欲绝，爸爸冷冰冰地看着我。

寒风吹醒了我，眼前，飘起鹅毛大雪。我不敢再多想，背着书包朝家里狂奔。

那晚，我发烧了，昏昏沉沉里，书包被我死死压在枕头下。还好，大家都顾不上我，二伯父给我喂了些药，一大早就上班去了。我挣扎着起身，将书包里的铁块扔到巷口的大垃圾桶里。做完这一切，我才发现，世界已经被白色覆盖了，那年冬天的第一场雪，从此深深落在我的记忆里，掩埋住一切。

直到很长时间后，我才知道，那个伯伯煤气中毒，第二天被人发现已经救不活了。从此以后，我的噩梦永远离不开那个厂房。这个噩梦榨干了我，蹂躏着我，将我压成一个恐慌怯弱的少女。

厂房旁的小屋搬进了一位新看守员。有一次，我在学校门口看到他和一个男孩子在一起，听他说："我在床下捡到一个水杯，可能是你爸以前留下的，你放学来取下。"

我费了一番周折才打听到，男孩叫杜小鸣。我用很蹩脚的途径认识了他，我竭尽所能地对他好：女生流行编手链，我一口气编了三条送给他；他学习很紧张，常常在教室学习忘了吃饭，我主动把买来的饭菜送到他教室。

我企图用这种方式减轻那场折磨，却不知，年少的我在他心里注入的暖流已然变味。

三

初中毕业，父母在深圳稳定下来，我被接到深圳读高中一晃就是十年。15 岁到 25 岁，我华丽褪壳，再也不是那个任人捏圆捏扁的少女了。

二伯父一家来深圳旅游，我们一家为其接风洗尘。在人声鼎沸的海鲜店，堂妹说："堂姐，你记得咱家丢钱那次吗？其实是我拿的，我妈审问了我一天，我硬是扛住没说，英雄吧？"二伯母嗔骂道："你还英雄，我看你就是个大狗熊，一点小事都不敢承认。"

大家都笑了，但我没笑。谁也不知道，这件在你们眼里的小事是如何将一个少女间接地变成刽子手的。

我举起酒杯，说道：“来，为十年后终于洗脱我当年的冤屈，干杯!”

一桌人面面相觑，我一仰而尽，然后独自走到酒楼的阳台。

夏日潮湿的热气扑面而来，我翻开手机，里面有一条保存了两年的短信：这辈子受伤最痛的有两次：一次，失去父亲；一次，失去你。谢谢你，曾在我最低落的时候给我照顾。——杜小鸣。

那年去深圳前，我拒绝了杜小鸣的求爱。两年前，他辗转打听到我的手机号，然后，发了这条短信。我才明白，我的无知曾伤害了他两次。

在他们班的校友录里，我得知了他的现状——在南京一家化工厂上班。相册里，他笑容满面，身边依着一个温柔的已怀孕的妻子。

这是整个青春记忆过后，我唯一的慰藉。

暗恋是一只孤单的纸飞机

■ 欧阳雨萱

引子

暗恋，常常发生在不经意的一瞬间。懂了，也就不会放下。又要经历多久，才能忘。说了再见，是否就能不再想念？说了抱歉，是否就能理解那一切？

这也许就是人自己犯贱吧。明明知道最后只会伤害了自己，可还是不顾一切地去爱，最后，只能用尽一生的时间去忘却。

梦再繁华，只能是梦。缘分尽了，散了，人也就离开了。这就是曲终人散吗？曲终人离心若堵。

青涩的记忆总是发生在这充满花香的纯真年代，忧伤和甜蜜，都有着最初的感动。

1. 源头

高中第一次月考过后，就迎来了一次换位。

“小菱，真的好讨厌换位哦，我们好不容易才坐在一起的，可也就只有这刚开校的一个月，我们又将分离了……好舍不得。”沫儿在一旁感叹。

这个叫唐沫的少女只有十五六岁年纪，一张圆圆的鹅蛋脸，大大的眼睛里眼珠子黑漆漆的，两颊泛着晕红，是一个周身透着一股青春活泼气息的萌妹子。这全是因为换位，而她，将要去班里那个最最闷骚的陈宇身边，真的不知道以唐沫这样开朗的性格，和一个闷骚哥怎么坐一起？会不会憋死？

“沫儿，我也好舍不得你。你走了，要我上课的时候与谁传纸条，与谁嬉戏打闹？”张菱也是一脸舍不得，“可是，又有什么办法呢？沫儿，我会想你的……”

“等等，我要和我的位子道别。”

“亲爱的亲，我就要离开你了，我好舍不得你，好舍不得!”

朋友分别，就是这样的不舍。

再不走，“最最亲爱的班主任老师”就又要来发“糖衣炮弹”了。这一点两人心里都是知道的。

2. 人离即疏

朋友难免会有一些小争吵。这一次，是因为分开后，张菱与沫儿有了距离，有那么一点生疏了。沫儿自然感觉到了，所以才会有这一封信。

小菱：

你说我们是怎么了？怎么会变成这样了？是因为我们的座位分开了吗？如果是这样，我可以告诉你：“虽然我们的座位分开了，可是，我们俩的心还是在一起的，永远在一起的!”

这是你曾经对我说的话，我一直记着的，你呢？是你骗我了吗？还是你已经忘记了？

小菱，你是我的朋友，你是我的姐妹。以前的我是很缺朋友的。因为有了你，你如同一缕清晨的阳光，带着美好，进入了我的世界，也是你让我的世界充满光明！现在，你要离我而去了吗？

你还记得吗？我们一起去学绘画，一起逃课，一起去悠悠阁买开心“七夕”漂浮、卡布奇诺、杨柳、甘露……不开心的时候一起去吃仙草冻糕！

夏天，我们一起骑着单车，你还记得那一次吗？我骑车你坐在车上，我把你摔伤了，导致你的腿上为我留下了永久的疤痕……这一切都是我们友谊的见证！先不说是友谊吧！那这些至少都是我们的回忆！快乐的有，不快乐的也有。还有几天，就是我们相识一周年了。

还有许多许多，你都忘了吗？

我们的相识，真的如同一场梦，难道真的是梦？现在只是如梦初醒的阶段，我们大家根本不认识？

……

后面的内容张菱不敢再看下去了，她不知道她再看下去会成什么样，这些就已经让她泪流满面了。自己这几天是有那么一些疏远了沫儿，没想到就因为了这几天的不经意，差点失去了一个朋友，还好发现得早。

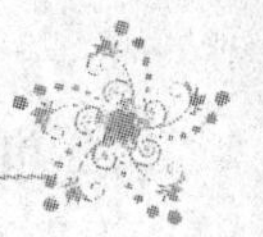

3. 纸飞机会承载着你的悲伤飞翔

他是在教学楼后的花园里找到她的，也是他给了她面对她的信心。

“回去吧。小沫在等你。”他说。声音如同和煦的春风迎面吹来，带着点鼓励。是的，他是林翊。如同羽翼般能给人以力量。

是的，他不喜欢被人束缚，他希望自由，渴望自由！一身的纯白色T恤衫，仿佛是他自由的象征；如同刀削剑刻的脸上洋溢着淡淡的笑，让张菱知道了什么是温暖。

“你知道吗?”再三犹豫，他还是说出来了那句话。张菱知道，面前的男孩是不会伤害她的。不为什么，就是一种直觉，他是个好人!

而且这个人沫儿认识，这是她的青梅竹马，从小玩到大的，可以说是哥哥吧！听到他的话，张菱缓缓抬起了头，眼神中有着探究，示意他继续说下去。

“悲伤的时候，最好折一只纸飞机。”他的语气依然如同春风般和煦，不知不觉中给人以温暖。张菱依然是那个眼神。

“把自己的心事和所有的不快都告诉纸飞机，或者写在上面，再让纸飞机飞出去，纸飞机就会承载着你的悲伤飞翔，而你的心情将会变得舒畅。”

“真的吗?”虽然是问句，却没有半点的疑问。张菱知道，无论是真的还是假的，自己心中早已认定这是真的了。如果这是假的，那也就让自己在这个美丽的谎言里永远不要醒来。

“嗯，真的，你可以试一试!”他微笑地看着她。

“好!”只因为他眼神中的鼓励，张菱望着他笑了。仿佛云彩看见了她的笑容都飘散去，露出那骄阳，仿佛天空一下子全变得亮了起来。

听到了她的回答，林翊就如同变魔术一般从身后拿出了一只纸飞机。白色的纸，不知道怎么的，在张菱的眼中看起来尽然变得五彩缤纷起来，这让她不知不觉中就爱上了可爱的纸飞机。也许不是觉得飞机可爱，而是因为人别有一番风味，也许只有在她的眼里才是这样吧!

这是一种怎么样的感觉呢？真奇怪。

4. 就是因为他这么的体贴，这样给人温暖，这般和煦如春风，所以才会这样吗

纸飞机承载着忧伤，向前飘飞而去。时间，也就这样一点又一点地飞走了。

距离那天已经一周了，张菱和唐沫已经和好如初。虽说和好如初，可破镜重圆还是有一条痕迹，而这一条痕迹将会成为两人之间最深的伤。

因为是林翊在张菱最无助的时候帮助了她，所以他们越来越好。林翊也很快成为了张菱的蓝颜知己。

这一切都被另外一个人看在眼里，那个人就是尹洋。

嫉妒，会使人迷失本性。

“林翊哥，帮我做数学作业吧！我帮你做语文……”尹洋一脸的媚笑。

也因为她这样缠着林翊，让张菱的心中有些不好受，这是为什么呢？而且，这明明是她哥哥，怎么尹洋也叫他哥？

“不行，语文作业最好自己做，要不被班主任发现了，我们都要遭罪了！尹洋，你可不能害了我哥！”张菱自然会阻止。她的脸上虽有笑容，可笑容不达眼底。

“没事，妹，你不用担心。”林翊是不会懂张菱的心的，转身就要答应。也就在这时，张菱的一记眼神就让他的话卡住了。她妹妹的这眼神，要是他答应了，岂不是要吃了他？

一转身就看见了尹洋恶狠狠的目光，以及敢怒不敢言的表情，这时张菱心情一阵畅快。不知道为什么，她就是看不得尹洋得逞。

“算了吧，尹洋，你还是自己做，被老师知道就不好了。”这一次，林翊倒还是识趣。

“看见了吗？不对，应该是听见了吗？我相信你应该不会……”

后面的话张菱虽然没有说出来，但他们也都知道是什么。

话说完，就看见尹洋脸色更加凌厉，张菱就当做没看见，继续说道：“还有，尹洋，不要叫林翊‘哥’，因为你不是我们家族的，你这样只会让我们感觉你很……”

“犯贱”这两个字两次都没有说出来，但相信旁人自然听得出来。

尹洋气得哭着跑出了教室。

其实，自己真的没有恶意，只是有那么一些看不下去，不知道为什么。只要看见尹洋，自己的心里就会莫名的不好受，心情很不好。

这一切，就是因为他这么体贴，这样给人温暖，这般和煦如春风，所以才会这样吗?

望着门，张菱语气很无奈："尹洋，对不起。"

5. 她们不是我的亲妹妹，可我已经把她们当作我亲妹妹来看待了

世事难料，谁都不知道结果会变成这样。

原来，他真的是这样有魅力，让两个语文课代表都喜欢上了他。没错，一个是尹洋，另一个是曾熙。曾熙，她算不上是倾城，可也是眉清目秀，至少比尹洋要好。

林翊以前也是喜欢过她的，可她却根本没有把林翊当回事，现在却反过来追求。

张菱自然是讨厌像曾熙这样做作的人的。

故事就简单一点，直接跳过吧。那是在无意之间，一切都是无意间被发现的。

一次偶然，张菱看见了曾熙与林翊之间传的纸条。

是的，她打开了这张纸条：

她们不是我的亲妹妹，可我已经把她们当做我亲妹妹来看待了。

字迹很熟悉，是那样的亲切。这字迹是林翊的。

虽然，没能看见上一张纸条，但内容已经能够猜到，这里的"她们"，指的是沫儿和张菱。她突然有种想哭的冲动。自己当时仅是觉得叫他哥有着好玩的意味，居然没有想到他竟然是这样的……从此，他是我的亲哥哥，我是他的亲妹妹。

6. 尾声

一切都是命运，一切都是烟云，一切都是没有结局的开始，一切都是稍纵即逝的追寻。

其实，每场爱恋都是长大途中的历练，终会有云淡风轻、烟消云散的一天。当以后的某年某月某日某时再听到那个名字，你的一切都会失去反应。

其实，她是喜欢过他的，只是她自己不知道而已，而等她知道后，一切，都已经晚了，因为，那时他已经成了她的哥哥，她是他的妹妹。

就让暗恋化为一只孤单的纸飞机吧！

这世界上，没有比暗恋更加残忍的事了，更何况，恋上了他自己还不知。

“山有木兮木有枝，心悦君兮君不知。”

青涩的青春薄荷味

■ 清简

一

我叫夏琳。爸爸说，我是他在夏至的那一天淋着雨把我抱回来的。我是个不幸的人，或者说，我的人生摆明了是一场悲剧。从小就不知道爸爸、妈妈是谁，而养父又是个酒鬼，我从小就是被他打大的。

我不明白，既然他那么讨厌我，为什么还要把我抱回来。为什么在他喝醉酒叫我滚，说他讨厌我这种女人后，我走了，打算一辈子不回这个家了，可是第二天他却找到了我说："爸爸错了！"

我又回去了，因为他是我爸爸。其实他很好，只是每次喝了酒之后都打我，我不反抗，因为，是因为我，他才变成这样。

我低头看着桌面上熟悉的照片和采编回来的内容……来来回回都是一个人。

而我是学校记者社的幕后编辑，所有采编回来的内容都要经过我的手写出来才能发表在学校报纸上。

"小琳。"见我没有回应，以为我没有听见，小美便跑到我面前喘着气，不说任何理由拉着我就往外走。

我没有说话，因为我知道小美没有什么事是不会这样的。走到教室门口，我就看到一群人拥着一个男生向我走来。我不可能不知道他。他是学校的风云人物，来到这个学校不过才两个月。负责采编的同学采编回来的东西全都是关于他的，拍摄回来的照片也是他的，而我写的新闻稿也就不得不关于他了。

他停在我面前，用打量的眼光看着我说："你就是夏琳！"

我没有回答，因为我知道他的语句不是疑问句，而是肯定句。而他并不理会我的态度，反倒勾起一抹嘲讽的笑："你们记者社很八卦嘛。"

我讨厌他那嘲讽的笑容！我还是没有说话。我不是一个喜欢用语言表达的人，对于一些无聊的话题，我会选择听而不答。

“我只是换了几个女朋友，竟被你写成是祸水。”那天，他们采编部有人看到他的前女友在海边想要自杀，被路人救了下来，随后，那位同学就叫我好好写这个新闻稿。

“我只是把事实和我的观点写出来。”

“你这是用你的观点扭曲事实！”他再也掩饰不住，用愠怒的眼神看着我。

“你这样说和这句话也是一样的。”口袋里手机发出了振动声，让我想起我还有事要做，不等他回答就绕过他往校门走去。

我以后应该不会好过吧？我这样忽视他。我只是写了稿子，竟也会惹到他。好吧，虽然是关于他的，但，我只是根据采编回来的内容写的。我只想平静地过完这三年，只想用我的努力换取一所好大学。

二

从餐厅打工出来就回家。我没有习惯在附近逛，我也是个喜欢安静的人，在人多的地方我会觉得自卑，因为我连自己父母是谁都不知道。回到家，便看到爸爸倒在地上。浓浓的酒精味，我害怕，我怕他醒了会打我。可是，我就是管不住自己的步伐朝他走去。

“爸爸”我扶起他，想让他回房间，可是，他随手一甩，我便倒在了地上。轻抚着火辣辣的脸颊，我知道他醒了。因为他已经站起来，拿着那个从小一直打我的工具——鸡毛掸子朝我挥来。一边还用醉醺醺的语气说：“你这个女人，怎么……怎么还回来……你不是……滚了吗？我最讨厌你这种女人了……你给我滚……”

我没有动，只是静静地让他把鸡毛掸子一下一下地往我身上抽。如果我反抗了，他只会打得更重，我不敢……

“滚……”又一声咆哮从头顶传来，我不得不再次出门。来到最近的花园，我没有哭，只是静静地坐在草坪上看着天空。对于这样的事，我习惯了，只是有时候会想，为什么我一出生爸爸、妈妈就不要我了？没有送去孤儿院，而是扔在马路旁。难到爸爸、妈妈就这么讨厌我吗？我也知道爸爸说的那个女人不是我，而是他的妻子，后来跟一个富豪走了。后来，爸爸就讨厌这世上的每一个女人，认为她们都像他妻子一样。所以每次喝醉了，他总是很讨厌我。这些都是在他不喝酒的情况下告诉我的。我知道爸爸很爱那个女人。

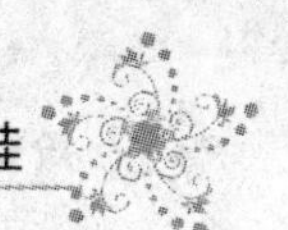

“额……”一个声音从脚底传来，浓浓的酒味。我心里有掩不了的紧张，不禁低下头。

“喂……喂……”用脚踢了踢地上的身影。还好，不像他的身影。他……不会有事吧?

“喂，你……”后面的话在看到地上的人的脸之后，就说不出了。我没想到是他——伊晨轩。

十分钟后，我喘着气看着在草坪上躺着的人真有种虚脱的感觉。我没想到男生那么重。我第一次那么近距离、那么仔细地观察一个男生。他很帅，精致的五官配上有轮廓的脸庞，堪称完美。我没想到，在学校看似霸道的他，睡觉的时候竟可以这么纯真，而我每个夜晚睡觉时都是那么的惊心胆战。也对，他是富二代，会有什么烦恼呢?

我跑到对面买了一杯奶茶，回来看到他一点都没有醒的样子，不禁扬起嘴角，他还真胆大，就这么敢在外面睡觉。

“哎哎，喂，醒醒啊……”

“嗯?”他终于有点反应了。

“啊，我头好痛!”醒来第一眼看到的是我，他显然很惊讶，不过看他样子好像很难受。

我把奶茶递到他面前：“给你。”

三

只从那天伊晨轩在教室门口说了那几句话后，记者社的编辑工作就不是我了。因为大家都不想惹怒伊晨轩。我咬着画笔，思考着下一步该怎么画——画画是我除了写东西以外的唯一兴趣。

这幅画我想了很久，可是，却一直画不下去。忽然，颜料被泼洒在我的画稿上，一幅不完整的画就更加不完整了。

“夏琳，不要再让我看到你在乱写晨轩。”我知道，这几个女生都是伊晨轩的爱慕者。我有些生气，因为她们毁了我的画，更因为她们毁了我的画的原因是因为他。可是，我又有些感谢她们，因为不完整的画我也不想保留。

我站起来，看着这几位和我同年龄的女生：“还有事吗?”

“喂，你什么意思?”

“不就是文采好了一点，有必要这么嚣张吗?”

我看着她们，没有一点要回答的意思。

"你们……在干吗?"一个温柔的声音从画室门口传来。是清雅学姐，我们学校没有人不知道她。

"学姐。"

"嗯。"清雅学姐温雅地点点头走进来，"你们在干吗?"

"学姐，夏琳乱报道晨轩。"

"这个事情晨轩不是不追究了吗?"

"这……可是，学姐……"

"你们先回去吧。"待她们走后，清雅学姐朝我微笑道："你没事吧?"我摇头。"她们没什么恶意的。你别放在心上。"我点头。我不知道那天清雅学姐为什么会帮我。全校人都在远离我，而清雅学姐却站出来帮我。我没有多想，我从不喜欢去考虑别人做事的缘由。但因为那天的事情，我和清雅学姐成了朋友。

冬去春来，一年过去了，唯一改变的，是我也成了学姐。看着校园里一朵一朵开得正盛的桃花，在新的一年里，似乎它们也变得比去年更有活力。什么时候，我也可以肆无忌惮地笑?或许是等我不再受到爸爸的虐待时，或许是永远也不会。这是个未知数。

四

与伊晨轩再次相遇，是因为清雅学姐来找我，邀请我去参加她的生日派对。我没有想到那天会遇到伊晨轩，我更没有想到，他竟是学姐男朋友的弟弟。我更更没有想到，我们的再次相见却是尴尬的对视!

"你就是夏琳?"几个女生看着我，领头的女生问道。看样子，她应该不是我们学校的。因为她竟不认识我。

"是。"

"哼……清雅第一次请外人来参加自己的生日派对，看来，你有点手段。"

我不明白，她说的手段是什么意思。

"韵，还和她说什么，她就是那个乱写晨轩的女人……"另一个女生有点不耐烦地说道。

"哎……对外人不可以这么无理。怎么样，赏个脸喝一杯?"那个叫韵的女生扬扬手里的酒杯。

我知道她后面那句话是对我说的，但我对她们并没有什么好感。

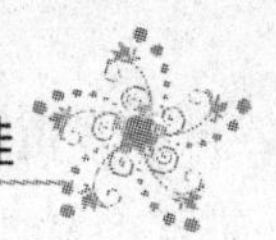

“我不喝酒。”

“不喝？这似乎是对主人的不尊重。”她勾起一抹嘲讽的笑，看起来是那么的刺眼。

我没有说话，也不想说话。可她并不在意，自顾自地倒了一杯酒递到我面前，示意我喝。见我没有要接过的意思，她说：“不喝？难道你不是清雅的朋友？还是你接近清雅是有目的的？或者你不是诚心来参加派对的？你看……我们来到这的人都喝了酒的，你应该不想让清雅难为吧？嗯？”

我不得不佩服她，都以为每个人都像她吗？真奇怪！为了避免和她唇枪舌剑，我生平第一次喝了酒。酒的味道很不好受，很呛。

皱着眉头把那杯酒喝完，我的视线就有些模糊了，是醉了吗？第一次喝，也不用一杯倒吧？隐约可以听到那几个女生的笑声，还有……伊晨轩的声音。呵呵……怎么可能。我肯定是醉了，我醉了……紧接着，我便落入了一个温暖的怀抱……是谁呢？

我不想知道，我害怕看清是谁后，这样的怀抱就不见了，我不想。忽然，我不想醒来了，我想就这样安静地睡过去。我害怕醒来面对的一切。可是，看到爸爸那醉醺醺的身影倒在地上，我就迫切想要醒来，虽然还带着些恐惧。

不知道过了多久，我睁开蒙胧的双眼，看到眼前的环境，这不是我房间！周围的设备是我一辈子都不可能享受的。

“你醒了？”耳边传来一个清朗的声音，我不禁歪了歪头，发现他是伊晨轩。

“你……”一时间，不知道该说些什么。

“你醉了，这是学姐的家。”

我醉了……头有点疼。忽然想起，有几个女生逼我喝了酒，然后……然后我就被人抱起。难道那个怀抱是他的？不可能。他怎么会呢……

五

“我要回家！”我必须要回家。爸爸需要我照顾。

走到门口，他拉住了我：“那么晚了，明天再回吧。”

我没有说话，拨开他的手就往外面跑。

下雨了？爸爸应该没有被雨淋到吧？我这么晚了还没有回家，爸爸会担心我吧？我没有因为下雨就停下脚步，相反，我还是跑到公路上，任由雨水打在我身上、脸上。我无所谓，我已经习惯了淋雨。

当时爸爸也是这么淋着雨把我抱回来的。

忽然，手被人抓住了，传来他的咆哮：“你疯了吗？下雨了你不知道吗？生病了怎么办？你就这么喜欢让关心你的人担心？”

我看到他全身和我一样都湿透了，但却没有掩盖他的帅气。和他站在一起，我就是一个永远飞不上天空的麻雀。

“担心？”

我自嘲地笑了笑。谁会关心我？谁会担心我？我从没有想过这个问题，因为我知道答案，也害怕答案。就算有一天我永远从这个世界消失了，也不会有人知道我的存在。

我拨开他的手：“对不起，我要回家。”

这次，他迅速地重新抓住我的手，就这样，我们在雨中对视……一秒、两秒……不知道过了多久，只是他的一声咳嗽打破了沉默。一个“富二代”应该没有尝过淋雨的滋味吧，也难怪体质会那么弱。

他用手抹掉了脸上的一些雨水，说道：“好，我送你。”

“不用！”

“夏琳，你什么时候才可以不这么逞强！”

我没有回答，我也不知道答案。我也想知道答案，我也想像正常的女孩那样生活，可是，我不能，至少现在还不能。

六

怀着沉重的心情回到家。和以前一样，爸爸还是一样醉倒在地上，我虽然恐惧，还是不自觉地去扶起他。

“滚！”他还是甩开了我，不过这次不一样，因为伊晨轩接住了我，使我没有像以前那样倒在地上。

“哟……还带了个男人回来？”他靠近伊晨轩，把醉醺醺的眼睛揉了又揉。

“爸爸，他是我同学。”我赶紧站在伊晨轩面前，怕他会打伊晨轩。因为我知道，现在的爸爸已经把我当成了那个女人了。再者，现在家里出现个男生，我不敢想象爸爸会做出什么事。

“滚……”他还是一把甩开了我，对着地上的我乱踢，一边踢还一边动着他那厚厚的唇瓣：“你还敢回来，你还敢带男人回来，你……”

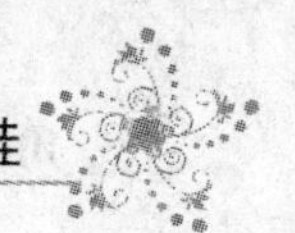

我看到伊晨轩似乎很愤怒地拉开他，接着就是一拳打在他脸上："你敢打她，你到底是不是做父亲的?"

"伊晨轩，你敢伤我爸爸，我绝不原谅你!"我挡在爸爸面前，没有去细想伊晨轩的举动，只是潜意识里想要保护爸爸，他毕竟是我唯一的亲人。

"爸爸？我就没有见过哪个爸爸这样对女儿的。"

"这是我家的事，请你走!"

"想走?"

爸爸一把推开了我，因为重心不稳又倒在地上，而我的后脖子撞到了桌角。痛！我感到了有一股暖流。我并不去顾及自己。当我再重新看向他们时，只见爸爸举着手里的酒瓶往伊晨轩头上砸去……

"不要!"

我惊恐地大喊。心里有一个念头：爸爸，要是你敢伤到伊晨轩我真的会恨你。

爸爸的动作并没有因为我的呼喊而停止，那一瞬间，我感觉世界都停止转动了，空中依旧回荡着酒瓶碰到伊晨轩头上的声音。我看着伊晨轩头上浸湿发丝的血液……随着伊晨轩的身体慢慢倒下，心里只有一个念头，他不能有事。

"伊晨轩……"

我颤抖着声音连跪带爬到他身边。伊晨轩对我勾起一抹微笑，轻声说道："我没事。"看着他那勉强的笑容，不是在学校时那让女生痴迷的笑容。他肯定很痛!

"我把那个男人给杀了……哈哈。那个男人不会再来找你了，你就不会走，你就不会离开我了。哈哈……"

我看到爸爸一边说着一边走向雨中，但没走两步就跪在地上吐出了鲜血。

"啊……"我从不敢想象爸爸有一天会在我面前单膝跪下吐出血……看着他那痛苦的表情，血流到地上和雨水融为了一体，看起来是那么淡的红色……我再一次恐惧了，我怕爸爸会离开我……只听见空中传我那一声"爸爸"是那么的凄凉。

医院里，任由护士在我后脖上处理伤口，那一丝丝的凉意传入我体内，正如我的心一样凉，没有任何反应。直到医生出来宣布死亡时间时，我才觉得这世上已经没有任何东西是我牵挂的了。

爸爸死了，我应该开心的，我终于可以摆脱他的拳打脚踢了，我终于可以做我自己了，可是，为什么我会那么难过？是的，他是我爸爸，所以我会难过。他是我爸爸，他走了，我会少了依靠，我会成为了孤儿。不，我不想，我要他醒来。他还没有见到那个女人，那个折磨了他半辈子的女人，怎么可以就这么走了。

不，我还没有十八岁，爸爸你说过，等我十八岁你才会离开，去找她。为什么，为什么你就这样走了？爸爸，还记得你以前教我放风筝吗？你说有一天，我也会像风筝一样飞向天空。爸爸，虽然你经常打我，但是我不怪你，你不要走，小琳不能没有你。爸爸……你别走，等小琳十八岁，小琳陪你去找那个女人……

“爸爸……你别丢下小琳!”

“小琳?”

睁开眼，熟悉的环境——清雅学姐家的客房。

“小琳，你终于醒了?”清雅学姐有些激动地抱着我。

终于醒了？终于？“我睡了多久?”我问。

“两天三夜，睡了那么久，你猪啊!”伊晨轩有些生气夹带着担心地回答。

两天三夜？不禁在心里重复他的回答。并不去在意他后面那句话透露的不悦。

“我爸爸……他呢?”沉默……沉默……房间里，可以清楚地听到自己的呼吸声。我还是没能留住他，但我想听到别人确认。过后的十分钟里，我知道，爸爸真的走了，伊晨轩他们帮我把爸爸的骨灰拿去了墓地……而我唯一的家也没有了——不知道哪里的火把我家给烧了。救火车赶到时，房子就已经面目全非了。

呵呵……我没有了爸爸，也没有了家。

“小琳，你要不要去看看你爸爸？或者回家看看?”学姐担心地问。我眼神望着没有终点的远方，摇了摇头。我不想去，我怕看到爸爸的碑，我会承受不了。

“小琳，以后这里就是你家了。在这儿住下，好吗?”我点了点头。我没有选择，或许在这我可以找到家的感觉。

午夜，看着窗口满天的星星，爸爸，那颗最亮的，是不是你？你会在天上看着我的，对不对？你不会离开我的，对不对？你不会怪我没有去看你的，对不对？脑海里反反复复闪过和爸爸在一起的场景，有开心的，也有痛苦的。我不得不接受爸爸已经走了的事实。

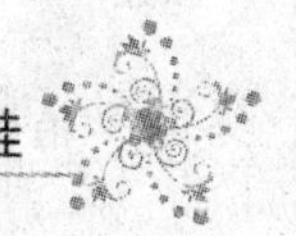

是否我和夏天真这么有缘？那年夏天爸爸把我从雨中抱回来，同样的夏天，爸爸在雨中走了。

七

半个月我都没有出过门，学姐很体谅地替我向学校请了假。等我再回到学校时，似乎很多事情都变了。

我重新回到了编辑部工作，学校的同学似乎也不那么疏远我了。我知道，这一切都是因为伊晨轩和清雅学姐的关系。

还好，他们并没有对外说出我家的事，也没有人知道我现在是住在学姐家。

周六，伊晨轩就风尘仆仆地闯进我的房间说要带我去一个地方。在我还没有回答时，我就已经坐在了他的车上。看着他似乎笑得很开心，我也就不忍扫了他的兴，就当帮爸爸补偿他头破血流的那一事件吧。

而他说的那个地方竟是游乐园。虽然我没有来过，但我还是知道这是小孩子玩的地方。下一秒，我就转身要走，却被他霸道地拽着手腕。无奈之下，我陪他游玩了整个游乐场。

在看到我好奇的眼神时，他就会拉着我走上前去。在听到我无比恐惧的声音时，他会笑得更大声……

他的笑犹如春风划过天际，让我的心里竟暖暖的。看着他吃冰激凌时像小孩般幼稚，我不自觉地笑了出来，而那一个不易发觉的笑容竟被他捕捉到。而我也忘了，那是从我懂事来的第一次笑。他舔了舔唇瓣上的奶油，有些痴痴地看着我："你笑起来很好看！"

第一次有人这么说我，心里有些复杂的感情，低下头吃起冰激凌，以掩饰自己的不自在。

"哎，你就应该多笑的。"

我没有抬头，一口一口地吃着冰激凌，嘴里吐出一句答非所问的话："这是我第一次吃冰激凌。"

他没有了反应。我知道，他肯定会很惊奇。一个小孩从小吃到大的东西，我竟然没有吃过。不过，我告诉了他，就不会在乎他怎么看我。

在我以为他不会回答我的时候，他说了一句让我这一生都不会忘记的话："以后，只要你想吃，我天天带你来吃。"

我不得不抬头看着他，似乎想从他的表情里看出这句话的真假。我知道我眼里有惊愕。是的，我不敢相信有人会对我说这句话。可是，当我对上他的视线时，我毫不犹豫地选择了相信。我相信他说的是真的，我相信他会这么做，我相信他不会无聊到用花言巧语来骗我……

不知道什么时候我竟流下了眼泪。那个我自以为永远不会流下的液体，流下了。爸爸打我时，我没有哭；一个人在雨中时，我没有哭；爸爸走了，我没有哭；被全校同学孤立时，我没有哭……可是，为什么现在我却哭了，我以为我不会哭的……而这个泪却不是因为难过，而是因为开心。

第一次感觉还有人会站在我身边陪我，第一次感觉还会有人关心我。

“喂，你怎么了？是不是我说错话了？”他有些慌张地过来抱着我，不停地轻抚我的后背。我只是在他的怀里摇摇头，没有说话。

他没有说话了，任由我的鼻涕、眼泪抹在他胸膛，空气里唯一的声音就是我哭声。不知道过了多久，或许也没有多久，我停止了哭声，尴尬地离开他的怀抱：“对不起。”

他一点都不在意，点了点我的鼻子说：“你哭的样子好丑，以后不可以哭了，会吓死人的。”

听到他那半讽刺半心疼的话，我又一次笑了，头不自觉地低了低又抬起来。

八

那天，吃早餐时，我竟不自觉地想起爸爸。

“小琳？”

“哦？”回过神，发现是学姐在叫我。有一瞬间，我以为是爸爸。

“你怎么了？是不是不舒服？”在这里的这段时间，学姐总是很照顾我，就怕我有一天会想不开似的。望着学姐担忧的眼神，我回以一个微笑：“我没事！”

学姐还是看着我，眼神里说着她不相信。

“哦……学姐，我想去看看爸爸。”

“好啊！我陪你去。”学姐似乎很开心，好像看到我终于想开了一样。

市中心，看着这里的环境，应该是有钱人才能葬在这吧？爸爸住了半辈子的瓦房，终于可以在死后住上了贵族“房子”。

学姐说，这是伊晨轩安排的。爸爸把他打得头破血流，他还帮我安葬爸爸。呵呵，看来我还得感谢他。

碑上挂着爸爸的照片。那时的爸爸笑起来很英俊。爸爸就这样地看着

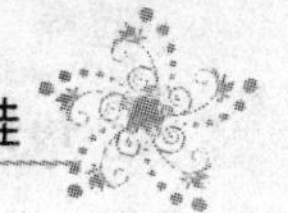

我，仿佛我真的是爸爸的亲生女儿。曾经的那些悲伤，我是不是该放下了？我是不是可以做回我自己了？像学姐所说的，不要再让关心我的人担心。真的有人担心我吗？或许……真的有吧！

回去的时候，我让学姐先回去，说我想静一静。学姐虽然不放心，但也没有勉强我。

我就这样一个人在街上漫无目的地逛着，竟无意回到了以前和爸爸的家。看着眼前的一片废墟，我心里不知道是什么感觉。就这样看了一会儿，忽然想到了以前爸爸打我的场面，下一秒，我就转身跑了。

我害怕，我不想在这里多待一秒。我用尽了全身的力气向前跑，就算再累我也不想停下，我只想快点离开，离开那个令我恐惧的地方。当我跑得满身是汗地回到学姐家时，我才感到有一丝家的安全感。

学姐看到我时，眼里满是惊恐。我只叫她帮我准备洗澡水就往房间走去。走几步还崴一步，最后还是学姐扶着我走的。

九

忽然在学校被那么多人讨论，真的很不习惯，可是，我却阻止不了她们。伊晨轩看出我不开心，用他的威力去警告过，但私下还是有一些会传到我耳里。我也不会有太多在意。学会了习惯，就什么都不会去在意了。

看着眼前这幅画，多久了？还没有画好？其实，应该算是一幅完整的画了。可是，我总感觉缺了些什么，可又说不出少的是什么……

偏了偏头，我看到窗外球场上那个身影，矫健的动作躲过对手，双手一扬，球就在空中形成了一个完美抛物线进入了球篮里。我看到他被几个人抛向空中，他很开心，笑起来还是那么迷人。

一个女生拿了毛巾和水递给他，他笑着接过，附向那个女生的耳旁……

我有点生气偏回了头，心里像是打翻了五味瓶。看着眼前这幅画，竟没有心思再继续画。

那个是他女朋友吗？是吧！她那么细心地拿毛巾给他，说没有关系，我自己都不会相信。可是，他为什么还会对我说那些话？什么时候开始，我会注意他会和哪个女生来往？

我……喜欢上他了？

不，不会，我有什么资格去喜欢他呢？他周围有那么多出色的女生，他或许永远也不会注意到我。爸爸的事，只不过是他刚好遇到才会帮我的！

“哎，你听说了吗？伊晨轩在和池雪韵交往耶。”

洗手池里传来一个声音，让我握着门把的手缩了回来……

“啊？什么时候的事？”

“不知道，反正听说他们在一起有一段时间了。而且这次不是玩的喔。”

“啊，我心目中的白马王子就这样远离我了，我还没有出手呢。”

“就你，几百年都轮不到你。”

“可恶，哎，不过我听说那个夏琳好像……”开门的声音让她们停止了说话，我就这样从她们面前走过，也不理会她们有多惊讶。

他真的有女朋友了！呵呵，我真傻，他怎么会让自己单身太久呢？他本身就是一个花花公子啊！

对我说的那些话肯定也对很多个女生说过，我以为我会是他心里特别的那个。夏琳，你真是不知所谓。竟妄想……就像刚刚那个女生说的，几百年后，我还是不会成为他心里特别的那个。

走到画室门口时，就看到里面站着一个穿球服的身影。我知道，是他。我整理了一下情绪，走进去：“你怎么在这？”

那个身影听到我的声音转过身，一如既往地痞笑：“我就知道你在这。”

通过他偏过的半个身影，我看到了我的那幅画，一个不起眼的角落多了一朵不起眼的梅花，而正因为如此，整幅画看起来堪称完美，原来让我冥思苦想的不完美，就是缺了那朵梅花。可是那不是我画的……

我看到他手里拿着还未来得及放下的画笔：“你在这干什么？”

我一下子跑到他面前，看着他。

“我……”

“谁允许你动我画的？”

“夏琳，我……”脑海里还想着刚刚在厕所听到的那些对话，心里的怒火一下子蹿了出来，我把那幅画扔在了地上。他不可思议地看着我：“夏琳，你……”

他觉得不可思议，我也一样，可是，此时我就是不想看到这幅画。

“伊晨轩，你应该知道我不喜欢别人动我的东西，麻烦你以后不要动我的东西。”

十

说完，我转身走了。我听到他在后面呼喊我，我不想回头，我不想看到他。

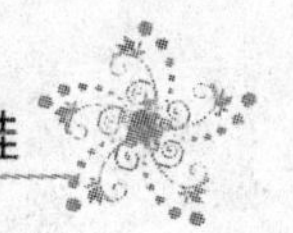

跑着跑着，心里的委屈一下子涌了出来，脸上也流下了眼泪。

伊晨轩，你个混蛋，明明有女朋友，为什么还要来招惹我。玩人很爽对不对？为什么会是我？原来我是这么的可悲。我有什么资格呢？我是一个一生下来就遭到父母抛弃的人，我有什么资本让别人喜欢我呢？

“伊晨轩……我讨厌你，不要让我再看到你，我不想再见到你。就算没有你，我也会活得很好。”我的视线朦朦胧胧的，就要看不到脚下的路了。

一双大手用力地把我推倒，紧接着，我便听到一个急刹车的声音。我抬起沉重的脑袋看过去。

“不……”那个倒在车前的人……是他！

第一次，我感觉我用了吃奶的力气走过去，扶起他，隐约知道了我手上的血是他的……

不，我不要你死，你不可以死。我不断地摇晃着他：“伊晨轩，你醒醒，你不可以有事，你快醒醒啊，我不能失去你，求你……快点醒过来，我不再任性对你发脾气了，你快点醒啊……伊晨轩你快点醒过来，你不可以睡，我不能失去你，我要吃冰激凌，你快点起来带我去吃……伊晨轩！”

第一次，我一口气说了那么多字，可是，无论我怎么求他，他都没有睁开眼看我。

你生气了吗？那为什么不看我？你起来看我一眼啊！为什么？明明是我，你为什么要推开我？我不要你这样。对我好后又给我一棒……你不可以这么残忍！

看着“急救室”这三个字不知道多久了，那道门却始终没有打开。学姐他们赶到时，我也无动于衷。至于学姐对我说来了什么，我也没有听到，我只是眼睁睁地看着那道门，心里想着他不会有事的，他一定会没有事的，一定会没事的。

久久都等不到那道门打开，却等来了伊晨轩的母亲。他母亲看我的眼神不是很友好，开口就说：“你就是夏琳？”

在得到我的点头后她接着说：“请你以后远离晨轩！”

我并不吃惊他母亲会这么说。每个母亲都希望那些伤害自己儿女的人能离得远远的。我是该和他保持距离的，要不是为了我，他就不会发生这样的事情了。

可是，我不想离开，我想知道他没事。见我如此倔强，他母亲勃然大怒，可是，我不在意，我只想知道他没事。情急之下，学姐过来拉着我叫我先回去，说是等他醒了就告诉我。看了看他母亲，再看了看那道门，我最后选择了先回去。

回去后，我没有睡觉，他现在还躺在医院，叫我怎么睡得着？一闭眼，就看到他倒在我面前，满身是血……伊晨轩，你真的很傻，我死了不会有人伤心，可你不一样，你还有那么多关心你的人，所以你不能有事。

直到第二天，学姐告诉我他没事了，只是手脱臼了，人还在昏迷中。还好他没事。我想去看他，可是学姐不让，说是他母亲还在医院，我去只会让他母亲激动。

过后的几天，我一直看着门口，我希望学姐回来告诉我他怎么样了，可是都没有。第一次觉得时间是那么的难过，思念的感觉是那么的难受。

然而有一天，学姐回来了，她没有带回来任何消息，而是拉着我就往外走。从学姐口中，我知道他醒了，可是却和他母亲吵了一架，他母亲生气就回德国了。伊晨轩也不吃东西，学姐只好叫我去劝劝。我可以去见他了。

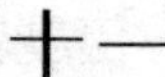

当我来到他面前时，他正看着窗外发呆，我竟一时忍不住，上前抱着他哭了起来。我感到他的身子僵了一下，然后安抚着我的后背说："傻瓜，我这不是没事吗？不是答应过我不哭了吗？"

我没有回答。

他轻轻推开我，温柔地帮我擦拭着脸上的泪珠："别哭了，你哭的样子很丑的。"

我破涕为笑，往他胸口轻轻推了一下，用手背抹掉眼泪。

"哎……别说，你又哭又笑的样子更难看。"他一脸无赖地看着我的举动。

我没理会他的无赖，问道："学姐说，你几天都没吃东西了？"

我把桌上的饭菜递到他面前。

"医院的饭菜最难吃了。"

他一脸委屈地说道。忽然，他的嘴角勾起一抹坏笑，很认真地看着我。

被他这样看着，真是一点都不舒服："你干吗？"

"那天……我听到了你对我说的话。"

那天？哪天？脑海里回映着出车祸那天，我扶着他说的那些话……他……都听见了？

"嗯？"

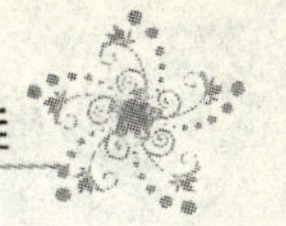

“赶快吃饭。”我把手里饭放到他腿上，想要转身离去，却被他抓住了手腕。

“喂，你这个女人怎么这么没有良心啊！我是为了你才这样的耶。现在我的手动不了了，你叫我怎么吃啊。”

哦……被他说得，我没有话来反驳，只好一口一口地喂他吃饭。我还是第一次这样对一个人，而他却在我耳边说：“话说……你真的很不温柔耶。”

紧接着的几天都是我在照顾他，一直到出院。用他的话说是理所当然。学姐说我被他带坏了，也被他改变了不少。而我也知道了那天拿毛巾给伊晨轩的那个女生并不是他女朋友，那天，如果我再晚偏头十几秒，就可以看到那个女生瞬间变化的脸色。

其实，伊晨轩只是对那个女生说了一句话：“你别妄想我会喜欢你。”

可笑，我竟然为了这么一句话差点害死了他。

十二

那天，我正在教室里做练习，伊晨轩没有预兆地过来拉过我就往外走。不论我怎么问，他就是不肯告诉我要去哪。到市中心的广场时，还神神秘秘地叫我把眼睛闭上。

“快点，快点，把眼睛闭上。”终于，在看到他可怜兮兮的表情后，我乖乖地闭上了眼睛，谁叫他一个大男生在卖萌，真受不了。

“我不叫你睁开，你别偷看啊！”

“你快点啦。”

几分钟后，我发觉周围没有了声音，叫了几声他的名字，都没有听到回答。我慢慢睁开眼睛，眼前的一幕让我发呆了，好美。

我伸手接下一些小点滴……这是雪？六月飞雪？仔细一看，它并不是雪，只是和雪差不多。

“怎么样？漂亮吧？”

不知何时，他就站在了我旁边。挑着眉得意地看我。

我点点头。“真的很漂亮，这是我第一次看到雪。”

南方都不下雪，而我也没有去过外地。那几天没有看到他，应该是在弄这个吧？忽然，眼前出现了一束花，是玫瑰！花的主人则是一脸坏笑再带点期待地说道：“夏琳……生日快乐！”

生日？今天是我生日？我都忘了，他怎么会知道呢？生日快乐？第一次有人对我说这句话，我不敢想象，原来灰姑娘真的可以拥有水晶鞋。谢谢你，伊晨轩。

那天晚上是他背我回去的，因为我的脚崴到了，我们像是有说不完的话题。

“第一次，被人背!”

“第一次背人，而且还是个有猪潜质的人。”

“我……很重吗？那我下来好了。”

“哎……别动，我刚好就是生来背你的，不怕。”

“……”

“我还是第一次亲手帮人过生日呢。”

“我……也是第一次过生日。”

“我那天第一次带人去玩。”

我知道，他说的是去游乐园那一天。

“我那天第一次去游乐园。”

“以后，你和其他男生的距离必须要保持一米开外。”

“以后，你不可以和其他女生传绯闻。”

“以后，你不可以多看其他男生一眼，无聊的时候批准你可以看我，我长得很帅的。”

“你真的很霸道，又无赖。”

“你再不安分点，我就放手，让你更深入地了解我的霸道和无赖。”

“……”

我们都会幸福，因为我们拥有彼此！我们会就这样走下去的，对不对，伊晨轩！

37℃的笑容

■ 李长菊

那顿晚饭太丰盛了，丰盛得让我不敢下筷子。因为我已经习惯了一个人面对一个碗，蹲在属于我的那个小屋里，默默地吃。即使我把碗舔了，也没人笑话我。大伯给我夹了一筷子红烧肉，说："吃吧。"我没敢动。大娘笑着看了我一眼，她的笑容很烫，怎么也得40℃吧。她给我夹了一块鱼肉，我还是没敢动。我很想问："姐姐和弟弟呢?"

大伯说："吃吧，吃完我给你说个事。"大伯自己斟满酒，喝了起来，大娘也斟上一盅酒。我拿起筷子，看着大娘的脸很祥和，就夹了一块红烧肉，那肉真香啊，不仅从牙缝一直香到胃里，还香甜了我的眼睛，让我看什么都觉得那么顺眼。我忍不住又夹了一块。

那顿饭我吃得口齿留香、风卷残云。等肚子再也塞不下了，我才恋恋不舍地放下筷子。

大伯说："王通，我给你说个事啊。有一户人家，他们的儿子死了，想再养个儿子。你看啊，他们看你合适，就托人问我。你看啊，我不是不想留你，只是啊——还有，你如果不想去，那就不去——你看啊，你不喜欢上学，也不小了，天天在街上闲逛，也不是个事啊，我们村的张大财说要给你找个活，一天能挣好几十元钱呢，你看——"

"依我看，还是给人当儿子好，那户人家很有钱，你去了肯定有享不尽的福。再说了，打工你还有点小不是?"大娘一喝酒就脸红，但她喜欢喝，并且喜欢喝了酒就找我的碴，说我给他们丢人现眼；还说我小小年纪不上学，成天在街上闲逛，一看就是有娘生没娘管的野小子。

她说得没错，我就是有娘生没娘管的，我爸爸、妈妈在一次车祸中去世了。他们去收购粮食，收了满满一车粮食，在回家途中，车子翻进路边的沟里，他们都死了。很长一段时间，我都无法接受他们不在的现实，总想他们是嫌我学习不好商量好了一起遗弃我的。因为那天早上，爸爸说"你再考不及格，我和你妈就走得远远的，再也不管你了"。真的，他是这样说的。

期中考试，我的语文考了58分，差两分及格。发下试卷我和同桌对答案的时候，我发现一道填空题：狂风（　　）。我同桌填的是“狂风（暴雨）”，对了，得了两分；我填的是“狂风（大作）”，打了叉。我拿着看过的一本书，找到这个词给老师看。老师说：“标准答案就是狂风暴雨，看卷老师就是那样看的，再说这个成绩都上电脑存档了，我给你改过来也没什么用。”但我不这样想，改过来我就及格了，我就可以和爸爸说我及格了。但老师没给我改，所以，我拿回家的试卷上还是那个刺眼的58分。那天，爸爸、妈妈肯定心情不好，他们肯定是商量好了，一起走得远远的，再也不管我了。所以，当别人带着我去看他们尸体的时候，我没有哭，我傻傻地站着，觉得那不是他们。我盯着尸体旁边的一根狗尾巴草，上面停了一只蝴蝶，正荡悠悠地扇着翅膀。不知为什么，我忽然觉得那是一只不用上课的蝴蝶，不会在开小差的时候被忽然叫起来，回答莫名其妙的问题，然后再脸红心跳地低头坐下。一定是的。一直到我被人拽走，它还在那里荡悠。以后很长一段时间，只要想起爸爸、妈妈和那场车祸，我就会想起那只蝴蝶。它在我的脑海里荡悠悠地忽闪着，夕阳把它雪白的翅膀涂成了淡粉色，很好看。

我不再去学校，因为我不想去。我天天在街上逛，我总认为爸爸、妈妈想我了，会回来找我。我希望他们一回来就能看到我，所以我天天等着。每次有农用三轮车开过来，我都会跑过去看，看上面的人是不是我爸妈。有一次，我追着一辆车跑了很远，直到路边的一只狗追过来，咬住了我的衣服。我看着被狗撕下来的一块碎布片，心想，我又要挨骂了。这时，我班上的一个女生，就是苏青玲，朝我走了过来。她和别的女孩不一样，她放了学从来不去玩跳皮筋、打沙包什么的，而是放下书包，挎了筐就去割草。她爸爸死了，她妈妈养了好多獭兔。我们班的大炮，就是长得又矮又胖的张奇恒想跟她要一只，她就是不给。有一次，我亲眼看到张奇恒把她的语文周记扔进了男厕所里。老师误以为她偷懒没写却撒谎说丢了，狠狠地批了她一顿，还让她站了两节课。我看着张奇恒饿狼一样盯着我的目光，什么也没说。

她看了我好久，还递给我一个大苹果。我很想吃，但我想等她走了再吃，可她没有要走的意思。她看着我说：“王通，你要面对现实，你爸爸、妈妈都不在了，你要坚强。我知道你难过，但这是真的。我爸爸也死了，他是病死的。很长一段时间我也不相信，但现在我相信了。你知道吗？死就是永远不再回来。”说完，她走了。风把她的头发弄得很乱。我坐在那个肮脏的土坡上，啃着苹果，眼泪大颗大颗地砸在干硬的土里。

那一年，我11岁，读六年级。

我喝了一口水，鼓胀的肚皮好像要发芽的土地。我大娘说：“你好好想

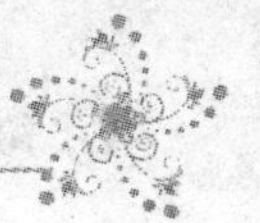

想，选哪个”。她的嘴角挂着一丝微笑，大概有35℃吧，我觉得有点冷。

大伯说：“你要是想读书，那就哪里也不用去了，我送你去读书。”

大娘说：“读书有什么用？我看还是早打算好。”

大伯不再说什么，又低了头喝酒。

我走了出去。我真的要好好想想。我不想给人家当儿子，因为我当不好儿子。真的，我爸爸就说过，我是他的祖宗。我爸爸说，如果我学习好，每次语文考试能考80分，他愿意给我磕头。如果去了别人家，再让我学习呢？还是跟着张大财出去好，见见世面，早挣钱供自己花。我可以买个手机，就大宝那样的。不，大宝那样的不要，我要买个能看电视的。对，挣了钱，我还要买MP3，听我喜欢的歌。我忽然高兴起来，未来在我看来是一个香甜的大面包，要吃哪一边，随我自己愿意。

我正走着，忽然苏青玲挎着筐走了过来。她看着我说：“王通，你想学习吗，我把书给你看好吗？”因为那个苹果，我看见她觉得很舒服。我的嘴巴里似乎还有那个苹果的香味，我瞥了一眼她的口袋，瘪瘪的。

“上学？你上吧。我就要走了，跟着张大财去干活，听说能挣很多钱。”我本不想和她多说，可一想到那个苹果，就觉得该和她说些什么。

“张大财？”苏青玲的脸倏地变得苍白。她四处张望了一下，忽然跑到我跟前，贴着我的耳朵说：“别去，他会卖掉你。你没有听说吗，他拐卖儿童，拐了去弄残然后去乞讨？”这个消息犹如一只死耗子塞进了嘴里，那滋味和大面包有天壤之别。我抑制着因为恐惧和恶心而想吐的冲动，故作镇静地说：“别逗了，你听谁说的？公安局不管？”

苏青玲又贴着我的耳朵说：“等他们管的时候，你早断胳膊缺腿了，你喜欢拐杖？”

我呆住了。除了赵本山喜欢拿拐杖演小品，谁喜欢？

回到家里，大娘说：“王通，你想得咋样了？”

我很想说我想留在这里，虽然在这里，没有人喜欢我。可是一看她那张因为期待而显得恬静而又慈祥的脸，我的话脱口而出：“我去那家人家。”我的话让我自己都大吃一惊，但我看到大娘因为如释重负而显得和蔼可亲的脸和那37℃的微笑，我使劲咬住嘴唇。这样的表情太难得了，对我来说千年不遇啊，我忽然觉得很值。

接下来的一切都是那么新鲜。大娘给我买了新衣服——一件草绿色的上衣，我很喜欢。她说去了以后，要听话，别动不动就盯着一处，眼睛一动不动的，像傻子一样。

我很奇怪她说的话我竟然听进了耳朵里。以前她说什么我都听不进去，我只能看到她的嘴唇在动。但这一次，我听到了。她不知道，我眼睛一动不动的时候，是我在一只蝴蝶的翩飞中看到了我的爸爸、妈妈，他们向我走来，走来……我不敢眨服睛，我怕我一眨眼，他们就不见了。那只蝴蝶扇动着粉红色的翅膀，它的翅膀好像带了一把刷子，因为很快，我就能看到大片的粉红色，那么绚丽。爸爸、妈妈被妖媚的粉红色包围着，笑得很开心，好像我考试得了一百分。但每次都在我站起来去迎的时候，他们就不见了……

第二天，我起得很早，大娘给我煮了三个鸡蛋，说饿了可以在路上吃。姐姐王大荷和弟弟王小河眼神怪怪地看着我。我知道他们不喜欢我，特别是王小河，他曾不止一次对我说："你走，这是我的家，你别在我家里。"每次他那样说的时候，姐姐都用怪异的眼神看着我，好像我是一个长了猪尾巴的小孩。我不理他。我不是怕他，是懒得理他。他紧紧地盯着那三个鸡蛋，然后伸出了手。但"啪"的一下，大娘在他的手还没有落在蛋上的时候，打了他一下。那一下那么响，震得我的耳朵都要聋了。我诧异地瞪大了眼睛。大娘的举动太出乎我的意料了，以前他用各种各样的方式挑衅我的时候，大娘从来都是"聋哑人"。这一次她如此反常，我能不震惊吗？我愣了好久，最终我拿起一个最大的鸡蛋，递了过去。大娘说："你看哥哥多疼你啊。"

我别过脸，我对这样的温情已经很不适应。

来了两个人，他们好奇地打量着我，又和大伯寒暄了几句，就对我说："走吧"。走了几步，大伯在我身后喊我，我回了头，我希望他说你回来，但他什么也没有说，只是摆了摆手。

我坐了很长时间的公共汽车，下车后又搭了一个小"花蝴蝶"，也就是带篷的摩托三轮车，然后我们就在一个村子的公路上停了下来。有好些人在那里等着，他们把我领进了一个大门。房子是新的，贴着干净的瓷瓦。院子不大，但里面有很多花。我留意地看了一眼，发现有我最讨厌的浅黄月季花，就是浅的近于白的那种。我不知道为什么特讨厌这种颜色。其实我家里曾经种了很多，花朵大大的，像用了很长时间的洗不干净的大瓷碗。我爸爸、妈妈走的那天早晨，妈妈说："王通，你别忘了中午用那把大太阳伞给花遮上，太阳太毒，会把花晒坏的。"妈妈很喜欢这种花，她说闻着花香心里就像有水在流淌。有一次，我掐了一朵，妈妈斥责了我，说她是把月季花当女儿养的。她曾经希望我是个女孩，但我让她失望了。其实，我一出生就不讨人喜欢，我是不是可以这样理解？爸妈出事的那天傍晚，我呆呆地被别人带回家里，那些花还开着，很旺盛、很强势，好像这个家本来就是它们

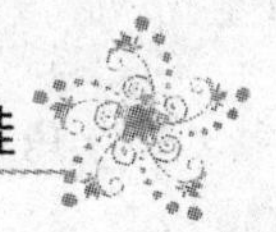

的。从那一刻我就厌恶它们……

好多人看了一会儿就走了，最后只剩了一对年纪大约比我大娘和大伯还要老的一男一女。女人看着我说："从今天起，你就是我们的儿子了。记住，你不叫王通了，你叫李好，好好学习，好好听话，好好长大成人。"

"我不叫李好，我是王通，王者，通行天下，我爸爸给我起的。"我脱口而出。

"不，你叫李好。"男人用不容置疑的口吻说。

我低了头，什么也不想说。我有点饿了，我想起口袋里还有两个煮鸡蛋，就掏了出来，磕破了皮，吃起来。我看到他们相互看了一眼。女人说："孩子，别吃这个了，我们做了你喜欢吃的饺子，角瓜馅的，你最爱吃了，快洗洗手去吃。"

"我不喜欢角瓜馅。"说完我继续吃我的鸡蛋。

"你喜欢，你以前最爱吃这个了。"女人要来夺我的鸡蛋，我赶紧站起来，走了出去。我觉得有些恐惧，我想她一定是把我看成是她以前的儿子了，但我不是，我不是！

男人走了出来。他看着我说："你就吃几个吧，几个就成。你不知道，她想儿子想疯了，你吃几个她就会很高兴的。"

但我站着没动，几口就把鸡蛋吃了进去。我觉得有些口干，我说："我能喝点水吗？"

他说："可以，但你必须吃几个饺子。"

我跟着他走进去，女人正在掉眼泪。她的眼泡很鼓，好像里面盛满了泪水。或者也可以这样理解，那些流出的泪来不及淌出来，都积在里面，这让她看起来又老又丑。她看了我一眼，把身边的一只板凳递给我，我接了过来，坐在了她身边。

"我儿子，都二十了，可他死了，他刚刚回来相过亲，可回去就死了，再也回不来了。他那么听话，那样懂事，从来不让我操心。你说那根铁棍为什么会砸在他的身上啊？他平时连只蚂蚁都舍不得踩，老天不长眼睛啊。"她的鼻涕和眼泪混在一起，把她的脸涂抹得像一张弄湿的纸，苍白、皱折，一戳就碎。有什么东西悄悄地戳着我的心，一下，一下，让我不由得抬起手来，想替她抹去那狂流不止的泪水。但我的手只是那么抬了一下，就无力地落下了。我很想对她说"死就是永远不再回来，你知道吗？"

那天，我吃了三个角瓜馅的饺子。虽然我一闻那种味就觉得胃里似乎有无数条虫子在蠕动，但我还是忍住不吐吃了下去。她看着我，泪水终于不再

淌。男人似乎有些高兴起来，他拿出酒，给自己倒满一杯，喝了一口，说："从今儿起，我们又有儿子了，这是好事，好事啊。"

我忽然有些感动，感动于他的感动。

他们带我去了他们儿子的坟。那是一个圆圆的小土堆，被野草淹没在了一片河滩里。我奇怪那片河滩怎么长了那么多的草，好像它们长在了时间之外，那么茂盛，那么苍茫。一时间，我不知道自己身在何处。如果不是有一个小小的石碑，没有人会想到这里长眠着一个年轻的灵魂。女人又流了很多眼泪，她说："你在那边安心吧，我们又有一个儿子，像你一样的儿子，你就放心吧……"

从那里回来后，我有些恍惚，一闭上眼，那片茂盛的草地就在我的脑海里摇曳着，苍苍茫茫地奔涌着我无法消化的凄清和荒凉。我不想说话，不想起床，就那么赖在床上。等我醒来后，已经是第二天的十点多了。女人坐在我床边，一见我醒来，就抓着我的手说："你可醒了，你再不醒，我们就要急死了。你说我们咋那么苦命呢，捡来的儿子也养不得?"

"你瞎咧咧啥啊，快，给弄荷包蛋去。"男人命令着。

我躺在床上，惬意地享受着他们忙忙碌碌的服侍。这种感觉好极了，好像躺在摇篮里，随着风悠悠地飘，不用担心去哪里，只管躺着就是了，这样的日子仿佛能地久天长。这种感觉如此陌生又如此熟悉。我躺在那里像吃一颗我心仪很久的糖果，一小口一小口地慢慢品尝着：身边忙着的好像就是我的爸爸、妈妈。他们为了不打扰我睡觉，小声议论着让我吃什么会长得更高、更壮；而我为了让他们惶恐，时常会对他们说我这里不舒服，那里疼……我想着，想着，眼泪流了下来，无声地打湿了枕头。

女人走了过来，抚摸着我的额头说："好孩子，没关系，很快就会好的。好了，我们就去上学。你爸爸给你联系好了，去读六年级。你不知道啊，你哥哥，他以前很喜欢读书，可我和你爸爸总以为他成不了器，就不让他上了。可怜的孩子，心里还念着读书。你不知道啊，我们去了他的宿舍，去收拾他留下的东西，都是书啊。我们后悔死了，早知道这样，就让他读书，那样他也不会……"

那片祥和的云飘走了，一个洞在我的身体里悄悄地爆裂开来，从头一直裂到脚跟。我感觉不到自己的心跳，我极力挣扎着，想抓住什么，浮出那个黑乎乎的洞。那是我的心灵至今不能把握的一种虚空。我不知道，是这个洞已经吞噬了我的爸爸、妈妈，还是爸爸、妈妈在我的身体里掘开了这个洞。我只是明白一点，那就是，他们真的永远不会再回来了，永远。

我又回到了学校，我不得不去。我妈妈——你不知道，我在心里已经叫她妈妈了，但我就是喊不出来——她给我买了新书包，买了新衣服，说他们有足够的钱（他们儿子的赔偿金）供我读书。她的神情那么恳切，那么虔诚，让我一个“不”字也说不出来。

我去了那所学校，学校的墙边种着很多合欢树，正在开花，朦胧的纤弱娇柔的淡粉色花，像绣球，又像一团温柔的火焰。它们让那一面雪白的墙壁变成了背景，淡雅而洁净，虚幻而又真实。我喜欢那带着人间烟火味的淡粉色，有清清淡淡的温暖，像母亲抿在嘴角的37℃的笑容。一下课，很多同学就围了上来，那是和在大街上溜达很不同的一种感觉。他们借给我橡皮、本子，我甚至觉得我们好像很早就认识似的。我坐在教室里，听老师讲课，很多东西都很有趣，只是有时我还是有些恍惚，一时间分不清这是在哪里，我是谁。他们都李好李好地喊我，我知道我不是李好，但不是李好我又是谁呢？我还是王通吗？没有人这样喊我，能把这两个字喊出蜜来的人永远不会再回来了。

有一天，放学回到家后，现在的爸爸（虽然我从来不喊他）递给我一个信封，上面写着：白水县河柳村李直收（转王通）。下面是我熟悉的故乡的地址。

我一怔，这是给我的？我从没收过这种东西。我接了过来，有些手足无措。

“找你的，拆开看看。”他说。

我撕了好久才把信封撕开，我的手有些颤抖。

王通：你好！

如果你能收到这封信，你一定要给我回信。我们好长时间都没见你了，我怀疑你被张大财拐跑了，你没有断胳膊吧？我去你大娘家问，他们说你来了这里，我不相信，他们就给我地址，说可以给你写信。你现在还好吗？我们都很想你。王有休你还记得吗，有一次说到你他都哭了，他说他不该逮了苍蝇放在你的背心里，还让老师抽了你一巴掌。他说如果有机会再见到你，他一定让你还过来，让你逮十只苍蝇放在他的背心里。我们都希望你能回来。真的。

苏青玲

我就知道会是她。但我的心还是因为激动跳得很快。

“说了什么？”他盯着我问。

“没有什么，随便问好。”我把信藏在了自己的贴身衣兜里。

我靠在门板上，一遍遍回忆着苏青玲说的话。我对自己说我回不去了，就像以前的日子一样回不去了，我有什么办法能回到以前的日子里？没有办法。

很快，我就给苏青玲回了信，告诉她我没有被张大财拐跑，我好好的，没有断胳膊，也没有缺腿，放心吧。至于王有休的苍蝇，我早忘了，他永远都不会知道，很多事我都忘了。自从爸爸把车开进了沟里，我的人生就像一次火山喷发，喷出的岩浆覆盖了、摧毁了原来的一切。但这样说也有些不确切，试卷上的那个词就一直根植在我的心里并生长着，想起来，便会狂风大作一次。

苏青玲很快又给我回了信。她说只要我没有被弄残就好。她还问我看电视了没有，张大财被逮住了，戴上了手铐。一个被他拐去的小女孩被解救了出来，但她的耳朵少了一只。

两年后的一天，我放了学蹦蹦跳跳地跑回家，还没放下书包，就一下子愣住了。一个人站在院子里，虽然他在我脑海里出现过不止一次，但我还是觉得很吃惊。他的头发白了很多，看起来比我的养父还要老。他拉了我的手，还没开口，眼圈就红了。他说：“王通，我来看看你，你家的房子，我还给你留着，你大娘想给卖了，我没答应，我永远不会答应。你过得还……还好吗？我知道好，好。可我总是梦见你爸爸，他……我想，你还是跟我回去吧，回去好吗？费用我都带来了，你看，我有钱。”他一下子从口袋里掏出一大摞钱，我从来没见过那么多钱。

养母站起来，贴在我身上，说：“李好，你说你不走，是吧，你说过你不会走的。”然后，她转过身冲着大伯说：“你走吧，你怎么想的啊，不要了送人，想要了就带走，你以为孩子是一件东西啊？你把全世界的钱都拿来，也不能把他带走，他是我的儿子。”

养母的话让我想哭。但我忍住了。我低了头，看着脚上新买的球鞋，样式是班里最新潮的，穿着很舒服。我已经适应了这里的生活，现在哪里也不想去。我和张子杰说好了——那是一个戴眼镜的男孩，嘴角总是抿着淡淡的笑——星期天他带我去捉螃蟹。我盯着一只正在啄食玉米粒的大公鸡，缓缓地摇了摇头。

大伯走了，不久我收到苏青玲给我的信。她在信里说我曾经的家被大伯和大娘卖了。我忽然明白了大伯的苦心，但我不后悔。我对苏青玲说：我现在不会回去，因为我和养父母都在用彼此填补生命中的一个人洞，没有经历过的人不会知道有多痛。我还在信里告诉她，我叫李好，直接用这个名字寄信我就能收到。我很想告诉她周记本的事，但想了很久还是算了，等以后有机会，我一定告诉我的语文老师，她是最应该知道这件事的人。

养母的脸色渐渐红润起来，她时常看着我微笑。她的笑容让我常常有些恍惚，那么清淡又那么温暖，就像我妈妈37℃的笑容。她已经扯了新布，打算给我做身新棉衣。我忙着和伙伴们玩各种各样的游戏。有时为了争个输赢，我们会像地下的树根一样扭在一起，但很快，又会和好如初。有时候，我还会想起我的父母，他们在离我很远的地方微笑着，就像他们真的知道我的语文能考80分了。只是他们的身边已经没有了那只蝴蝶和那片粉红色。

朱颜相忆

帝殇

■ 龙巧灵

楔子

宣德十年，正月。帝薨。谥号宣。

年仅八岁的太子朱祁镇在灵前即位，下诏次年改元“正统”，大赦天下。

御花园内，桃花丛中，一方棋盘上趴着两兄弟，手执花瓣为棋子，有说有笑地下着围棋。小皇上朱祁镇忽然老成持重地叹了一口气，正抓着桃花瓣举棋不定的他听到了，不解道：

“皇兄何故叹气？今日师傅难得放假，你我该痛快玩他一回才好。”

“治国如下棋，每一步都牵一发而动全身啊。朕刚做皇上，觉得每一步棋都好难走啊。”

“呵呵，难下便不下喽。不过皇兄若不下，我可就偷着下喽。”

他说着，偷偷连摆了两步棋。朱祁镇一把抢过摆上棋盘的花瓣，佯怒道：“谁说我不下了。倒是二弟，难怪我每次都赢不过你，原来你老是偷下棋子啊！”

他一见小皇上发现了自己的秘密，马上转移话题：“皇兄，你看这桃花，好生美啊！”

朱祁镇也不发怒了，抬头看着院子里满目的桃花树。轻风送过，数百瓣桃花便洋洋洒洒落了下来。

“桃花浅深处，似匀深浅妆。春风助肠断，吹落白衣裳……”朱祁镇随口吟出了元稹的诗。

“皇兄，做皇帝若真那么累，那等我长大了替你做这皇帝，可好？”他偷偷摆下一步棋，随即看着桃花淡淡地说。

朱祁镇愣了下，回头望着他一脸稚气的样子笑了。

“甚好！不过二弟……”朱祁镇拿出刚才从他手中抢过的花瓣，轻轻点在了棋盘上，微笑道，“这盘棋你输了。”

一

正统十四年，郕王府。

“王爷——”王府大太监兴安慌忙中闯进郕王书房。

“可否是皇兄有消息了？”郕王急忙从书桌前站起。

“孙太后銮驾已在王府门口，苏姑姑速请王爷前去接驾！”兴安上气不接下气地回道。

郕王府，议事厅。

“郕王殿下，哀家今日来，是想让殿下帮哀家一个忙。”孙太后欲言又止。

“儿臣不敢当，请太后直言。”

“而今，皇上北狩，虽钦定你为监国，也不是长久之计。依哀家看，若想尽快让圣驾回銮，为今之计，唯有你登上皇位，方可绝了瓦剌蛮族奇货可居之心啊！”

郕王闻言，大吃一惊。慌忙跪下道：“儿臣断不敢有不臣之心！还望太后明鉴。况且也先蛮人闻之必会恼羞成怒，那样恐于皇兄不利呀！”

“哀家知道吾儿的忠心，可眼下太子尚小，皇上远在大漠，唯其如此啊！莫非吾儿定要眼睁睁看着你的皇兄客死他乡？”

“儿臣定当尽心竭力，但儿臣誓死不行忘恩负义之事，不做背信弃义之人！况且大明皇室统绪绝不可乱，还望太后自此后休要提及此事。恐叫那别有用心之人听去，岂不是离间我与皇兄之间的感情吗！”

“大明疆域辽阔，怎可一日无君？哀家相信，你与皇兄手足情深，定也不愿见明室大厦将倾吧？吾儿若不答应，哀家今日就长跪在此。”话音未落，孙太后老泪纵横，跪在他面前。说话间，兴安已手托黄袍走上前来。

太后屈尊，他怎敢不从？他痛下决心，定要使朝纲大振，不负太后重托；等来日还政于皇兄，也不会怪他未尽监国之责。

皇上北狩二十余日，郕王受命登基，昭告天下，遥尊皇兄为太上皇，并从次年改元景泰。新皇登基，天坛祭祀，以祝大明国运昌隆，否极泰来。

二

景泰三年，太上皇北狩已两年有余。

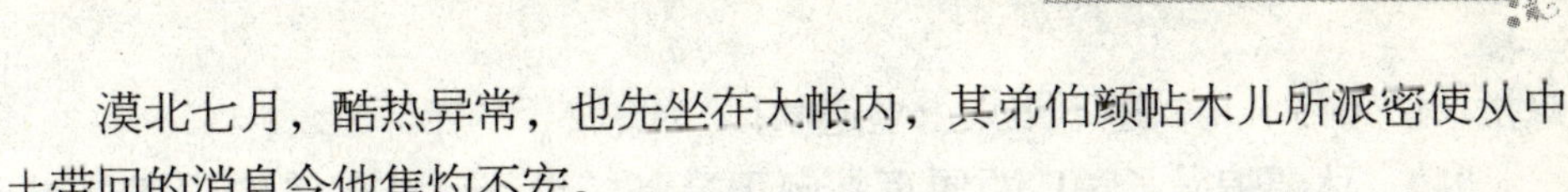

漠北七月，酷热异常，也先坐在大帐内，其弟伯颜帖木儿所派密使从中土带回的消息令他焦灼不安。

“哥哥，密使来报：中原王朝自两年前便换了新主人。现今的主子是我们掳来这位皇上的同父异母兄弟，还改了元，叫什么景泰——”

“什么？这可如何是好？不过，有儿子做太子，总有一天会把他老子给赎回去的！咱们就耗着，看谁耗得久些——”也先的语气一开始很激动，不过想到事情还有转机，也就慢慢平复了下来。

“哥哥，恐怕我们这次的计划要落空了。哪有自己做皇帝还让别人的儿子做太子的道理？听说也是刚新立了太子哩！”

“都说中原衣冠，儒家风范，却尽是蝇营狗苟，如此不择手段！自己的哥哥还在世，就想着要做皇帝了。”也先怒而拍案，有些气急败坏。

“哥哥，那我们这里的这一位该如何办？要不我们直接——”伯颜帖木儿用手比着脖子做了一个“杀”的动作，“这样最好，还干脆利落！”

“不，不可。要杀他，也不用我们自己动手。”

“哥哥，如何这般说法？”伯颜帖木儿面露疑惑。

“我们原本打算拿他为人质，让南面朝廷出巨资赎回他们的皇帝。可如今他们已新帝登基，这原先的皇帝若得知此事，会如何想呢？兴许他还可以助我们一臂之力！”也先按住剑柄，脸上划过一丝奸笑。

“哥哥高见，弟弟这就去带他来见您——”伯颜帖木儿这才恍然明白。

“慢着，此事不急。这里有一封挑战书，快快递予明廷知道！”也先看起来胸有成竹。

也先在帐中设宴，正统帝“受邀”参加。他由两名瓦剌兵士“护送”而来，虽然面容憔悴，但仍不掩眉宇间的英武之气。起初，因他是大明圣上，也先曾有打算把妹妹嫁与他做妃的想法。虽说是俘虏，倒也礼遇有加；可如今，这枚棋子对自己不再有用，便横竖看他不顺眼。

席间，正统皇帝并不提箸，而是正襟危坐在一旁，始终冷眼旁观。

“还真把自己当皇帝了，叫你来喝酒、吃肉，是便宜了你！也难怪你不知道，现在的大明，早已是你弟弟的天下了！”伯颜帖木儿话中带刺，正统皇帝却听得明白。

“朕怎会信你这一面之词？休要信口雌黄！”他不由勃然大怒。

也先酒喝得有些醉了，他似乎很满意眼前这位皇帝恼怒的表现，不过为了打圆场，他急忙制止了伯颜帖木儿的揶揄：“还请太上皇原谅舍弟的口无遮拦。伯颜帖木儿，还不跟太上皇道歉!”

“哼，休要骗得了朕！即便真是郕王登基，也不会让尔等的阴谋得逞。我朝地大物博，尔等却休想从大明拿走一分一毫！朕的二弟，比朕更有治国之才，定会将我大明治理得更好，而且必定会派兵将我救回！倒是你们，是何居心，朕清楚得很!”

“你认为一个人当了皇帝，尝到了权力的滋味，岂是说放手就愿放手的吗？而且，你如果回去了，将是什么身份？皇上，太上皇，还是阶下囚呢？

“不要忘了，你现在是瓦剌的阶下囚!”伯颜帖木儿怒发冲冠，“你的妻儿，怕早被你那位好弟弟千刀万剐了!”

正统皇帝欲言又止，一时竟没有了言语。他深知历代皇权斗争的残酷，哪怕亲如父兄，也难逃祸起萧墙。远在漠北，自己的弟弟，这位大明的新帝，会如何对待自己的家人呢？他愿意相信，自己和弟弟的手足之情；可是如今，皇权高高在上，一切又难以捉摸……

酒席上，他虽拂袖而去，心有不安。当年的手足之情，如今会是怎样？

“目的已经达到。看来我们的计划要提前进行了!”也先说完端起碗来仰脖而尽。

三

“禀皇上，瓦刺也先一行已驻扎城外。听说已放出话来，若三日之内不交出五十万两白银，就要将太上皇……”如今已是景泰帝贴身太监的兴安话没有说完。

“皇兄，皇兄，如今你我一墙之隔，兄弟却不能见面，奈何！奈何！我定要了也先这厮的项上人头！兴安——”景泰帝的语气突然变得强硬起来，仿佛下定了某个决心。

“臣在。”

“速从东厂调集几位高手，今晚子时偷袭，朕今日也做一回刺客。哦，对了，还要设法使皇兄知晓，这便要看你的本事了！事成有赏，速速去办，要快!”景泰帝神采飞扬，设若与皇兄今日就能相见，该是何等开怀！

“此事不必劳动圣驾，容臣去办便可!”兴安跪倒在地，恳请皇帝以龙体、国事为重。

“也好。快去快回!”景泰帝免不得又嘱咐了一番。

夜深人静，正统皇帝在帐内却久久不能睡去。帐外是瓦剌重兵把守，寸步不离。他长叹一声，缓步来到床前。

却听得帐外似有重物倒地，他警觉起身，忙快步到窗前，发现一个小字条，他打开来：

“今晚子时，功成。”

正统皇帝按捺不住内心狂喜。想来以往定是错怪他了，虽说代自己登基，却也没忘深陷缧绁的皇兄。不然也不会费尽心机，派人冒险入瓦剌营地救他。身处漠北，自己竟连手足也怀疑，真是惭愧啊！

可是，长夜漫漫，墙角的沙漏一点一点减少。就快要到子时了，怎么外面却纹丝不动？莫非这纸条有诈？仔细想想，自己如今于社稷无功，也难怪连生死也无人问津。既然如此，这纸条又是出自何人手笔？真是当今圣上授意吗？

终于，他本来欢喜的心，在一个个的疑问中沉沉睡去。

次日上朝，景泰帝一脸倦容。

“禀皇上，请恕臣等无能，实在是瓦剌部众警惕性极高，无从下手。”

“一群废物！太上皇近在咫尺，尔等竟无良策将其迎回，汝等岂非大明子民？”

群臣无言以对。唯有太监兴安瞅着震怒的皇上，嘴角闪过一丝神秘的微笑。

是他，派出了人手去营救太上皇；也是他，派出了杀手杀掉了他们。而这一切，当今皇上和他的皇兄都被蒙在鼓里。

也就在当日，也先拔营回朝，正统皇帝再次北狩。

马车里，他很失望地望着远去的北京城的山山水水。

这失望，也把他对弟弟的一点点信任，蚕食鲸吞。

四

此后，皇上派杨善再次出使瓦剌。明里恢复邦交，实则探听虚实，以期救回皇兄。

“奉我大明圣上之命，自此日起，与贵国恢复朝觐纳贡关系。不过，却有一个要求——”杨善是正统皇帝的忠臣，从土木堡一役侥幸逃脱之后，对于皇帝的北狩一直心存愧疚，也正好有这样一次出使机会，他决定倾其所有也要将其救回。

“莫不是要以贵国太上皇回銮为条件?”脱脱不花大汗在宝座上饶有兴趣地问。

“正是。太上皇乃我朝皇上至亲皇兄，皇上实在不忍心太上皇至今仍北狩在外；况且如今我大明新帝登基，朝纲大振，政权稳固，臣想大汗也不愿与我朝世代兵戎相见吧?”杨善当仁不让地回敬。

脱脱不花大汗望了一眼在一旁按剑侍立的也先，也先似无意地点了点头。这一切都被杨善看在眼里：早听闻这大汗实为也先的傀儡，如今亲眼所见，果真如此，心下便轻松了许多。

也先是个聪明人，他掳走正统皇帝，无非想以此换回众多钱财帑帛；而今又能与大明保持边贸畅通，茶肆马铺长久往来，目的已经达到。

“大汗，一颗无用的棋子，留他何用?中原有一句话‘君子成人之美’，大汗何不做一回谦谦君子?”

瓦剌的话掷地有声，大汗当即准奏。皆大欢喜。

三日后，太上皇起驾回鸾。在杨善的强烈要求下，脱脱不花大汗以隆重的礼仪为其送行。同时，快马飞报，告知千里之外的明廷。

这次他终要回去了！正统皇帝看着车窗外渐渐多起来的翠绿，他的心情却有一种未知的茫然。果真是像杨善在朝堂上说的那般情真意切吗?那么新立的太子又是怎么回事?该不会是真的不念手足情分，将我骗回中土，赶尽杀绝吧?

而再问杨善这究竟是怎样一回事时，杨善却闪烁其词，顾左右而言他，这不得不又加深了他对皇弟的疑虑。

“难道朕只想做一名看陵人也不得吗?”正统皇帝喟然长叹。

快到京城时，驿马来传圣上旨意：

“奉天承运，皇帝诏曰：着太上皇即刻迁往南宫居住，非有皇命，不可外出，钦此!”

“呵呵，好一个手足情深，如今却见也不来见一面！那南宫是何居所，听这旨意，似要将朕软禁吗?”正统皇帝大发雷霆，颇感心寒。

“太上皇息怒，圣上也是好意。如今京城百姓早已知道太上皇今日回銮之事，如大张旗鼓操办迎回之礼，太上皇颜面何存?”杨善委婉劝道。

“呵！好一个‘圣上的好意’！如今他是圣上，我原本忘了。也罢也罢，我那孩儿、妻子现在何处?”正统皇帝担心家人的安危，听到“一切安好”

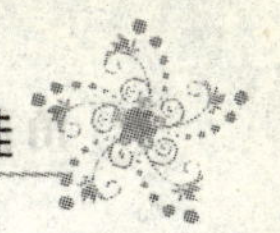

的回禀后，他略略放下了心。旋即又问：

“杨卿，能否告知圣上，把我那见深孩儿迁来与我一同居住？”

“这……这……”杨善面有难色，正统皇帝当然知道这是何意。

五

正统皇帝在南宫一住便是两月，而圣上因忙于国事，仅来探望过两次。在正统皇帝看来，也不过是例行慰问而已。见面时，皇上倒是一直与他兄弟相称，可自己如今名为太上皇，实则与囚犯无疑，他才是皇上。

“皇兄，许久不见，你我二人怎倒是生分了？”皇上一脸疑惑。

“请皇兄放心，来日朕定当还政于你！”临走时，皇上说了这样一句话。

正统皇帝一脸苦笑：你倒是装得仁至义尽，那为何要夺我南宫中仅剩的一片阴凉？自北狩归来，他便一直对当今圣上，自己的皇弟心存芥蒂。

盛夏酷暑时节，南宫难得有一片阴凉。一日却来了几个太监，二话不说，挥起斧头就砍。自己想要制止，转念一想：这宫中的树，没有皇帝的命令，谁敢乱动分毫？

一道皇命，自己也无可奈何！对待皇兄如此，那皇侄、皇嫂又当如何？没有地方可供乘凉倒是小事，怕是连吃穿用度都几近克扣吧？怪不得连日来听到宫中宫女的风言风语：

“钱皇后可是自己做针线活，让宫里的太监换钱买米回来呢！”

起初不信，可三人成虎，定不是空穴来风。

南宫里，正统皇帝狂怒不止。这宫中，谁还有这样大的权力，不是他还会有谁？

他再也不想念及半点手足情分，对其早已是恨之入骨。若真有来日，怕是手刃也不为过！

是你先不仁，就别怪我不义。

而集贤殿内，兴安仗着皇上对他的宠幸，故而拉拢一干朝臣力劝景泰帝：

“皇上，俗话说‘山中不可二虎，国不可有二君’。太上皇一脉，还是早早了结的好！”

“胡闹！汝等阉臣怎敢议论皇族宗亲？我看你们是活腻了吧，来人！”景泰帝怒不可遏。

“皇上，臣等忠心日月可鉴哪！”兴安心怀鬼胎，故而下跪求情。

“忠心？这也叫‘忠心’？朕看你们是一心想要离间我与皇兄吧？此话以后休提！他是朕的皇兄，这皇位原本就是他的，皇兄若是想要，朕还于他便是。”景泰帝一生气，径直走出集贤殿。

兴安府邸。兴安的一众心腹聚而议事。

“兴公公，如今我们该如何办才好？”一个小太监首先发话。

“也不知咱们的这位皇上葫芦里卖的是什么药，我看也真是与太上皇手足情深吧？”另一个太监接话道。

“哼！皇室争斗自古而然，岂是这一朝例外？就算皇上与太上皇手足情深，那我们之前背着皇上干下的那些事，太上皇会如何想？”兴安皮笑肉不笑地说。

“太上皇定是以为我们是奉皇命而来！”众太监随声附和。

“假定真有来日，皇上让位，太上皇复位，你我该是如何下场？”兴安不愧是大太监，三言两语即中人心。

“那依公公的意思是？”小太监再次接过话头。

兴安咬牙：“妇人之仁，那是自取灭亡，没有办法了，你快去联络杨善将军，明日我们迎太上皇复位！”兴安等人本是墙头草两边倒，见被皇上怒斥，便转而倒戈。

六

景泰六年正月，皇上卧病，新年庆贺被取消，且废朝一日。

“速去通知杨善杨大人！”兴安在退出皇上寝殿后即对心腹小太监耳语。

不到三刻钟，杨善即在小太监的带领下，集结了四百名禁军，来到了太上皇的南宫。

“你们这是做什么？”太上皇惊魂甫定。

“臣等恭迎太上皇复位！”当下跪倒一片。

“你们竟敢如此欺君！怕又是奉当今皇上的圣谕而来，要将我捉拿归案吧？”太上皇依旧不愿相信，用略带嘲讽的口气说话。及至他见到一身戎装的杨善，才知此事果真如此。

“太上皇如今回朝，臣等恭迎，实属常理。请陛下恕臣等冒昧！”杨善单膝下跪，抱拳施礼道。太上皇这才坐上准备好的轿辇，一行人浩浩荡荡地朝

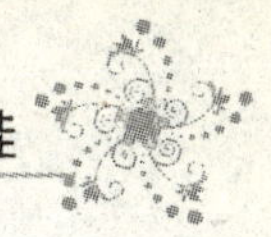

集贤殿进发。

“通知三省六部的列位臣工，上朝觐见！听说郕王病了，且先不去打扰吧！待朕下朝，亲自前往探视。”

“是。”兴安在一旁唯诺答应着。

于是，太上皇在轿内发出了复位后的第一道口谕：降其弟为郕王。

这时已是深冬，桃花还未开。郕王殿下与皇上在御花园中的桃花丛旁相见，一切光景恍若儿时。两人相对却无言，皇上想笑却笑不出来。虽是手足，不想却成今日局面。

随行的兴安曾在此前奏请赐死，以免放虎归山，后患无穷。毕竟这些年来，郕王治理天下尚且不错，也有不少心腹之人。

可今日一见，到底是手足情分，他不忍心。只说了一句：

“你且回去吧。择日去南京看护皇陵便是。”

七

郕王病愈，便遵旨前往南京。

那是三月的时候，他的车队经过了桃花潭。那时的河岸，栽种的桃花正绽开浓艳的花蕊。

他吩咐车子停下，径直走到河边。他回首对着护卫说道：“就这里吧。这和皇兄当年下棋的桃花丛甚似。桃花浅深处，似匀深浅妆。春风助肠断，吹落白衣裳……”

护卫默然半晌后，才说道：“郕王殿下，三月风寒，请回车上歇息。一会儿，我们还要赶路去南京呢。”

“我们真的能到南京吗？”

护卫当的一声跪倒在地：“郕王殿下！”

就在此时，不远处传来了马队声，兴安的声音从中遥遥传来：“郕王殿下留步，圣上有旨，三月风寒，特赐郕王殿下琼浆一壶，以御风寒！”

他微微一笑，回头望着河岸对面那密密麻麻的桃花树，视线逐渐模糊开来。远处桃花深处，几个小孩嬉戏的身影在眼中荡漾着六边形的色彩来。

“哥哥，这桃花……好生美。”

适逢胭脂香

■ 帅雪歌

一

古希腊有这样一个神话故事，女神阿贝尼佳的眼泪会变成世间最清澈的香水，而得到这种香水的人，总会因它的香味而流满面。

嫣脂早早地起了床，事实上，她是这所学校里起得最早的。当其他三个室友还未起床时，她早已买好了早餐，然后悄悄地整理好寝室。对此，她早已习以为常，并乐此不疲地为三个好友服务。

“嫣脂姐姐。”梅雨揉着蒙眬的睡眼，奶声奶气地喊道。

嫣脂不理她，“哇，我的肯德基汉堡包呀!”梅雨不愧是104寝室的懒虫，还没等清醒过来，嘴里已塞得满满的。

“慢点吃，你也不怕噎着。”嫣脂笑着，走出了寝室。

临行前，她总喜欢喷洒香水。她认为香水是最有魔力的圣物，可以改变灰暗的心情，或是闲暇时滴一滴在手腕上，伴着淡淡的清香，香味随着脉搏的跳动弥漫。总觉得沉溺在鲜花盛开的世界，痴人如醉。说起香水，她如数家珍：香奈儿、三宅一生……许多知名香水都被她一一收藏。

但是，一瓶幽香的香水总会把一些单纯的人醉倒。

香飘四溢的嫣脂是学校里的挥翼天使，散发着总令人捉摸不透的神秘气息。刚上大一的时候，学校里的男孩子总想接近她，答案不言而喻：一则是嫣脂美丽动人，二就是她是莫氏集团的财产继承人。或许，嫣脂真的就是传说中的维纳斯，即使一个清扬婉兮的眼神，也会叫人倾心。

就算身边美男帅哥如云，可嫣脂总会用这样一句话回绝所有的人：“先送我一瓶梦巴黎才有资格。”人人都知道，梦巴黎是只有英国伊丽莎白女王才能享受的奢侈香水。像这些穷学生，一瓶香水得花去他们好几个月的生活费。因此，大多数男孩子都对嫣脂可望而不可即。而后，就是流言飞语，是众女生的羡慕、嫉妒、恨。校园里从此有了一个新称位：冷漠的嗜香公

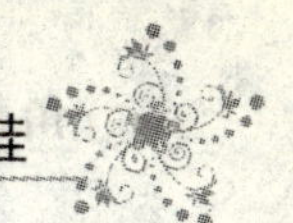

主——莫嫣脂。似乎嫣脂早已习惯了这个代称，总是一笑而过。

可是，谁又能猜透嫣脂的心呢？

二

这天，嫣脂的学校无课。她出了校门，几经漫步，走进了一家咖啡厅。这是她闲暇时常去的地方。喝一口南非可可豆熬制的直火拿铁，聆听钢琴独奏的天籁之音，倒是比外面的嘈杂要好得多。嫣脂在学校里的朋友很少，除了与寝室中的三个好友彼此相知，其他的人大多对嫣脂望而却步。在这股仇富的潮流之下，一些女孩子总是以讽刺的眼光打量她。尽管嫣脂的言语、穿着很是低调。她独坐在靠窗的位置，脑海中也不知道在思索什么，一旁又奏起了熟悉的音乐。嫣脂无聊地搅拌着咖啡，圈圈圆圆的水漩拽住了她呆滞的眼神。

孤独会使一个人回忆过去。

她似乎又看到了黎洛的影子。

去年的这个似曾相识的季节，那时嫣脂刚上大一，与一群懵懂的新学生一样，一瓶“梦巴黎”锁住了嫣脂的心。而送香水的人正是学校的头牌公子黎洛。这就让追求黎洛的女生恨得咬牙切齿。也可能是他的缘故，嫣脂身边的男生就渐渐少了。

熙熙攘攘的人群中，有人在喊嫣脂的名字。不一会儿，黎洛气喘吁吁地跑过来。

“你要去哪里？”

“哦，我……梅雨约我去逛商场。”嫣脂撒了个谎。她不想与男生有过多的纠缠。

黎洛笑着说：“今晚你一定要和我走，我有重要的话对你说。”说着，他拉着她的手穿过了人群。

“唉，可梅雨——”

“没关系的，我会和她讲明的。”黎洛边跑边说。

明月当空，星星零星地点缀在漆黑的夜幕上。嫣脂与黎洛来到学校后面的碧水湖，只见湖水倒映着两人的身影，隐约可见。这时，黎洛握着嫣脂的手，慢慢说道：“这么长时间和你相处，我……”黎洛不说话，深情地望着她。她细细端详眼前的这个男生，一双明亮的黑眸里全是她的影子，好像瞬

间能够看穿一个人的心思。

嫣脂笑了一声，说道："想说什么，我都知道。"，她并不是傻子，早已明白黎洛的心思，脸上不禁泛起丝丝红晕。她停顿了一会儿，却听见远处"扑通"一声，紧接着就有人呼喊"救命"。

黎洛急忙跑到湖边，看见一个女学生在水中苦苦挣扎。那女生痛苦地呼喊着，眼看就要没顶。黎洛来不及多想，纵身一跃，跳入水中，朝那个女生游去。"喂，黎洛!"嫣脂呼喊着，迅速拨通了手机……

当黎洛醒来时，已是第二天正午嫣脂假装生气骂他："自已不会游泳，还下去救人。"黎洛不好意思地笑了。昨天夜里，是救护车载走了黎洛和那名落水的女生。送到医院时，医生还气愤地责骂道："这人也真是，自已不会游泳还去救人，给我们添麻烦。"可嫣脂明白这样的人是值得依靠的。此时的她不是一个豪门公主，而是一个懂得怜人的女子。谁都不会在爱情面前不低头，嫣脂亦如此。

而后，黎洛总会约她逛商场、吃自助。嫣脂并不是那种拜金的女孩，但还是按捺不住喜悦，并开始喜欢上了和黎洛在一起。嫣脂曾对黎洛说："我不是高贵的公主，配不上你这样的王子。"黎洛就骂她太傻，他说："我只要清纯的天使。"

一些女生羡慕嫣脂，甚至是嫉妒。她们始终不相信像黎洛这样的帅哥会把目光停留在莫嫣脂一人身上；何况黎洛的前任女友，不论是相貌，还是性格都要比嫣脂好得多。她们都盼望着黎洛尽快离开嫣脂，看到嫣脂被人遗弃的下场。

这些，嫣脂都十分清楚。

又一个温情夜半，只有零落的星星与二人作伴。在学校后面的中心花园，嫣脂与黎洛坐在长椅上，听夜莺低唱。嫣脂把头靠在黎洛的肩上，问："我们还能这样靠多久?"

黎洛一惊，猛地回过头来问她："怎么了，发生了什么事情?"

嫣脂只是笑笑，说出了她一直想要说的话："你为什么要离开你的女朋友?"

黎洛立刻站起来，大声说："我们在一起时可不可以不提她。嫣脂，你不要认为是我抛弃了她，你想错了。当初，是她一声不响地出国留学而离开了我。"黎洛有些激动。

嫣脂叫他坐下，说："可我……我是比不上琳露的。"嫣脂很自卑。她见

过琳露，的确是一个温婉可人的女生，她很难想象琳露把那句“我不再爱你了”说出口。

“琳露她不能和你比！”黎洛有点语无伦次，“我说过，我只要像你一样的天使。琳露只能是公主，我受用不起。”送嫣脂回宿舍的路上，遇见了黎洛的朋友，对方打趣道：“呦，这是才子配佳人呀。何时可以吃你们的喜糖?”嫣脂不好意思地躲在黎洛背后，可心里像是鲜花绽放，静谧中包含喜悦。

嫣脂再没有多言，可她却明白了黎洛的真心实意。她想感谢上苍，给她送来了这样一位新意的王子。这天夜晚，嫣脂很幸福。

一瓶幽香的香水，总会把单纯的人醉倒。

嫣脂沉迷于黎洛的世界，她早已没了头脑，而黎洛却渐渐疏远了她。约会往往要迟到，也再没送过嫣脂礼物。

好友梅雨告诉她，黎洛的前女友从国外回来了，他似乎与琳露破镜重圆了。的确，梅雨真的看到两人在餐厅温情对视的样子。她劝嫣脂，早些离开黎洛，否则会被他伤到心。

嫣脂也感觉到黎洛对自己也不是那么热情了。可她却笑着说：“那可能是老朋友聚会而已。”嫣脂在寻找借口，慌忙地把头转过去，不敢对视梅雨的眼睛。

哪里会有人愿意看到自己出演的悲剧呢?

三

嫣脂一直想着梅雨说的话。她去约黎洛出来，而黎洛却推辞，说得参加学校的课外测试，没有时间。嫣脂只能一人在大街上独走。她回想梅雨的话，嫣脂有些害怕，又似乎梅雨之言已成现实，将嫣脂从天空打落，重重摔到地上。

嫣脂也不知道该去哪里，就漫无目的地走着，可她却发现了黎洛。嫣脂揉揉眼睛。不错，是他，而他的身边有琳露陪伴。二人说说笑笑，一路上打情骂俏，完全没有注意到嫣脂的存在。“这就是他没有时间的真实原因。”嫣脂驻足，看着他们二人越走越远。她一遍又一遍地问着自己为什么。不愿接受的终会变成事实。

那一刻，她真的希望自己死了。

那一刻，她明白了，他的心早已不属于自己。

回到家，她勉强拨通了黎洛的电话，“滴——滴——”响了很多声，没有人接。拨了好多次，也久久无人应答。最后，可能是那边的人不耐烦了。

“喂？”声音有些不悦。

“黎洛，今天玩得开心吗？”嫣脂反问他。黎洛那边则没有声音。也不知过了多久，黎洛才缓缓开口：“嫣脂，你既然已经知道了，我们就分手吧，琳露她回来了。”

嫣脂急了，质问他：“她回来又有什么关系？！”

“我……”黎洛哽咽了，“我一直想告诉你，你的神态，一举一动都很像琳露。”他说得很干脆，不屑于隐藏。

霎时，嫣脂才明白，黎洛是因为自己与琳露有相似的地方才和自己在一起的。原来自己只是琳露的影子，是她的代替品。他一直忘不了琳露，现在琳露回来了，他自然要回到她的身边。

嫣脂苦笑了一声，如同全世界都把她抛弃了。她大声说：“黎洛，你是个骗子！”嫣脂狠狠地摔掉了电话。她哭着，把黎洛送给她的一切都毁灭了，包括那瓶奢侈的“梦巴黎”……

每想至此，嫣脂的眼圈都是红红的。她喝了一口咖啡，望着窗外。

这时，门开了，走进了一个男生。男生的眼睛犀目如光，一眼就瞥见了独坐的嫣脂。他轻轻地走过来，又轻轻地问：“我可以坐在这里吗？”嫣脂如梦初醒，连忙慌忙答应。她瞥了男生一眼，然后依旧望着窗外。男孩自我介绍，他叫适之，在同一所大学上学，是表演系的学生。其实适之早已经注意到嫣脂了。嫣脂也只是笑笑回应，她知道适之的意图，可她曾发过誓，绝不再相信任何男人。早在先前，就有人频频送她些廉价的香水，嫣脂早将这些东西扔进了垃圾桶。现在看来，那人应该就是适之吧。

适之身上有一种淡淡的古龙水的味道，若隐若现。嫣脂匆匆说了声“再见”，便离开了咖啡厅，只留下适之一人依然在那静静地坐着。

四

此后，适之开始频繁接触嫣脂。嫣脂也早就懂了适之的意思，可是她早已心如死灰，不再相信爱情。嫣脂曾冷冷地对适之说：“我不值得你这样。”而适之总会笑着回答：“再寒的冰也有融化的一天。”

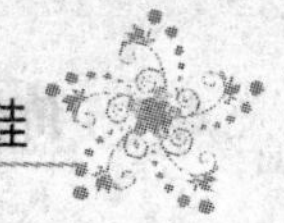

嫣脂的鼻子很酸，目光朝着窗外。外面已是落叶满地。原来是晚秋已过，寒意又阑珊。

周末，嫣脂会去舞蹈学院学习芭蕾。每到下课，适之总是骑着单车来接她。起初她不愿意，劝他不要这么麻烦，但是后来也就慢慢习惯了这样的程序。坐在单车后面，她甚至还喜欢上了他充实的后背，很温暖。

那一天，下课铃已经响了。雨下得很大。雨点击打着地面，溅起硕大的水花。

嫣脂躲在校门的屋檐下避雨，人亦渐渐稀了，只留下她一人。

"同学，你怎么还不回去？"门卫的大爷问嫣脂。

"哦，我在等人。"嫣脂似乎还抱有一线希望。

"你如果没有带伞，我这里有。"

"谢谢，不用了。"嫣脂遥望着淋漓的雨。她想，她等的那个人不会来了。

"为什么你没有坚持下来？"嫣脂对适之有些失望。她打了一个喷嚏，冻得瑟瑟发抖。她不是冷，是心在颤抖。

嫣脂也不抱怨，她知道：男人不可信。她想要离开，却还是忍不住回头望去。雨里，一个人艰难地骑着单车朝嫣脂这边驶来。嫣脂可以想象到在雨中骑车的不易。适之，终究来了。

适之的衣服已经湿透了，他抹了一把脸，对嫣脂笑着说："路不好走，有些晚了。"

他见嫣脂痴痴地站在那里一动不动，就问："怎么还不上车？"适之仍对她笑。

也不知什么原因，那一刻，嫣脂见到适之很想哭。

似乎全世界的人都知道适之在追求莫嫣脂。当适之走过平坦的马路，总会有人在他身后指指点点。适之明白，但他觉得迂腐的人是无法懂得纯美的嫣脂的。

教授的办公室需要清扫，嫣脂自己先去了——嫣脂喜欢助人为乐。当她对着自己的劳动成果满意地微笑时，不经意地随手一碰，教授的青花瓷瓶摔到了地上。碎散的瓷片刺痛了嫣脂的心——这是教授最珍爱的古董嫣脂张皇失措，不知道该如何处理这件事。

"铃……铃……"急促的上课铃响了。嫣脂忙拭干了眼泪，来不及清理碎瓷片，便恍惚地跑了出去。

回到教室，嫣脂坐立不安。她想着要用什么方式向教授道歉。而教授的脾气，是人人皆知的。果不其然，教授沉着面孔走进教室，厉声质问是谁打碎了他的瓷瓶。嫣脂方才想要道歉的勇气瞬间被打消。她不敢面对教授。

“是谁干的?”声音洪亮却带着怒气。细细看时，嫣脂在发抖，默默垂下头。

“是我!”一个男生出现在教室门口。教授慢慢地走过去问他的名字、班级。嫣脂随之望去，是适之正在接受“审讯”。后来发生了什么，嫣脂记不清了。或许，是她那时早已被泪水模糊了视线。

几日后，梅雨告诉她：“适之被罚写近五千字的检讨。次日见到他时，他因为睡眠太少而黑了眼圈。”嫣脂不明白，适之如何知道是自己打坏了瓷瓶。后来适之告诉她：“是我看见你红着双眼跑回教室的，想是你发生了什么事情，就悄悄守在你们班的门口。”

嫣脂没有说话。

五

再寒的冰也有融化的一天。嫣脂终是违背了自己的诺言。梅雨劝她要三思。她只说：“这世上再也没有第二个人能像适之那样了。”慢慢地，他们开始了一些简单的约会。喜欢看悲剧电影的她渐渐开朗起来，爱上了和适之一起飙车的感觉。而适之也是百般疼爱她，容不得她受半点委屈。有一次，适之为了嫣脂而违反了学校的规矩，险些被开除学籍。适之对嫣脂说：“为了你，我愿意付出一切。”他卑微、善良，不管嫣脂冷漠与否。

这些，嫣脂都看在眼里。

嫣脂的心里很暖。他们一起读书，吃饭。嫣脂身上的玫瑰精油与适之身上的古龙水散发的清香，隐然相淬，混合成悠然的味道，弥漫在他们到过的每一个地方。

可是，快乐并不长久。正当嫣脂准备接受适之时，他却不知为什么突然消失了，也杳无音信。她曾给他打过电话，却没有人接。

嫣脂默然垂下头，她独自坐在靠窗子的位置，还是这个咖啡厅，可早已成了曾经的过往。服务生走了过来，拿来一封适之留给她的信：和你在一起的这段时间是我一生最快乐的时光，但我们是不会有结果的。其实，我一直

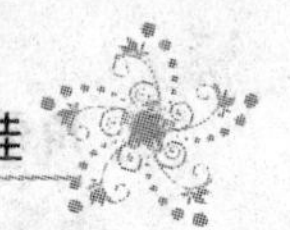

都没有喜欢过你。我和朋友打赌，看谁能感动冷漠的莫嫣脂。我想我做到了，该是退出这场游戏的时候了。作为纪念，送你一件礼物，就当我们的认识是一个美丽的错误。

嫣脂没有打开那个盒子。原来一切的一切都只是游戏中的虚情假意。她后悔违背了当初的承诺，她也终于明白了“再寒的冰也有融化的一天”的含义。嫣脂已是泪流满面，为什么真心的付出换来的只是这样的结果？

嫣脂再也没有去那家咖啡厅，她知道去了只有伤心。一天，她经过那间咖啡厅时，下意识地看了一眼，发现那个靠窗的位置依然空着。她忽而想起了什么，从包里翻出了适之送的那个一直未打开的礼物——是一枚精致的戒指，指环上刻着细小的字：致心爱的人。嫣脂笑着把那枚戒指戴在手上，完全忘记了信中的内容，她心头的阴云竟然散开了。

按盒子里的地址去看适之时，他已面无血色，无力地躺在床上。床边摆满了药盒，他的病历上写着：骨癌晚期。适之的确是个苦命的人，从小沦为孤儿，只能依靠远房的姑父生活。现如今，姑父也去了，他只能靠廉价的药物维持生命。嫣脂问他：“你为什么要骗我？”适之骗她，是不想让她陪自己痛苦，他只能编了这个美丽的谎言，他不能让嫣脂不快乐。适之只对嫣脂笑笑，说：“我一直在等你。可你又那么傻，那么好骗。一直都没有打开我留给你的盒子。”他的笑如芒刺拧着她的心，嫣脂有种想哭的冲动。她知道，适之真的从未骗过她，只是自己相信了那美丽的游戏谎言。为了适之，嫣脂休学了。搬到他那去陪他度过人生的最后时光。简陋的小屋，没有高贵，也没有香水，她的爱不能阻止死神挽着他的手把他一步步拉入黑暗。

适之身上再没有了古龙水的味道，他的眼神始终憔悴地望着嫣脂。

他留下一封信永远地走了：你熟睡的样子好美，真的很想再多看你一眼，可是，我好累，我想我该睡了。我想让你知道，我永远爱你。

桌子上放着一瓶香水，嫣脂拧开盖子，闻到了他身上的那种味道。这是适之送给她的最后一件东西。

是你的永远是你的，如果失去，那他就从不属于你。

六

嫣脂身上的清香再也没有以往的韵味。当她再次坐到咖啡厅那个靠窗的位子时，有人向她推销香水。她一眼看到了是适之用的那种古龙水。推销人员介绍说："这款香水叫 really love，是传说中女神阿贝尼佳离开爱人时留下的眼泪，是送给注定要分离的人。"

不错，只有眼泪才能洗涤有创伤的心。走出咖啡厅的那一刻，嫣脂又哭了。

短暂的生命，总会有一个人用柔情融化你内心的冰雪。当你开始想拥有他时，他却像一阵飓风，呼啸而过，只留下一缕清香，久久不散。

墨不如一生想你

■ 终离落

那些年少的记忆，我以为会在时光的无情逼迫下逐渐淡出我的生命，但是，却万般没有想到，在夜深人静的时候，那些零零碎碎的片段又重新拼凑在我的眼前。不管是开心的还是难过的画面，我仍是用尽了我一生的时间去思念，我的岁月被刻上了得不到圆满的遗憾。

——题记

一

十岁那年，我身染重患，而父亲作为长安城里权力仅次于皇上的殇王爷，自然愿意重金礼聘当地最有名的医师为我医治。只是，每一次请来的医师对我的怪病都束手无策，只能算作敷衍了事地为我开了一些治标不治本的药剂。

父亲怜惜我小小年纪就遭此病痛的折磨，整日为我的病状劳苦奔波，不仅动用了殇王府在各处的势力，还奏请皇上、以皇上的名义四处张贴皇榜，可得来的结果却是一场空。

父亲怒道："庸医，都是庸医。我的墨儿，可怜的墨儿，为父怎么做才可以救你。"

我用虚弱的声音安慰他："父亲，墨儿不怕，墨儿有父亲这般疼爱，一定会挨过去的。"

父亲听了我的话后，不但情绪没有一点点好转，反而更加哀伤。看着父亲跌跌撞撞、失魂落魄的背影，突然，我好恨自己的这副身躯，我好恨自己为什么要让父亲这么难过。于是，我艰难地抬起手，朝自己的心口拍打着，尽管很轻，但是却让我压抑得喘不过气来。

翌日，再一次看到父亲，却看见父亲苍老了好多，仅仅是一夕之间，父亲已是两鬓斑白。

终究，我无力再说什么，我只能够将头深深地埋进被子里。但是，蒙着被子的手在不停地颤抖，和嘴边苦涩的眼泪早已出卖了我对父亲的歉疚之心。

二

我以为我离墨此生再也看不见外面广阔的天地和明媚的日光了。我以为我离墨的生命会就此终结，我以为我离墨再也不能够享受被人在乎的滋味，但可能是上帝见我可怜，就在我第二只脚即将跟随着黑衣鬼差踏上忘川时，一声呼唤将我从地狱拉回了生的边缘：“墨儿，墨儿，快回来，不要丢下父亲啊。”

我睁开眼时，眼前绽放的就是父亲一如往昔的温润的脸庞，只是，因为我的缘故，父亲的脸色不再光彩，声音也略带嘶哑。

我晃晃有些胀痛的脑袋，对着父亲说：“父亲，我……我怎么会……怎么会……这是怎么回事？”

父亲和蔼地笑道：“傻孩子，你已经没事了，你的病全好了。”

我有些错愕地看着父亲，全然不知房间里除了我和父亲，还有两人。一位是和父亲年纪相当的男人，还有一位是长我两岁左右的男孩。当然，这也是我后来才发现的。那一瞬间，我有些不好意思，毕竟父亲说，他们是我的救命恩人，若不是那男人和男孩马不停蹄地连夜赶来，恐怕我也不会活生生地躺在这里了。

对于救了我命的人，我自然是充满了感激。于是，我冲着两人微微行礼，问道：“离墨多谢二位再造之恩，不知，二位如何称呼？”

那男人淡淡一笑，说：“小姑娘不需如此在意，我只是一散人罢了。只是恰巧赶上了，顺道救了你而已。如今，你已安然无恙，我也该离去。至于我叫什么名字，你也不用记上心。不过你放心，我的徒弟会留在这里。别看他年纪小，但是医术超群。有他在，你大可放心。”

我不好强人所难，相信父亲也不会，所以，我跟着父亲向男人施礼，道一声：“先生，请保重。”

那男人扬手而去，不再看小男孩一眼。可是，我分明看见了男人眼里的不舍，或许，男人是想给这个男孩一次独自历练的机会吧。

我再回首看那男孩，竟看见了他脸上的泪水，只是，他却倔强地擦掉，

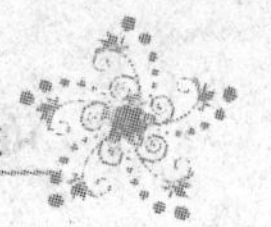

然后，傲慢的眼神像是在对男人说："我会过得很好。"

一瞬间，我似乎在他的身上看到我自己顽固的影子，可我不希望到头来他会因为自己的执着害得自己心伤，于是，我想要温暖他。我微笑着对他说："我是离墨，以后的日子，我会陪你过。"

男孩轻轻一笑，回道："我是柳睿清。"

"那好，以后我就叫你睿清哥哥，你就叫我墨儿吧。"我噘起嘴，用一双渴望真诚的眼神祈求着他。

他没有说话，只是沉默。是不是这就代表他默许了呢？那么，我情愿是。

三

我十五岁那年，睿清哥哥十七岁。彼时的他，已是一位风度翩翩、才情过人的美男子。唯一欠缺的是，睿清哥哥再也不会微笑，而让他性情如此冷漠的无非就是那个像风一样的男人，也就是睿清哥哥的师傅。

犹记得偶然间的那一次长安游，我和睿清哥哥并肩走在由雕砌的竹板制成的断桥上，看溪下鱼儿争先恐后地抢夺食物，看四处杨柳依依、亭楼恋人的惜别。

此刻，我侧眸一瞥，却恰好撞见了睿清哥哥装满忧愁的瞳孔，不由得心下一紧。我知道睿清哥哥骨子里是个喜欢忧伤的人，我知道睿清哥哥外表的孤傲是对自己的伪装，其实，他希望有人疼爱。与其说他想被人疼爱，不如说，他只是想要他师傅对他表现得在乎一些。

我停住脚步，拉住睿清哥哥，问："睿清哥哥，可有烦心事，说与墨儿听？"

睿清哥哥看了我一眼，却选择不答话。

我再问："睿清哥哥，你想你师傅了？"

听罢我的话，睿清哥哥不自然地干咳一声，然后才慢吞吞地说："这座凉亭，是我五岁那年初遇师傅的地方。那个时候，我是个被人讨厌的乞丐。有一次，我被一群乞丐殴打，师傅恰好路过赶走了他们，然后带我回了他的家。此后，我便与师傅相依为命。师傅待我极好，还将他毕生所学传授于我，可是，却从没有得到过师傅半句爱我的话。我一度以为，师傅是讨厌我的，可是，我还是想念师傅。只是他习惯了云游四方，我再也找不到他的落脚处。”

当我听完睿清哥哥的话时，我为他的经历心疼。显然，睿清哥哥不知道他有一位如此爱他的师傅。有的时候，爱不是要靠嘴说说而已，是要看行动。因为早在我十岁那年，看见睿清哥哥的师傅离去时眼角暗含的泪水就知道，他爱睿清哥哥，所以才要放他自由。如果一味地生存在他的庇佑下，睿清哥哥就不会成长。可见，睿清哥哥的师傅多么用心良苦啊。

我好像找不到什么话去安慰睿清哥哥，只能够伸手握住他的手，给他温暖的力量。我说："睿清哥哥，请相信，你的师傅由始至终都是爱你的，只是你感受不到而已，真的。"

而后，睿清哥哥一如既往地淡漠着，只是对我终是特别的，因为他说过，我是他在这个世上除了他师傅以外对他最好的人。

那么，能够这样伴随在他身边，也就足够了。

四

或许命运总是爱和有情人开玩笑。两年后，我十八岁，已是该嫁人的年纪，因为我的身份高贵，注定我拥有不起一段最普通的爱情。

一朝圣旨下："离墨郡主贤良淑德、聪慧大方，与大将军霍锦安男才女貌，特赐婚给大将军霍锦安。三日之后，再行嫁娶，届时，百官同庆。"

我并未前去接旨，而是我父亲代我领的圣意。我知道，这消息一出，有人欢喜，自然就有人忧。欢喜的是那些想买官的人借此机会巴结好我的父亲，忧的却是我、睿清哥哥，还有我的父亲。父亲一直疼爱我，只盼望我能过得好。他当然也看得出我和睿清哥哥之间的郎妾有意，只是，迫于皇上的威严，他不敢造次，只能先接下圣旨，再去找皇上恳谈。

只是我没有想到，我的幸福还没有开始，悲剧却开始上演。我想，可能是我体内余病未清，我再一次虚脱地倒在床榻上。从宫里来了好多太医，他们也看不出个所以然，如此一耽搁，便错过了婚嫁的日期。父亲和皇上一度以为是我装病表示我对婚事的反抗，但是看着我苍白的肤色，才相信我没有撒谎。如此一来，我的婚事只能暂时先搁置。按理说我该高兴，只是拖着这具羸弱的身体，我又该如何与我的睿清哥哥相守呢？

这个时候，父亲想到了睿清哥哥是当年那个男人的徒弟，深得其真传，便想找睿清哥哥前来。只是，当他来到睿清哥哥房间的时候，才发现睿清哥

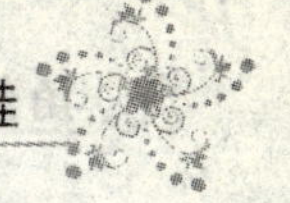

哥的房间空无一人，而桌上也只留了一纸书信和一瓶装着像血一样颜色的液体。

信上说："墨儿，请原谅我的不辞而别，原谅我的懦弱，原谅我没有争取幸福的勇气，但是，你一定要相信，我是真的希望你快乐地生活下去。那瓶药，是我留给你的，对你的身子有用，因为我早料到你会有病发的时候，所以提早为你炼成的。墨儿，相信我，我会过得很好。勿念。"

泪水抑制不住地掉落下来，我的睿清哥哥终究还是选择离我而去了。不，不要，我一定要好起来，我要去找他。

我倔强地将泪水逼回眼眶，指尖颤抖着接过父亲递给我的那瓶药，仰头将药灌下肚。可是我分明尝到了一种近似鲜血的血腥味道，只不过恰好被一股很奇妙的香气掩盖住了。

五

我此次该是真正地好起来了吧？如是，我将疯狂地去找我的睿清哥哥，对于押后的婚事，我不予理会。父亲也在皇上面前苦苦为我哀求，终是遂了我的心愿，从此我是个自由人。

我去过我和睿清哥哥共同走过的每一个地方，但是都找不到人影，是否，我永久地失去他了？

不，我不心甘，我一定要找到我的睿清哥哥。

第一年，我的寻找，充满希冀；

第二年，我的寻找，一如既往；

第三年，我的寻找，含着一丝忧伤；

第十年，我的寻找，让我的容颜染上岁月的痕迹。

二十年后，我依旧在寻找。虽然时光浸染着我的墨发，而后突然才想起，睿清哥哥第一次与他师傅相遇的地方，于是，我再次匆匆跑向当年的那个凉亭，仔细察看，才发现一直以来被我忽略的一个地方，那便是在凉亭的不远处，有一处偏僻的小山丘。当我迈着沉重的脚步一步一步地走向那个地方时，我终于找到了我的睿清哥哥，只不过，那已是一座坟墓。

我跪倒在地，呓语着："睿清哥哥，对不起，我来晚了，睿清哥哥，睿清哥哥。"

彼时，身后传来一老者的声音，"小姑娘，你总算来了，睿清也就瞑目了。”

待我想要转身问及老者的时候，老者却已然渐行渐远，再没有回头。

一切都似乎明了：原来，我的命是拿你的命换来的。

终

岁月如梭，一眨眼，又是几个十年。

如今的我，早已是白发苍苍，佝偻着身子卧躺在床榻上，回想着我记忆中出现过的那个男子。虽然画面完整，却终是感到残缺，因为你不在我的身边。

“睿清哥哥，恐怕你也没有料想到，我竟用了我一生的时间去思念你吧。”

反穿越恋曲：若爱，请深爱

■葛阑栅

一

“远鹏将军，大阮的未来就交给你了！”

鸾霄殿上，一身明皇衣袍的中年男子一脸忧伤地望着紫红的天空，对着下跪在地上一位年约十八九岁的少年说道。

“是！石矢远鹏定幸不辱皇命，我从1000年后将圣物带回大阮！”阮帝一脸欣慰，随即一脸严肃，衣袖一挥：“国师。起阵！”一个小小的黑洞缓缓出现在大殿上，石矢远鹏便走了进去。

21世纪，上海。

史依露是一名普通的高三学生，今天是她的十七岁生日，可她的好姐妹谁也没有提到。是忘记了吗？也许吧！史依露不免失望，但却也想开了，反正自已从小就是一个人，难受了也罢，受伤了也罢，都只会一个人躲起来独自伤心，习惯了吧！也许现在的友情真的只是形式上的吧！

史依露此时正漫无目的地走在大街上瞎逛着。逛着逛着，突然发现街角新开了一家占卜店，她好奇地走进去，发现里面一个人也没有。史依露正打算离开时，一个声音叫住了她：“这位小姐是来占卜的吧！”一回头，发现是一位穿着古装的年轻女子。

“呃……请问占卜一次多少钱啊？”女子微微一笑，道：“小姐是第一次来，第一次免费。”于是史依露便占了一卦，女子说她最近有桃花运，只可惜……后面的女子又不太愿意说了。史依露不太相信，自已单身十七年了，从来没有谈过恋爱，今天十七岁就有桃花运也太假了一点吧？接着女子又道：“今天小姐生日，送一份礼物给小姐吧！”随后就向史依露递来一条项链，长长的黑线下吊着一颗圆圆的紫色珠子。她很惊喜，这人是怎么知道她生日的？

女子像是明白了她所想似的，道：“别忘了我是干什么的，这小小的事情若是看不出的话，那我就不必开店了!”史依露便开心地接过项链，戴好，道谢完就出了门。而那小小的占卜店在她离开后却缓缓消失不见，仿佛从来不曾出现过。

史依露来到海心广场，一不小心撞到了一个人。仔细一看，只一眼便被那黑亮而坚毅的眼睛深深地吸引了，时间竟像静止了般。突然，海心公园的喷泉喷了出来，史依露有些失望，12 点了，自己的生日也过去了。

“小姐，请问现在是什么年代?”一个沉稳的声音打断了史依露的思路。她一回神，才发现自己撞到这人竟穿着一身深紫色的古装，年约十八九岁。

难道是在拍戏吗？可为什么没有摄像头？史依露一边想着一边四处望着。“小姐，你在找什么呢？你还没有回答我的问题呢?”对方又问道。史依露虽然奇怪，但还是回答：“现在是 2012 年。”石矢远鹏说道：“对啦！2012 年，谢谢你。”便转身离开了。

史依露本想转身离开，眼睛往地上一瞥，看到了一个玉佩，便捡了起来。也许，这是那个奇怪的人的吧！

才拿在手上，玉佩竟诡异地闪了一下。再仔细一看，无论史依露再怎么转动、把玩，玉佩都不再有反应，可能刚才是眼花了吧！史依露失望地回到了自己的小公寓里，黑漆漆的一片。打开房门，一点一点的微光映入了史依露的眼里。“祝你生日快乐，祝你生日快乐，祝露露生日快乐，祝你生日快乐……”

姐妹们温暖的声音响起，只见几个姐妹在她的房里摆满了蜡烛，形成了一个大大的“17”。史依露有些惊奇，问道：“你们怎么会在这儿？不是都有事出去了吗?”慕容诗心说：“露，有我这个‘记性大王’在，怎么会忘了你的生日呢?”“大姐，我们怎么会忘了呢?”几个姐妹相拥在一起。“遇见她们就会是我最幸福的事。”史依露想。

二

第二天，史依露睡了一个好觉，幸好是周末放假啊！这时，她才想起自己昨天捡到了一块玉佩。她心想：怎么样才能还给昨天那个怪人呢？便又不知不觉来到海心广场。结果，发现昨晚那个怪人果然在喷泉那儿守着，身上的衣服都湿透了。那个笨蛋，不会是一晚上都守在那儿的吧？他不会避开喷泉吗？

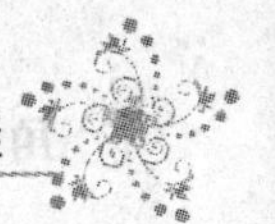

她走上前去拍了拍他的肩，问道："喂，你还好吧？"石矢远鹏抬起头来，正准备说些什么，突然一阵发晕，便一头栽倒在地。"喂，喂！你怎么了？"史依露急忙去扶起他，一摸他的额头，好烫啊！他发烧了！正准备送他去医院，一摸身上，手机和钱都没有带。现在的医院现实得很，身上没钱别想先挂号！叹了口气，史依露只好把他带回了自己的小公寓内。

这个男的真的傻得很可爱，尽管已经烧得晕乎乎的了，嘴里却还一直念着："玉佩，玉佩……"史依露拿着玉佩仔细端详着，"到底这个玉佩有什么稀奇的呢？"照顾了他一会儿，喂了退烧药，姐妹们也都回来了。她们看到这个大男人睡在家里，不由得异想天开。最八卦的洛藜姗激动地问道："老大，你恋爱都没谈过，就要直接'上本垒'了？"史依露连忙向姐妹们解释。

这一解释就是大半天，直到石矢远鹏幽幽醒来，众姐妹立马七嘴八舌地向他问起来。最后，他才说道："我叫石矢远鹏，来自1000年前的大阮皇朝，为了挽救大阮的气运，所以便请国师施法回到1000年后，也就是现在的2012年，来寻找圣物。"

大家明显都不太相信，这……这也太扯了吧！是在拍戏还是根本就是神经病？史依露又问道："那你有什么凭证吗？你要找的圣物是什么样子的？"石矢远鹏答道："你手上拿的那块玉佩就是寻找圣物的关键，只要找到圣物，玉佩便会做出反应，至于凭证嘛……我会武功算不算？"

"那，你会飞来飞去的轻功吗？"性格最搞怪的上官舞娇问道。

"嗯，可以，但达不到飞来飞去的要求，轻功只是用来辅助。"

于是大家跟着石矢远鹏站在门口，希望他可以现一下身手。只见石矢远鹏一个跳跃便跳上了一棵树，脚尖一点又到了另一棵树上，之后又"刷刷"地在几棵树间来回，门外的女孩们都看呆了。

"好……好厉害！"这是呆掉的月莹莹。"哇！真是酷毙了！"这是冒出星星眼的司徒柳琴。"啧，这水准，完全可以破迪尼斯世界纪录了！"这是一脸佩服的慕容诗心……

"大姐！我们留他下来好不好？帮他一起找圣物好不好？他一个小少年远离他乡，人生地不熟的，我们帮帮他好不好？"史依露有些无语地看着一脸期待的上官舞娇，心想：你确定他只是个小少年？而且你不懂什么叫做孤男寡女吗？6个女生和一个男生住在一起不觉得非常不方便吗？

可是看见众姐妹那期盼的双眼，史依露不得不点头，就这样，石矢远鹏和史依露众姐妹开始了纠结又麻烦的“同居生活”。

“小姐”“小姐”“小姐”……

“石矢远鹏，请你不要再喊‘小姐’了，好不好？每次听起来都会让我想起一种特殊职业。”洛藜姗不满地抱怨道。石矢远鹏奇怪地问：“什么是特殊职业?”“嘿嘿，这个问题要问慕容诗心了，她比较了解。”慕容诗心听完瞪了一眼洛藜姗就去给他解释了。月莹莹走向史依露，“露，你不怕把他给带坏?”史依露很无语，她与石矢远鹏的目光相对，只见电光火石间。

史依露反应过来后急忙推开了石矢远鹏，不过笑脸却有些红了，石矢远鹏眼神也有些飘忽了。“咳咳！”司徒柳琴在一旁狠狠咳嗽着，哎呀，这个气氛有些小暧昧哦……为了避免尴尬，史依露急忙找借口去了厨房，上官舞娇看见这情形只觉两人十分有戏，可以撮合哟！便对史依露道：“大姐！一会儿你陪石矢大哥出去换身衣服吧，我们都有事儿就不陪你们去了啊!”

接着在众姐妹的合力下，硬是把两人给推了出去：“对了，今天还是圣诞节，街上很热闹的，别忘了玩得开心点哦，我们在家弄好烛光晚餐等你们哦！还有，不到10点（晚上）我们是不会回家的!”

两人一起走在街上，华灯初上，街上一对一对的情侣牵着手或搂着腰，气氛很温暖，除了史依露他们两人。“现在我们去哪里?”两人异口同声道，随即都笑了，便相互聊起来。也许是有一种注定的默契，两人聊得很投机，一种异样的情绪在两个人中间荡漾开来。

之后，史依露带着石矢远鹏去买衣服，挑了一套时下最流行的衣服。这个笨拙的石矢远鹏完全不会穿现代的衣服，所以，史依露充当起了他女朋友的角色，一步一步地教，还帮他理好了衣领。史依露不禁笑了笑，自己和他还真像男女朋友啊！啊呸！史依露又不由暗骂自己，瞎想些什么呢！

随后正准备带他去理发，可石矢远鹏说什么也不干，还说什么“身体发肤，受之父母”，打死也不能剪发。史依露拿他没办法，真是个迂腐的古人啊！只好作罢，别说，石矢远鹏一身现代的衣服，长长的头发却披散开来，还真有种别样的美感，有些像艺术家。两人在街上随意逛着，史依露突然看见了一个金鱼小摊，还记着小时候她最喜欢捞金鱼了，不由有些怀念。

石矢远鹏像是感觉到了她的想法，便说道：“你想玩就去玩玩吧!”史依露便掏钱买了几个纸网，可却总是捞不到，有些泄气了。石矢远鹏在一旁看着，便道：“只要用这个纸网把鱼捞起来就可以了吗？不如我试试吧!”当石矢远鹏捞金鱼时，奇异的事发生了，只见他的双手飞快地动着，接着袋子里

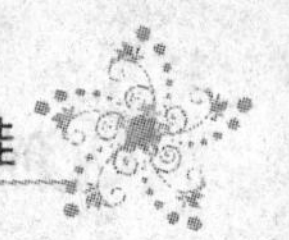

的金鱼便一条又一条地被捞入，史依露在一旁望得目瞪口呆。最后，在老板哭丧的表情下，盆里的金鱼所剩无几，袋子快装不下了，石矢远鹏才收了手。

紧接着，在石矢远鹏的帮助下，掷竹圈、掷沙包、掷飞镖等游戏，史依露都是开心地满载而归，手里都快拿不下那些奖品了。突然，一个游戏深深吸引了史依露，那是个攀岩比赛，第一名可以得到一万元现金和两部情侣手机！

天哪，一万元！对于一个普通的高三学生来说，那真是个可望而不可即的数字，当然，困难系数也不是一般的大。光报名就要先交上二百元，也不是一般的攀岩，要双人才行！也就是说，只有两个人同时到达目的地且时间最短才算成功。

“你喜欢？走，我们去报名吧！”到了报名处，才发现人很多，排了一会儿队，交了钱，就去比赛场地。一到那儿，史依露便有些怯场了：人很多，要分很多组，那山岩有200多米那么高，山崖很陡峭，很危险，虽然有安全绳在上面吊着，但一不留神就会受伤，还是很危险的。

“算了，我们别比了，太危险了！”“别怕，你忘了？我可是会武功的，小小的山崖还难不倒我。我可是大院有史以来最年轻的将军呢！”拗不过他，史依露只好同意。

刚刚绑上安全带，望着那陡峭的山岩，史依露有些胆怯；可当她转脸看到石矢远鹏那俊朗的侧脸，一种油然而生的信任感顿时产生。史依露又有了勇气，不由自主地开始攀岩。石矢远鹏因为有轻功，攀得很轻松，史依露就惨了，一路磕磕撞撞，可每次总要受伤时，石矢远鹏总会很及时地扶住她，最后石矢远鹏直接拉住了她，两人共同进退，已经到了最前面了，自己和他越来越像情侣了呢！

在他们一旁的是另一对情侣，女孩已经气红了双眼，只见她眼里狠光一闪，右腿在史依露毫无防备之时踢了过去。只听一声尖叫，史依露脚一滑，就要摔了下去。史依露闭上了双眼，只感觉一双温暖的手环住了她的腰，睁开眼，又是那双黑亮的眼睛。

她心里不由地生出一股暖意，第一次有这样的感觉。“好了，别担心了，我们继续，我会一直陪着你。”史依露任他拉着，继续向上，脑海一直重复着那句“我会一直陪着你”。最终，凭着石矢远鹏的武功根基，两人还是获得了冠军。史依露很激动地抱住了他，待到反应过来，两人已红了脸。

两人领完奖金和手机，正准备离开时，一个身影拦住了他们，是刚才那对情侣中的男子，很是嚣张地叫道："喂，小子，你很厉害呀！敢不敢和小爷我赌车啊？"

史依露一听，赶紧扯了扯石矢远鹏的衣袖摇了摇头，而那男的怕石矢远鹏不答应似的，又道："怎么？怕了？没事儿，小爷我不会笑话你的，只要你把你身旁的小妞献给小爷我，小爷就放你一马，怎么样？"石矢远鹏眯起了双眸，散发出危险的光芒："好！"史依露在心里直着急，好什么好？你知道什么是赌车吗？果不其然，石矢远鹏趁对方不注意，偷偷地问史依露："什么是赌车啊？怎么赌？"

史依露只好耐心向他解释道："赌车就是用赛车比赛，在很崎岖危险的山路上不减速前进，最终在一处断崖上停止，谁离断崖最近谁就算赢。""哦，和我们大阮皇朝的赌马差不多。""什么差不多啊？你见过赛车吗？你会开车吗？而且是那么的危险，稍不注意命都会没了！""别担心，我学习能力很强的，一会你儿在一旁教我。"史依露听完有种想晕倒的冲动。一边教一边学开车，他能行吗？

"对了，要是你赢了，这张支票就归你；输了，那女的就归小爷我！"那个嚣张男又发话了。"我不要，赢了，就让那女的向她道歉。"石矢远鹏道。虽然他不知道支票是什么东西，但应该是奖牌一类的好东西吧，可他只要刚才踢了史依露的女孩向她道歉。"输了，我的命给你！"史依露被他的言语惊住了，赌命啊！那么严重？那个男子也不介意，石矢远鹏死了，小美人不也就是他的了吗？

史依露在车旁向石矢远鹏向他介绍道："这是油门，这是刹车……"一点一点地告诉他，而旁边那男的又不耐烦了，"快点，一会我要去参加 Party 呢！"石矢远鹏学得很快，不久两人带上了自己的女伴，在崎岖的山路上加速前进。20 秒后，两人离断崖只剩下 5000 米时，史依露的心提到了嗓子眼，心里却还是相信着他，因为那句"一直有我陪着你"深深地住进了她的心里。只有 1000 米了，没想到对方先停了下来。

于是，史依露激动地抱住他："石矢远鹏，我们赢了，我们赢了，我们赢了！"那两人正准备灰溜溜地逃开，石矢远鹏喊道："你们是不是还差一个道歉？"只见两人顿住了脚步，女孩踢了男孩一脚，骂道："你怎么那么笨。"女孩不甘地向史依露道了歉，就和男孩灰溜溜地走了。史依露望向石矢远鹏，说道："谢谢你，那么在意我的感受。"石矢远鹏笑了，他也不知道

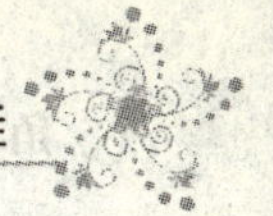

为什么会这样做，他只是想让眼前这个纯真的女孩开心。

两人随后便抱着奖金和战利品一起有说有笑地回到了自己的小公寓。虽然发现众姐妹都不在，可餐桌上还真有烛光晚餐：两根白蜡烛点燃在玻璃桌上，上面摆满了家常小菜。可史依露却额头冒汗，是谁用的白蜡烛啊？不知道的还以为在膜拜谁呢！

转念一想，她便知道一定是上官舞娇那个搞怪的小丫头弄的！“咦？这是什么呀？比我们那儿的油灯可方便多了！”一听石矢远鹏这么说，史依露忍不住“扑哧”一声笑了出来：“我们这儿还有更新奇的东西呢！”

史依露打开了电视，一看里面有人，石矢远鹏不由自主地挡在了史依露前，说道：“别怕，我会保护你的！”史依露被这话逗得笑起来了，心里泛起阵阵涟漪——这个男孩傻得真可爱。史依露解释后，石矢远鹏才慢慢放下戒备。两人一起坐了下来，静静地吃起了晚餐，石矢远鹏才发现这样平淡的生活也挺好。蓦的一下，石矢远鹏站了起来，自言自语道：“我在干什么，我来的目的是找圣物的，而且我和她也不可能在一起。”便转身离开了。史依露不知道为什么温柔的他突然变得如此冷酷，其实，史依露并没发现，这才是真的他。

三

次日，史依露早早起床上学，正准备和石矢远鹏打声招呼时，发现他已经不在了。她不是说过会陪他去找圣物吗？难道他就这么不等她一个人去找了？

史依露发现玉佩果然不在了，心里不免有些难过。一个上午，史依露都不知道自己是怎么混过去的，大脑里想的全都是那个笨蛋会不会迷路，会不会被车撞，会不会惹上麻烦……越想越是担心。课间操，众姐妹来问问史依露和石矢远鹏的发展状况，史依露情绪十分低迷地告诉大家石矢远鹏的反常表现。最后，大家决定出去找找石矢远鹏，帮他找圣物。

大家是在海心公园找到的石矢远鹏，原来，他一想自己是被国师送到这儿的，就想在这儿找圣物，可找了一夜却毫无结果，衣服也被淋湿了。

“这个傻瓜，都不会照顾自己吗？”史依露心里想着，却并没有说话，因为除了担心，她什么也不会做了。大家就陪着他一起找，却因为不知道那个东西是什么，毫无结果。由于史依露一夜没睡好，早上也一直担心，一个恍

乎，掉进了喷泉，大家都惊呆了。可几个姐妹都不会游泳啊！

最先反应过来的是石矢远鹏。他一个跳水，一个拥抱，一个跳跃，就将史依露救了起来。两人相拥在一起，温暖了彼此。史依露依旧紧紧抱着石矢远鹏，而石矢远鹏的玉佩竟又闪了一下，这让大家惊奇不已，然后史依露向大家说了上次也闪了一次，难道这个圣物就在史依露身上？

史依露便赶紧把身上的东西都掏了出来，头上的星星发饰，手上的一条银制手链，脖子上的一条项链，手机上的圆圈吊环，甚至连皮带上的吊坠都摘了下来。众人左看看，右看看，全部都翻了又翻，都没有任何反应，难道这些都不是圣物吗？那圣物到底在哪里啊?！月莹莹都差点怀疑圣物直接就是史依露变的了！不过还好，找到了线索，不用再无厘头般地四处乱寻了。众人准备回家，姐妹们都故意走在前面让史依露和石矢远鹏单独相处。

"你在生我的气吗?"史依露向石矢远鹏问道。"没有。""那为什么突然对我那么冷淡，自己去找圣物也不告诉我，你知道我有多担心你吗?"说着说着，史依露眼里竟蓄满了泪水。

石矢远鹏有些慌乱了，他从来没有这样的经验。史依露真的好伤心，她从小就很苦，也很懂事，从小就是孤单一个人，直到高中遇见了一群很好的姐妹，也从来不知道恋爱的滋味。如今自己却有些动心了，她也不知道自己做错了什么，好不容易喜欢上一个人却是这样。

石矢远鹏只好抱着这个让自己怜惜的女子，有些笨拙地擦去她的眼泪，紧张地说道："其实，我也不知道怎么了，只是想让你开心。你这么一个纯真的女孩又怎么会不让人动心呢？可是，"说到这儿，石矢远鹏的声音有些沙哑了："可是，我有自己的使命，我要找到圣物，去救我的国家!"

史依露渐渐停止了哭泣，忍着痛，逞强地笑道："我知道，我都知道，我不会再乱想了，我会陪着你找到圣物让你完成你的使命。如果我的爱对你是种负担，那么，我会放开的。好了，现在我回去检查我的东西吧，也许能早日帮你找到圣物!"石矢远鹏忍痛点了点头，两人一路无话，走回了公寓。可找了大半天，还是无果。

第二天，史依露才去上课。晚自习下课，史依露走出校门时，却发现石矢远鹏正站在校门口，其怪异的外表和英俊的脸庞吸引了众多花痴将其周围挤得水泄不通，她们唧唧喳喳地问着些乱七八糟的问题。一看见史依露出来，石矢远鹏便急忙拉住她往外跑着，几下就摆脱了那些花痴女。

"你，你怎么知道我在哪里？你应该不知道我的学校吧？也不会认路

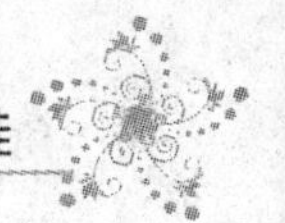

吧?”史依露有些惊奇地问道。石矢远鹏脸上闪过了一丝可疑的红晕，总不能说是偷偷在她身上洒了追踪粉吧，便随意几句糊弄了过去。“对了，这是我送给你的礼物，看看，喜欢吗?”原来石矢远鹏手上还捧着一个东西。史依露诧异地接过，有些好笑，别的男人一般会送什么鲜花啊，饰品之类的，可为什么他却送一盆仙人掌?

“嘿嘿，我也不知道你喜欢些什么，听老板说这个叫仙人掌的东西很坚强，我希望你能像它一样……”特别是在我走后。石矢远鹏在心里默默补充一句。

史依露笑了笑，两人一起走在街道。因为已经快11点了，路上人也没有多少了。突然，只见七八个凶狠的大汉冲过来，拿着刀或棍，与石矢远鹏打了起来。凭他的武功打赢他们很简单，可因为要护着史依露，不久就开始有些吃力，终于，经过20多分钟的打斗，终于打走了他们。史依露很担心，看看他有没有受伤，石矢远鹏一直笑着说没事，可是，他的脸色苍白极了，这才发现他身上有多处刀伤。

“对不起，都是为了我你才受伤的。”石矢远鹏则说没事，说要回家。一到公寓，史依露笨手笨脚地帮石矢远鹏包扎、擦药，好几次弄得他越来越痛，石矢远鹏却一直忍着。史依露便哭了，一滴、两滴……眼泪忍不住落了下来，任石矢远鹏怎么劝也劝不住。没想到眼泪落在她戴的项链上的紫色珠子上，奇异的事便发生了。玉佩和珠子开始发出微微的光，持续了好久，两人才明白过来，原来这就是圣物，史依露想：原来这就是她的桃花运!

紫色珠子突然离开史依露的脖子，向玉佩飞去，和玉佩一起盘旋上升，飞了许久，突然传出一个影像，好像投影仪一般。影像里面是一个年纪很大的白胡子老头，石矢远鹏一看见便不顾身上的伤单膝下跪：“参见国师!”

白胡子老头欣慰地抚了抚胡子，说道：“远鹏将军不必多礼，祝贺你找到了圣物，我们大阮皇朝有救了!”石矢远鹏只觉得喉头一阵干涩，嘶哑地说道：“远鹏幸不辱皇命，不久便带上圣物归来!”白胡子老头又道：“远鹏将军，你先在那儿再待上3天吧，3天后，阵法自动启动，便会将你和圣物一同传回大阮。”“是!”

影像消失，飞在半空中的紫珠和玉佩又缓缓降落，落在石矢远鹏的手里。屋里安静了许久，史依露才道：“你……3天后就要走了吗?”石矢远鹏也略带伤感地道："是啊，我必须回去拯救我的国家。"又安静了许久，史依露才勉强笑了出来："那我们一定要好好珍惜最后的时间哦！"看着这个故作坚强的女孩子，石矢远鹏的心猛然被感动了，眼里略微湿润："嗯，好！"

四

第二天，两人一起去了游乐场，一起玩了鬼屋。史依露这个胆小鬼，把石矢远鹏的手掐得红紫。他们又一起去玩了云霄飞车，两人一起大喊，一扫了所有的不快和郁闷。石矢远鹏大喊："史依露，我石矢远鹏真的爱你！"

"可是，我们不能在一起，对不起。"石矢远鹏在心里补了一句。两人又一起去坐了摩天轮。快到顶端时，史依露突然说道："远鹏，我听说如果和自已心爱的人在摩天轮的顶端拥吻，那么两个人就会得到祝福，永远在一起，是不是，我们这样，也可以？"说完，摩天轮正好到了顶端，史依露便吻住了石矢远鹏。虽然两人的吻技都不成熟，但很纯粹，单纯地想把对方糅进自已的身体里，之后两人一起去了海边。

在海边，史依露在沙滩上画了大大的SYLSSYP，石矢远鹏一直问她是什么，她也不愿说。两人一起在沙滩旁的民宿睡下。早上4点30分，史依露把他喊起来，两人一起坐在海边。史依露靠在石矢远鹏的肩上，静静地说着："远鹏，如果能一直这样就好了。""依露，我们一起好好珍惜现在吧！"

史依露"嗯"了一声，便一直静静地看着他，而石矢远鹏则看着海平面，他不敢再看她，怕再看一眼，便放不开了。5点30分，太阳缓缓地从海平面上升起，阳光暖暖地照在两人身上。这样就挺好。

之后，两人一起去街拍，因为都想给对方留下最美好的记忆。石矢远鹏陪着史依露去吃她最爱的各式小吃，而史依露陪着他去看了武打电影，两人就像其他情侣一样，一直开心地过着。最后，两人去了山顶看夜景。明天就是最后一天，两人不免有些伤感，却仍是想珍惜这最后的美好。他们站在山顶，俯视下去，城市依旧那么繁华。"是否爱上一个人，不管明天过后，闭上了眼睛，记得你的笑容，幸福的从容将明天都掏空，这一刻怎么回头……"石矢远鹏温暖的声音响起，两人相拥在一起，久久没有分开。

第三天，两人去了海心公园，他们第一次遇到对方的地方，整点喷泉仍会喷出来。两人看着对方，似乎怎么看也不够，从清晨待到日落，爱情，也许就这么简单。

晚上，史依露睡得极不安稳，感觉失去了什么，果然，一起来，去到他的房间，一切都安安静静。他走了，就像从来没来过，房里空荡荡的，早已没了他的气息。除了那套他穿的衣服。这一刻，史依露泪如雨下，冲出了公寓，奔跑，拼命奔跑。终于到了海心公园，昨日的相依还历历在目，可现在，只剩下冰冷的现实，他不是说要和我道别的吗？为什么？

“姐姐，请问你是叫史依露吗？”史依露抬起头，只见一个小女孩望着她，她说道：“姐姐是，小妹妹请问你有什么事吗？”

“姐姐，这是一位好奇怪的哥哥让我交给你的，说这是给他最爱的人的。”

那个小姑娘递上一个蝴蝶玉佩——其实只有一半——便离开了。史依露苦笑道：“石矢远鹏，你还是太了解我了，知道我一定会来这里找你。你个笨蛋，你怎么可以这样！”

突然，街边一家咖啡店传来一首歌“千年之后的你会在哪里，身边有怎样风景，我们的故事并不算美丽，却如此难以忘记……”听到这首歌，史依露不可抑制地痛哭起来，“石矢远鹏，你个混蛋，怎么可以只留下一半蝴蝶玉佩就离开了，你个笨蛋，SYLSSYP 就是史依露爱石矢远鹏啊！石矢远鹏，我真的，真的好爱你。”

史依露痴痴地拿着手里的半只蝴蝶，脑海里突然闪过些什么，又一路狂奔回了自己的小公寓。她发疯似的把自己箱子里的东西都倒出来，双手在里面翻动些什么，找到了！

史依露突然摸到了一个东西，同样是半块蝴蝶玉佩，她轻轻地把两半玉佩合在了一起，一只玉色蝴蝶栩栩如生。这一刻，史依露再次泪如雨下，把玉佩放在唇边轻轻一吻，“远鹏，我们还是很有缘的不是吗？我们还会再次相遇吗？”

石矢远鹏离开后，史依露又回到了曾经的三点一线的普通生活，好似忘了自己的生活中曾经出现过那么一个人，除了偶尔的失神和总是捏住一块玉佩发呆。姐妹们看着都有些难过，却不知道从何劝起。不久，史依露家里发生了一件大喜事，她的母亲，一位善良温柔的女士，终于找到了自己的归宿，那是一个对人极好的男人，姓钟。

史依露真心为母亲祝福，劳苦多年的史母亲，终于也有人疼有人爱了。

由于母亲的改嫁，史依露的姓随了父，学名更正为钟露潞。

又是一年过去了，这一天，又到了钟露潞的生日。十八岁了，真快啊。史依露忽然回忆起一年前的今天，她认识了一位从古代穿越来的少年。他们相识、相知、相恋，不过短短一星期，却足够让人铭记一生！

去了学校，几个姐妹在一起讨论，据说这天 11 班来了一名新同学，他主动坐到了钟露潞的旁边。钟露潞一抬头，又见到那双黑亮且坚毅的眼睛。两人的目光呆呆地对望着，仿佛纠结了千年，最终，对方开口道："钟露潞，你好，祝你生日快乐，我叫石远鹏，我爱了你五年了……"于是钟露潞忍不住泪如雨下……

钟露潞和石远鹏的故事未完待续，结局，就在今天，由你们谱写……

若爱，请深爱！

启　事

本书编选时参阅了部分报刊和著作，我们未能与部分作品的作者取得联系，在此深表歉意。请各位作者见到本书后及时与我们联系，并提供相关作品著作权证明以及本人身份证复印件，以便按国家相关规定支付稿酬及赠送样书。

地址：湖南省长沙市天心区芙蓉南路和庄 A 栋 3118 室

邮箱：bjljwh@126. com